국역 대구팔경 한시집 · 상

국역

大邱八景 漢詩集 · 上

學而思 | 학이사

발 간 사

팔공산 문화포럼은 지난 2011년 1월에 팔공산을 사랑하고 아끼는 사람들이 모여 팔공산에 관하여 체계적인 연구를 하기 위하여 결성된 단체입니다. 그동안 여러 차례 모임을 통하여 팔공산에 관한 역사, 인문, 자연, 지리 등에 대하여 연구와 답사를 하였습니다.

지난해에는 팔공산 정상을 답사하고 각 봉우리의 명칭 및 제천단의 위치에 대하여도 고증하려고 하였습니다. 그리고 신녕지역에 있는 치산의 폭포가 언제부터인가 여러 명칭으로 불리어지고 있었는데, 2012년에 3월에 답사를 하고 관련 문헌을 토대로 수도폭포임을 고증한 바가 있습니다. 또한 이 폭포에 대하여 지어진 한시 20여 수를 발굴하였으며 퇴계선생이 지어 보낸 한시가 있는 것을 확인할 수 있었습니다.

또 동년 10월에는 영남퇴계학회, 대구향교와 공동으로 대구 최초의 서원이었던 연경서원의 복원을 위한 세미나를 갖게 되었습니다. 이 세미나의 결과 서원의 위치와 규모, 배향된 유현(儒賢), 서원을 출입한 원생(院生)의 명단을 확인할 수 있었습니다.

　팔공산은 명산이자 호국의 성지입니다. 신라의 김유신을 비롯한 화랑의 수련장이었으며, 고려 왕태조의 고사가 있으며, 초조대장경이 이곳 부인사에 보관된 곳이기도 합니다. 임진왜란 때에는 영남의 의병들이 창의(倡義)하여 회맹을 하면서 왜적을 방어한 산이기도 합니다.

　『대구팔경시집』은 광복 후 대구향교를 출입하던 지식인들이 당시 대구의 명승지 8곳을 선정하여 화보(畵譜)로 그리고 운자(韻字)를 내어 지은 한시를 모은 시집으로 1951년에 발행되었습니다.

　이번에 본 포럼에서 이 시집을 국역하여 발행하게 됨은 대단한 의의가 있다고 생각됩니다. 이 한시집은 그 동안 널려 알려져 있는 서거정의 <대구십영>과 더불어 대구의 명승지와 문화를 연구하는데 일조를 할 것입니다. 끝으로 이 시집을 발굴한 홍종흠 초대회장님과 번역자 4분 선생님께 감사드립니다.

2013년 12월　일

팔공산 문화포럼 회장

경북대학교 교수 조명희(曺明姬) 근서(謹序)

5

국역 대구팔경 한시집 서문

대구는 통일신라 이래 오랜 기간 정치 경제 문화 등의 분야에서 중요한 지역으로 역사적 조명을 받아 왔고 대구의 풍광 또한 지역민은 물론 외지인들에게도 많은 상찬을 받아왔다. 그만큼 자연풍광이 빼어났음은 말할 것도 없고 문화유적들도 역사도시로서 면모를 자랑하기에 모자람이 없다. 그러나 근래에 들어 지역의 경제가 쇠퇴하고 정치적 갈등이 겹치면서 대구의 자연과 문화에 대한 평가가 제대로 이루어지지 못한 채 지역민들조차 자긍심을 가지지 못하는 경우를 볼 때마다 안타깝기 짝이 없다.

지방자치가 시작되고 지식, 문화, 관광, 스토리텔링 등이 각광을 받는 시대가 열리면서 대구에 대한 인식도 많이 달라지고 있다. '볼게 없다'는 대구 홀시풍토에서 재발견과 새로운 관점으로 인식이 변하고 있는 것이다. 대표적 사례로 종래 도시재개발의 대상으로 여겨졌던 근대화골목의 투어와 대구시의 새로운 대표 경관 제시 등을 들 수 있다. 그중에서

도 조선 초 서거정 선생이 대구의 대표적 풍광을 시로 읊었던 <대구십영>과 최근 대구시가 대표경관으로 선택한 <대구십이경>은 지역민들의 주변 환경에 대한 시대적 관점의 차이를 보여준다. 이밖에도 대구의 풍광과 관련, 금호강 동편의 고산서당팔경(孤山書堂八景)과 서편의 서호십곡(西湖十曲) 같이 특정지역의 경관을 노래한 사례가 없었던 것은 아니지만 시대적으로 비교를 할 만한 것은 아니었다.

이같이 대구 경관에 대한 재발견이 활발하게 이루어지는 시기인 1949년 당시 지역의 대표적 한학자들이 대구팔경을 선정해서 한시로 읊은 책이 발견된 것은 매우 뜻 깊은 일이다. 대구의 남평 문씨 세거지에 거주하는 문석기 씨 집안의 소장본인 이 책을 팔공산문화포럼이 대구문화재단의 지원을 받아 『국역 대구팔경 한시집』으로 번역 발간한 것이다.

이 책은 서거정 선생 이래 무려 5백년 가까운 세월 동안 지역민들의 주거경관에 대한 인식의 변화를 확인할 수 있다는 점이 특기할 만하다. 해방직후 희망에 부풀었던 시대적 배경 속에 지역경관에 대한 솟아나는 환희의 감정을 엿볼 수 있다는 점에서 국운상승기에 접어든 지금 지역민들이 새로운 관점으로 주변을 보는 마음과 닮은 점을 감지할 수 있다. 특히 이 책의 8경에는 <앞산>을 <남산>이라 표현했고 지금은 없어진 만평로타리 부근의 <고야 들판>을 명소로 선정한 것은 새로운 느낌으로 다가온다. <숲이 울창하고 높은 누각이 듬성듬성 보이는 달성>과 <한가롭게 구름이 떠있는 와룡산>, <맑은 달이 물위에 떠있는 신천>은 지역 경관의 속살을 보았던 선인들의 혜안을 짐작케 한다.

이 책의 작가들은 모두 대구지역에 거주하였던 이들로 당시의 나이 50대 중반에서 80대 중반까지였다는 점과 그때까지 한학자들이 지식계급의 주류를 이루었던 점을 감안하면 작품에서 선정된 팔경은 대구인의 정서를 대표한다고 보아도 좋을 듯하다.

이 책 번역본 발간을 계기로 서거정 선생의 <대구십영>을 비롯 대구의 경관을 상찬한 글들을 모두 한데 모아 지역 전반의 풍광을 체계적으로 연구하는 사업이 시작되기를 기대해 본다. 이는 대구를 아름답게 가꾸는 근거가 될 수 있고 스토리를 입혀서 관광자원을 개발하는 자료로 활용할 수도 있을 것이다. 그러나 무엇보다 대구의 문화와 풍광을 보는 관점을 더욱 기름지게하고 대구사랑의 정서가 더욱 두터워지게 되기를 바라는 마음 간절하다.

2013년 12월 일

팔공산문화포럼 초대회장 홍종흠(洪宗欽)

차 례

대구팔경시집 서문

　춘호(春湖) 김병우(金炳釪) 형과 친구 송오(松塢) 김성곤(金聲坤)이 나에게 『대구팔경시집(大邱八景詩集)』을 보이면서 서문을 부탁하였다.

　내가 말하기를 "시(詩)라는 것은 사람들의 감정에 감화를 주어 세상의 도를 변화시키는 의미가 있다. 그래서 『시경(詩經)』이 지어졌는데 『시경』이 그 의미를 다하지 못하게 되자 『춘추(春秋)』가 지어졌다. 『춘추』가 제 기능을 하지 못하자 한(漢)의 '사(詞)'와 '부(賦)'가 출현하였는데 건실하기는 하였으나 너무 어려웠으며, 경전의 의미는 전혀 밝혀내지 못하였다. '사'와 '부'가 시들자 당(唐)의 '시(詩)'가 출현하였는데 화려하고 찬란하여 상림원(上林園)의 꽃이 일시에 다 피었으나, 경전의 의미와는 거리가 멀었다. 다만 두초당(杜艸堂 : 두보)이 조금 바른 의미[雅味]를 밝혔으나, 경전의 의미는 천박하였다. 송(宋)의 염락(濂洛) 제현(諸賢)의 시가 평담아실(平淡雅實)하여, 비로소 경전의 의미가 갖추어져 당시 세상의 풍속을 바꾸게 되었다.

　우리 동방에 이르러서는 신라와 고려가 건실하고 질박(質朴)하여 서한(西漢)에 가까웠고, 조선에서 화려함을 숭상한 것은 대력(大曆)과 흡사하였다. 말엽에 이르러 달부(達府 : 대구)에 시율(詩律)을 아는 사람이 모여들었으나 소위 몇 명의 인사에 불과하였다. 그러나 희미한 불빛도 곧바로 꺼져버려 적막하여 들리지 아니하였다.

지금 여기에 지은 시를 보니 이것은 곧 서사가(徐四佳)가 〈달성십경(達城拾景)〉을 읊은 이후에 처음으로 있는 일이다. 시운(詩韻)과 율격(律格)은 감히 사가(四佳)의 장대하고 화려하고 원대한 것에 비유할 수 없으나, 달부의 몇몇 인사가 능히 이를 계승하려고 한 여운(餘韻)이 아니겠는가?

전집을 열람하고 살펴보니 가작(佳作)이 없는 것은 아니나 혹 격(格)이 높지 못하고 음(音)이 율(律)에 맞지 않는 것이 있었다. 나의 시 또한 그 속에 있는데 그 말단을 면하기 어려울 것이다. 이것은 병자가 세상에 감화를 주어 풍속을 변화시키려고 하나 의견이 미치지 못한 것과 같으니 어찌 조소와 비평을 면할 수 있겠는가?"라고 하였다.

말하기를 "그렇지 않습니다. 추한 사람도 단장을 하면 추함을 면할 수 있고, 가죽나무와 상수리나무[좋지 못한 목재]도 재단을 하면 쓸모가 있는 것이니, 지금 세상에 대가의 교정[粧繩]을 받아 시공부에 진취가 있기를 바라는 것이 여기에 시를 지은 사람들이 바라는 바일 것입니다."라고 하였다.

내가 감격하여 말하기를 "그렇다. 송강(松江)의 농어[鱸] 맛도 본래 맛이 좋은 것이 아니라 반드시 좋은 요리사의 손을 거친 연후에 맛이 있는 법이고, 형산(荊山)의 옥빛도 본래 아름다운 것이 아니라 반드시 양공(良工 : 좋은 기술자)을 만난 연후에 빛이 나는 법이다. 스스로를 높이고 남을 낮추는 것이 시인들의 일상적인 병통인데 제현(諸賢)들이 선부(膳夫 : 좋은 요리사)와 양공(良工)을 꺼리지 않고 맛을 구하고 빛을 찾는다면 묻기를 좋아하여야 한다. 묻기를 좋아하지 아니하면 능히 그 덕을 낮출 수 없으니, 어찌 그 덕을 깊이 허락하지 아니하고 잘 지을 수 있겠는가?"라고 하였다.

단기 4284년(1951) 신묘(辛卯) 3월 하순

달성(達城) 서건수(徐健洙) 서문을 쓰다.

주석(註釋)

1. 상림원(上林園): 천자(天子)의 동산.
2. 염락(濂洛) 제현(諸賢)의 시: 송나라 염계(濂溪) 주돈이(周敦頤)와 낙양(洛陽)의 명도(明道) 정호(程顥), 이천(伊川) 정이(程頤)의 학문, 즉 성리학자들의 시를 지칭함.
3. 평담아실(平淡雅實): 평이하고 깨끗하고 바르고 충실함.
4. 서한(西漢)에 가까웠고: 시가 꾸밈이 없고 순수하다는 의미임.
5. 대력(大曆): 당나라 대종(代宗)의 연호(966~979). 이때 시가 가장 발달하였음.
6. 서사가(徐四佳)가 <달성십경(達城拾景)>: 사가는 서거정(徐居正)의 호(號)임. 서거정이 일찍이 <달성십경>의 시를 지었음. <달성십경>은 '금호범주(琴湖泛舟: 금호강의 뱃놀이)', '입암조어(笠巖釣魚: 입암에서 낚시하기)', '구수춘운(龜岫春雲; 연구산의 봄 구름)', '학루명월(鶴樓明月: 금학루에 뜬 밝은 달)', '남소하화(南沼荷花: 남소의 연꽃)', '북벽향림(北壁香林: 북벽의 측백나무)', '동화심승(桐華尋僧; 동화사의 스님을 찾아감)', '노원송객(櫓院送客: 대로원에서 벗을 전송함)', '공령적설(公嶺積雪: 팔공산 고개의 쌓인 눈)', '침산만조(砧山晩照: 침산의 저녁노을)'이다.
7. 송강(松江)의 농어(鱸): 중국 강소성(江蘇省) 화정현(華亭縣)에 있는 송강에서 나는 농어로 맛이 좋기로 이름이 있었다고 함.
8. 형산(荊山)의 옥: 초(楚)나라 사람 변화(卞和)가 박옥(璞玉)을 얻은 곳으로 좋은 옥(玉)을 이르는 말.
9. 어찌 그 덕을 깊이 허락하지 아니하고: 자신을 낮춘다는 의미임.
10. 서건수(1879~1953): 호는 성암(性庵), 본관은 달성. 임재(臨齋) 서찬규(徐贊奎) 선생의 손자로 파리장서에 서명한 독립운동가임.

大邱八景詩集序

春湖金兄炳釪，松塢金友聲坤，示余以大邱八景詩集而囑序．
余曰，詩者有感化人情，諷動世道之義．故，詩經作，詩經亡
而春秋作．春秋絶而漢之詞賦出，健實聱牙，經義則無．詞
賦息而唐之詩出，華麗燦爛，上林園花，一時俱發，經義亦
遠．但杜艸堂小有雅味，而經義淺薄．宋之濂洛諸詩，平淡
雅實，始備經義，諷動當世．至於我東，羅麗之健實質朴，近
於西漢，李朝之尙華雕鏤，恰似大曆．降至末葉，以達府謂
詩律之淵藪，所謂某某數家不過．螢火旋滅，廖寥不聞．今
見是著，此乃徐四佳達城拾景詩以後，初有之事．詩韻律格，
不敢擬四佳之壯麗弘遠，而能紹達府某某家餘韻否．按閱全
集，不無佳作，或有格不得高，音不中律．余詩亦參，其末難
免．是病子欲公世感化諷動，不敢議到而嘲笑批評，何可免
也．曰不然．無鹽之態，粧之則免醜，樗櫟之材，繩之則有
用，今將公世得大家粧繩，而欲進詩學，是著詩諸家之所望
者也．余蹶然而起曰，然．松江之鱸味，非必本美，得膳夫而
有味，荊山之玉光，非必本美，得良工而有光．自高卑人，詩
人之常病，諸賢不忌膳夫良工而求味索光，即近於問．寡問，
不能之謙德，安得不深許其德而序之哉．

檀紀 四千二百八十四年 辛卯 三月 下浣
達城 徐健洙 序

17

大邱八景詩集序

春湖金兄佩舒於松塢金友聲坤示

余以大邱八景詩集而囑序余曰

詩者有感化人情諷動女道之

義故詩經作詩經之而春秋作

春秋絶而漢之詞賦出健實聲

乎經義而無詞賦息而唐之詩

出華麗燦爛上林園花一時俱

凝經義亡遠但杜州堂小有雅味

而經義淺少為宋之濂洛諸詩平

淡雅實始備經義諷動當世至

於我東羅麗之健實質朴主於詞

19

漢李朝之尚華雕鏤洽似大曆降

而末業以達府謂活律之瀾藪而語

余之邦家不過螢火誰滅寥之不弔

今見是著此乃徐四佳之體拾景詩以

後永有之事詩韻律格不敢擬四

佳之杜震弘達而能紹達府家之

家之餘韻吾撿閱全集不乏佳作

率多撿不得為吾不中律余詩忘

泰至未離免是病予欲公去感化

諷動不肢議到而朝笑批評何可

免使日不拨奔塩之態轒世可免醜

橋樑之村緝之乃有用今將公去内

21

大家粒綴而散進詩學豈著詩話

家之所望者也余蹶於而起日諒松

江之鱸味非必本美得膳夫而有味

荊山之玉光非必本美得良工而有

光自高平人諧人之常病諒賢

不忘膳夫良工而亢味索光卯女松

間寡聞不能之儘德而得不深許

至德而序之耉

檀紀四千二百八十四年辛卯三月下浣

達城徐健洙 序

대구팔경도(大邱八景圖)

1. 달성청람(達城晴嵐) : 달성의 아름다운 정경

達城在慶北大邱府西.
特立開園, 形如半月.
老樹層樓, 隱隱露出,
晴嵐浮其上,
可謂嶺南風景之第一.

달성은 경상북도 대구부의 서쪽에 있다.
우뚝 공원이 서 있는데
모양이 반달과 같다.
고목 속에 층층 누각이
숨겨진 듯 보이고
그 위에 맑은 남기(嵐氣)가 떠 있으니
영남 제일의 풍경이라고 할 수 있다.

※ 청람은 '맑은 남기(嵐氣)'로 해질녘에 보이는
푸르스름한 기운을 말함. 여기서는 의역하였음.

南山春毫

南山大邱
府案山清
流兼石岩
呈其雙聳
臨玩容常
時不絶便
蓋盡屛一
幅

2. 남산춘색(南山春色) : 앞산의 봄 경치

南山大邱府案山.
清流叢石,
各呈其態.
登臨玩客,
常時不絶,
便若畵屛一幅.

남산(앞산)은 대구부의 안산(案山)이다.
맑은 물이 흐르고 층층바위가 있는데
모양이 각각 다르다.
산을 오르며 즐기는 사람들이
항상 끊이지 않으니
곧 그림병풍 한 폭을 보는 것과 같다.

琴湖漁笛

3. 금호어적(琴湖漁笛) : 금호강 어부의 피리소리

琴湖在大邱府十里許.
洋洋波濤,
漠漠平沙.
看一帶長江,
漁翁釣叟,
隨時不絶.

금호강은 대구부에서 10리 되는 거리에 있다.
물결이 넘실거리고
넓고 평평한 모래사장이 있다.
띠 같이 긴 강에
어부와 낚시꾼이 보이는데
수시로 끊이지 않는다.

4. 용산귀운(龍山歸雲) : 와룡산의 뜬구름

龍山在大邱府西.
軆脉蛇蜒,
如彎龍,
有雲浮上,
可觀雲龍之氣象.

와룡산은 대구부의 서쪽에 있다.
모양이 구불구불하여
만룡(彎龍)과 같은데
구름이 그 위에 떠 있으니,
구름을 타고 승천하는 용의 기상을 볼 수 있다.

新川霽月

5. 신천제월(新川霽月) : 신천의 밝은 달

新川在大邱府東.
波碧而沙明,
時有霽月來照,
尤助淸景.

신천은 대구부의 동쪽에 있다.
물결이 푸르고 모래는 깨끗한데
때로는 밝은 달이 비춰면
청량한 경치를 더욱 돋보이게 한다.

桐寺暮鐘

桐寺在大
邱府分八
公山中有
古刹金佛
石塔一徑
鍾聲蒼㟘
俱厭

6. 동사모종(桐寺暮鐘) : 동화사의 저녁 종소리

桐寺在大邱府外,
八公山中.
有古刹金佛石塔,
一落鍾聲,
萬惱俱灰.

동화사는 대구부의 외각지
팔공산에 있다.
고찰에는 황금불과 석탑이 있는데
한번 종소리 울려 퍼지면
모든 근심 소멸되네.

靈池秋蓮

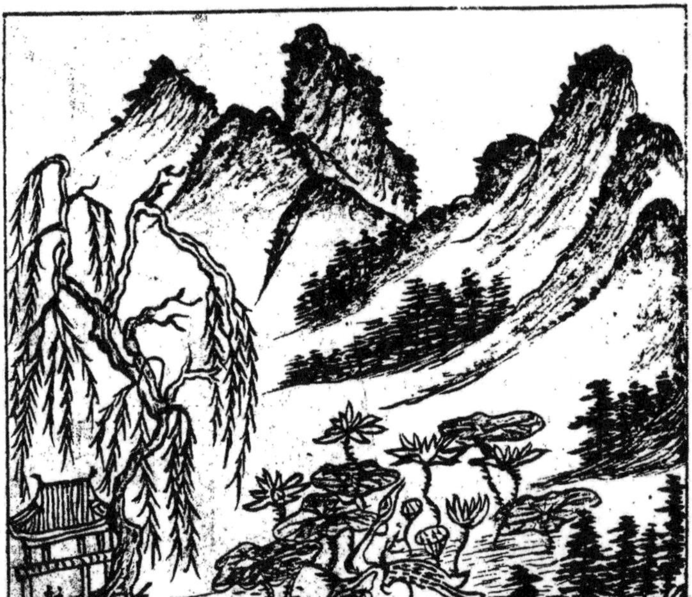

靈池在大
邱府南秋
水泥碧芙
蓉初開可
見君子心
處

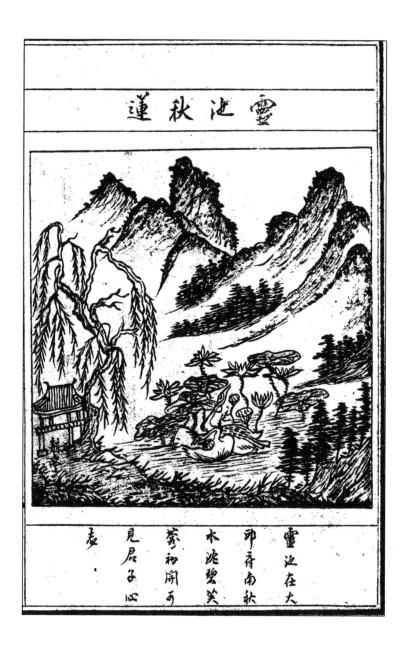

7. 영지추연(靈池秋蓮) : 영선 못의 가을 연꽃

靈池在大邱府南.
秋水沈碧,
芙蓉初開,
可見君子心志.

영선 못은 대구부의 남쪽에 있다.
가을이 되면 물이 깊고 푸른데
부용(芙蓉 : 연꽃)이 처음 피면
군자의 마음과 뜻을 볼 수 있다.

古野黍禾

古野在大
郊府西北
王沃百向
陽百畝平
然丶

春湖盡

8. 고야화서(古野禾黍) : 고야 들판의 벼

古野在大邱府西北.
土沃而向陽,
百穀成熟.

고야들은 대구부의 서북쪽에 있다.
토질이 비옥하고 남향이어서
백곡(百穀)이 잘 익는다.

春湖畵(춘호가 그리다)

국역 대구팔경 한시집

• 가동(可東) 이해춘(李海春)

(고종 2년 1865년 을축생, 본관 : 인천, 주소 : 대구시 북구 무태동)

달성청람

繞山佳氣護林園　산을 빙둘런 아름다운 기운 숲 공원을 호위하고
色相空空淡若存　색상은 텅 빈 것 같아 맑음을 보존한 것 같구나.
留住不離淸靜界　머물며 맑고 고요한 세계를 떠나기 싫은 것은
卻嫌浮世混塵痕　뜬 구름 같은 혼탁한 세상 싫어하기 때문일세.

남산춘색

南先陽復剝陰窮　남쪽에서 먼저 양을 회복하니 박괘(剝卦)의
　　　　　　　　음이 다하고[1]
一氣氤氳萬物同　일양(一陽)의 기운이 천지 속에서 만물과 함께
　　　　　　　　하네.
梅柳早榮松桂晚　매화와 버들은 일찍 피고 솔과 계수나무는
　　　　　　　　늦게까지 푸르니
春光不盡四時中　봄빛이 네 계절 중에 다하지 아니하네.

---

1) 일양(一陽)을 회복하는 것을 『주역』에서는 복괘(復卦)로 나타내고, 오음(五陰) 위에 일양(一陽)이 남아 있는 것을 박괘(剝卦)로 나타낸다. 여기서는 박괘의 상효(上爻)에 있는 일양(一陽)이 다시 복괘로 돌아오는 것을 의미함.

금호어적

淡淡江湖寂寂如　맑고 맑은 강 호수 적막한 듯
舷歌己息牧笳虛　뱃노래도 이미 그치고 목동들 피리소리도
　　　　　　　　　그쳤네.
數聲漁笛簫條出　몇 가락 어부들 피리소리 쓸쓸히 들리니
日暮磯臺捲釣餘　해는 저물고 낚시터에는 낚싯대를 거두네.

용산귀운

一出無心兩有關　한 곳에서 무심히 나타나 둘로 나뉘고
謾將青白各分顏　느릿느릿 흘러가서 희고 푸른 모습으로
　　　　　　　　　흩어지네.
倘辭世路歸山靜　혹 세상사가 싫어 고요한 산속으로 돌아가는가?
富貴如浮視等閑　부귀가 뜬 구름 같아 등한(等閑)히2) 바라보네.

신천제월

塵雨新收夜氣清　신천에 비가 내려 티끌을 거두니 밤기운이 맑고
水隣先得月華生　물가에서 먼저 달빛이 떠오르네.
霪雲蔽日桑潮界　상전벽해(桑田碧海)한 세상 장마 구름이 해를
　　　　　　　　　가리는데
獨有溪天不世情　유독 신천의 하늘에는 혼탁한 세정(世情)이
　　　　　　　　　머물지 않네.

동사모종

漏雲聲落撲浮塵　안개 속에 종소리 세상에 울려 퍼지니

---

2) 아무런 생각 없이, 무심히, 무심코.

默聽心神感復新 묵묵히 들으니 심신이 새로워지는 것 같구나.
大呂洪鐘今寂寞 대려(大呂)와 황종(黃鐘)이 지금은 적막하니3)
孰將餘韻警時人 누가 장차 여운으로써 이 시대의 사람들을
　　　　　　　깨우칠까?

영지추연

晚紅孤守碧波沈 늦게 붉게 피어 홀로 푸른 물결 지키며
半畝虛明一鑑心 반 이랑 깨끗한 곳 거울 같이 맑네.4)
君子香名欽仰地 군자의 향기로운 이름 흠모하고 우러르니
尋芳濟濟幾靑襟 성대하게 핀 연꽃의 향기 찾아 몇 번이나 흉금
　　　　　　　맑게 하였던가?

고야화서

古野由來擅穀鄕 고야 들판은 고을에서 곡물이 많이 생산되는데서
　　　　　　　유래 되었는데
豊成歲物賴勤忙 해마다 풍성한 수확 부지런함에 힘입었네.
啄禽輩下偏侵黍 뭇 새들이 내려앉아 곡식을 쪼아 먹으니
束草形人掛笠裳 풀 묶어 옷 입히고 삿갓 씌어 허수아비 세우네.

---

3) 대려(大呂)와 황종(黃鐘)은 음악의 12율(律)의 하나. '적막하다'는 말은 정악
(正樂)이 끊어지고 세상이 혼탁한 것을 말함. 위의 시에서는 홍종(洪鐘)이라
고 하였는데 황종을 홍종으로 표현한 것으로 보임.
4) 주자(朱子)의 <觀書有感(책을 보다가 느낌이 있어)>이라는 시의 첫구인 '半
畝方塘一鑑開(반이랑의 네모난 연못이 거울같이 열렸으니)'라는 글귀에서 취
한 말.

• 경독헌(耕讀軒) 여욱연(呂郁淵)

(고종 12년 1875년 을해생, 본관 : 성주, 주소 : 대구시 서구 비산동)

달성청람

散步相尋齊上園	서로 산보하며 함께 공원에 오르니
晴蒼嵐氣畫安存	맑고 푸른 남기가 낮5)에도 보존되어 있네.
元來經歷星霜幾	원래 이곳을 조성한지 세월이 얼마나 지났을까?
吸盡塵間淡泊痕	심호흡을 하니 진세(塵世)6)가 다하고 맑고 깨끗한 것 같네

남산춘색

欲問靑春春不窮	청춘을 물어보니 아직 봄이 다하지 아니하였네
登臨載酒與君同	산에 올라 그대와 더불어 함께 술을 마시네.
花鵑世界南山屹	두견화7)는 남산의 언덕에 피어있고
飛上高峯第一中	제일 높은 봉우리 나르듯 오르네.

금호어적

萬萬波波趣味如	많은 물결이 이는 이곳에 취미를 붙여
御風遺響浩憑虛	바람이 부니 넓은 허공에 소리가 울리네.
叢磯寒火終宵在	낚시터의 찬 불빛 밤이 다하도록 밝은데
取適漁歌幾曲餘	세상사 잊고자 하니8) 어부의 노래 몇 곡조

---

5) 원문의 화(畫)는 주(晝)의 오자로 보임. 남기는 저녁 무렵에 생겨나는 것이 일반적임.

6) 진세는 세속(世俗), 속세(俗世)를 말함.

7) 진달래, 참꽃이라고도 함.

8) 원문의 취적(取適)은 적비취어(適非取魚)의 의미로 '낚시하는 참뜻이 물고기를 잡는데 있는 것이 아니라 세상사를 잊고자 하는데 있다'는 의미임.

들리네.

용산귀운

山扉無事晝常關	산속에 일이 없어 사립문이 낮9)에도 항상 닫혔으니
一點歸雲每襲顔	한 점의 뜬구름이 매양 찾아드네.
影倒虛靈來遠眺	그림자 허공에 길게 비치면 멀리 바라보고
有人深處獨誇閒	깊숙한 곳에서 홀로 한가함을 자랑하네.

신천제월

月上新川淡復淸	신천에 달이 뜨니 맑고도 청명한데
流光活潑恲吾生	달빛이 활발히 비치니 나의 삶이 원망스럽구나.
來時莫照江南岸	와서 강남의 언덕을 비추지 말라
或恐靑蓮奪爾情	혹 푸른 연꽃이 너의 정을 빼앗을까 두렵구나.

동사모종

抵暮鐘聲滌世塵	저녁 종소리 이르러 속세의 티끌 씻고
岩雲方寂月初新	바위에는 구름 끼어 초하룻날 적막하네.
隨風坐讀如來史	바람만이 부는데 좌정하여 불경을 읽으니
我亦臨時僧一人	나 또한 일시적으로 한 사람의 승려가 되었네.

영지추연

相錯蓮莖水畔沈	연의 줄기 서로 엉켜 반은 물속에 잠겼는데
秋天細雨橘花心	가을 하늘에 이슬비가 꽃심을 적시네.
葉想衣裳開別界	잎이 의상을 이루어 별세계를 여니
靈仙一帶卽仙襟	영선의 일대가 바로 신선의 세계라.

---

9) 원문의 화(晝)는 주(晝)의 오자로 보임.

고야화서

古野迴回鎭此鄕　고야들이 둥그스름하게 이 고을에 있는데

想應耕種倍多忙　밭 갈고 씨 뿌리니 무척이나 바쁘네.

欲探滋味因停屐　좋은 맛이 날 때 발걸음 멈추며

禾黍芳香轉入裳　벼 익는 꽃다운 향기가 옷 속으로 스며드네.

• 부강(傅岡) 김경환(金璟煥)

(고종 12년 1875년 을해생, 본관 : 김녕, 주소 : 대구시 북구 노곡동)

달성청람

天回大陸是公園　이 땅에 천운이 돌아와 이곳에 공원을 여니
經歲經年萬代存　세월이 흘러 만대에 이르도록 보존하세.
月白風淸如此地　이곳에 달은 밝고 바람은 맑은데
名賢達士往遊痕　명현과 달사들이 노닌 흔적이 있네.

남산춘색

東風三月景無窮　3월에 동풍이 부니 경치가 무궁한데
柳綠花紅各不同　버들은 푸르고 꽃은 붉어 제각기 다르네.
長生萬物伊誰力　만물의 생장 이 누구의 힘인가?
盡是天翁變化中　천옹(天翁)10)이 이 변화를 주관한다네.

금호어적

湖水洋洋樂自如　강호수가 넓어 즐거움이 이와 같으니
穿魚換酒興無虛　물고기 잡아 술과 바꾸니 흥이 다함이 없네.
數聲漁笛楓林下　몇 가락 어부의 피리소리 낙엽든 나무 아래서
　　　　　　　　들리고
玉尺綠鱗日有餘　물고기를 잡으니 하루가 넉넉하구나.11)

용산귀운

天然屈曲臥無關　천연으로 생긴 굴곡 자연스레 누운 것 같은데

---

10) 천공(天公)이라고도 하며 조물주를 말함.
11) 원문의 '玉尺錄鱗'의 록(錄)은 록(綠)'의 오자로 보임

雲去雲來太平顔 　구름이 오가니 태평스러운 모습일세.

蟄伏此間藏造化 　이 사이에 숨겨진 조화가 무궁하니

飛騰他日大人閒 　다른 날에는 용이 되어 날아오르리니 대인이 한가롭네.

신천제월

無雲萬里夜光淸 　구름이 없는 만 리 밤빛이 맑은데

更覺氷輪少焉生 　달12)이 조금 떠오름을 깨달았네.

從容步踏新川上 　조용히 신천 위를 거닐어보니

玉鉤慇懃照有情 　낚시터에 은근히 달빛이 비치니 정이 생겨나네.

동사모종

千年桐寺淨無塵 　천년의 동화사 깨끗하여 티끌이 없는데

聽罷鐘聲日又新 　종소리 듣고 나자 날로 또한 새롭네.

大慈大悲多法度 　대자 대비한 부처님의 많은 법문

佛身卻異世間人 　부처님은 세간의 사람과는 다른 분이네.

영지추연

始淸池水幾年沈 　푸른 못에 몇 년이나 잠겨 있었던가?

七竅能通君子心 　칠규13)가 능히 통했으니 군자의 마음이라.

莫唱江南兒女曲 　강남 아녀자의 곡조를 부르지 말라.14)

---

12) 빙륜(氷輪) : 달의 다른 명칭.

13) 칠규(七竅)는 칠공(七孔)과 같은 의미로 사람의 얼굴에 있는 귀, 눈, 입, 코의 일곱 구멍. 여기서는 심장에 있다는 일곱 구멍을 말함. 『사기(史記)』에 비간(比干)이 주(紂)에게 극력 간(諫)하자, 주가 노(怒)하여 말하기를 "내가 듣기에 성인의 심장에는 일곱 구멍[七竅]이 있다고 하더라."라고 하고 비간의 배를 갈라 심장을 보았다고 하는데서 유래.

14) 강남가(江南歌): 악부(樂府) 상화곡(相和曲)의 이름. 일명 강남가채련(江南

天然特立實胸襟　천연덕스럽게 우뚝 서 있으니 흉금이 맑아지는구나.

고야화서

春耕秋穫滿吾鄕　봄에 밭 갈고 가을에 거두니 우리 고을 곡식이
　　　　　　　　가득한데
古野務農事事忙　고야들 농사에 힘쓰니 일마다 바쁘네.
禾黍油油無彼此　벼농사가 이곳저곳에 모두 잘 되었으니
萬民活動拂衣裳　많은 사람 가을걷이하며 옷자락을 추어올리네.

歌採蓮). 강남지방에서 연밥을 딸 때의 풍경을 묘사 한 노래.

• 호은(湖隱) 김용욱(金容旭)

(고종 13년 1876년 병자생, 본관 : 김해, 주소 : 달성군 논공면 삼리동)

달성청람

達城從古闡名園 　달성의 옛날을 따라 공원으로 이름을 드러내니

地氣蒸晴四節存 　기후는 맑고 무더워 사계절이 뚜렷하네.

萬樹蕭森兼翠密 　많은 나무 고요한 숲 속에 푸르스름한 기운 가득하니

遺傳百世景明痕 　아름답고 깨끗한 경치 백세토록 남겨주세.

남산춘색

南山磅礴鎭無窮 　남산의 조화로운 곳 무궁한데

春日登臨四望同 　봄날에 산에 올라 사방을 바라보네.

生態發揮人與物 　생태를 보존하여 사람과 자연이 함께 하니

自然和氣在其中 　자연히 화한 기운이 그 가운데 있네.

금호어적

琴湖江水逝斯如 　금호강의 강물이 이와 같이 흘러가니

漁笛棹歌不絶虛 　어부의 피리소리와 뱃노래가 허공에 끊이질 않네.

垂釣空洲簑笠叟 　모래톱에서 도롱이에 삿갓 쓰고 낚시하는 노인

斜風細雨興猶餘 　석양 바람에 이슬비 내리니 흥이 절로 나네.

용산귀운

龍山一脉抱江關 　와룡산의 한 줄기가 강어귀를 에워싸고

雲作奇峰倍舊顔 　기이한 봉우리에 구름이 일어나니 해무리가

나타나네.

如火如綿何處去　불같기도 하고 비단 같기도 한데 어디로 떠가는가?

常時散合暫無閒　항상 흩어졌다 모이니 잠시도 한가롭지 않네.

신천제월

新川雨霽月偏淸　신천에 비갠 후 달빛이 더욱 맑으니

萬戶城中倍色生　성중(城中)의 많은 사람들이 더욱 아름답게 여기네.

歌者詩人吟弄處　가인(歌人)15)과 시인들이 달을 희롱하는 곳에

各從其類盡其情　각기 그 무리 따라 그 정을 다하네.

동사모종

桐華寺刹淨無塵　동화사 절이 깨끗하고 티끌이 없으니

朝暮鐘聲意思新　아침저녁으로 울리는 종소리 생각을 새롭게 하네.

壑邃林深開別界　깊은 골짜기 숲속에는 별세계가 펼쳐지니

此間應有養眞人　이곳에서 응당히 진인(眞人)이 양성되리라.

영지추연

靈池秋節露沈沈　영선 못에 가을 이슬이 맺히니

萬朶千葩摠笑心　천만 줄기에 연꽃이 피어 웃음 짓네.

採採佳娥剪剪伐　연을 캐며 보기 좋게 자르고 자르니

如何不惜濕衣襟　옷 젖는 것도 애석해 하지 않네.

---

15) 창(唱)을 하는 사람.

고야화서

古野長平挾大鄉 고야의 들판이 우리 고을에서 넓고 평평한데
春耕秋獲事忙忙 봄에 밭갈이하고 가을에 거두니 농사일
바쁘구나.
鴽鷃啼出中天半 메추리와 대까마귀가 하늘에서 우니16)
處處農家始拂裳 농가의 곳곳에서 비로소 옷자락을 추어
올리네.17)

---

16) 가을이 왔다는 의미임.
17) 가을걷이, 즉 추수를 한다는 의미임.

• 소은(小隱) 윤영식(尹永植)

(고종 15년 1878년 무인생, 본관 : 파평, 주소 : 대구시 서구 비산동)

달성청람

天有達城城有園　천연적으로 달성이 생겼는데 성을 공원으로 만드니

分明古蹟至今存　분명한 고적이 지금까지 보존되어 있네.

晴嵐每起煙霞後　맑은 남기가 매양 안개처럼 끼여 있으니

朝暮山容見露痕　아침저녁으로 산에는 이슬이 맺혀있네.

남산춘색

長對南山眼不窮　오랫동안 앞산을 대하고 있으니 시계(視界)가
　　　　　　　　 무궁한데

至今春色昔年同　올해의 봄빛도 지난해와 동일하네.

紅花綠草溪前後　붉은 꽃과 푸른 풀이 계곡에 가득한대

幾客登臨熳畵中　얼마나 많은 사람들 아름다운 그림 속에서 산을
　　　　　　　　 올랐던가?

금호어적

琴湖全景問何如　금호강의 전경이 어떠한지를 물어보노라.

江日遲遲晩照虛　강에는 해가 느릿느릿 오랫동안 비치네.

兩岸晴沙風笛後　강 양쪽 언덕 깨끗한 모래에는 바람에 피리소리
　　　　　　　　 들리고

蘆花飛盡白鷗餘　갈대꽃이 날아 흩어지니 백구만 남았구려.

용산귀운

龍山名蹟滿鄕關　와룡산에는 우리고을의 이름난 유적이 가득한데

一去浮雲更露顔 뜬구름이 한차례 지나가니 다시 모습이 들어나네.

幾作青林朝暮雨 푸른 숲에 아침저녁으로 얼마나 많은 비가 내렸던가?

無心出岫使人閒 무심히 산골짜기에서 나와 사람들이 한가롭다네.

신천제월

萬里無雲晴氣清 만 리에 구름이 없고 기운이 맑은데

一輪明月水中生 둥글고 밝은 달이 물속에서 떠오르네.

問爾青天來幾夜 묻노니 너 푸른 하늘 몇 밤을 왔던고

千秋惟有故人情 천추에 오직 고인의 정만이 남았네.

동사모종

一聲淸撤世間塵 한 줄기 맑은 종소리 세상의 티끌 거두니

暗覺聞鐘佛界新 종소리를 듣고 어둠을 깨치니 부처님의 세계가 새롭네.

幾警千秋花鳥夢 천추의 화조의 꿈을 몇 번이나 경계하였던가?

曉來寒聞讀書人 새벽에 오니 차가운데 불경 읽는 소리 들리네.

영지추연

秋蓮出水任浮沈 가을 연이 물 위에 떠 있으니

不改平生七竅心 평생 동안 칠규(七竅)의 마음 고치지 않네.18)

花葉青紅根實美 꽃과 잎 붉고 푸른데 뿌리와 열매도 아름다운데

清香暗襲釣翁襟 맑은 향기가 점점 어옹(漁翁)의 옷에 스며드네.

---

18) 몸 가득히 군자의 마음을 간직하고 있는 것.

고야화서

秋聲瑟瑟起南鄉　가을의 소리가 남쪽 고을에서 일어나니
古野稻黃田事忙　고야 들판의 벼 누렇게 익고 농사일 바빠지네.
襏襫寒粧相送罷　도롱이19) 입고 한기(寒氣)를 막으며
歸來涼露浥衣裳　돌아오니 서늘한 이슬이 옷자락에 맺히네.

---

19) 우의(雨衣), 또는 거친 베로 만든 두툼한 옷.

• 회산(晦山) 김교유(金敎有)

(고종 15년 1878년 무인생, 본관: 경주, 주소: 대구시 서구 비산동)

달성청람

萬樹蒼蒼萬古園　많은 나무들이 푸르고 푸른 만고의 공원인데
晴春朝暮每留痕　아침저녁으로 매양 청명한 봄기운이 남아 있네.
非雲非霧淸凉氣　구름도 아니고 안개도 아닌 청량한 기운이
只是浮光不穢痕　빛살 속에 떠 있는데 티끌이 보이지 않네.

남산춘색

山無窮日春無窮　산에 햇살이 다함이 없어 봄이 무궁한데
山與春光處處同　산속의 봄빛이 곳곳에 동일하네.
草綠花開三月節　초록빛 3월에 꽃이 피니
幾人來往畵圖中　얼마나 많은 사람이 그림 속에 왕래하였던가?

금호어적

水色天光鏡面如　하늘빛이 물 위에 비치니 거울 같은데
孤舟載月八淸虛　외로운 배에는 맑은 달빛만 가득 실었네.
歸來嚮聞風傳響　돌아오는 길에 바람소리 메아리 되어 들리니
不換三公樂有餘　삼공(三公)의 즐거움과 바꾸지 않으리.

용산귀운

陰霾淡靄不相關　잔뜩 먹구름이 끼었다가 상관없는 듯 맑은
　　　　　　　　아지랑이 나타나고
朝暮歸來恒舊顔　아침저녁으로 오고감에 항상 옛 모습 그대로네.
象鳥滿空飛去盡　새들은 가득히 허공을 날아가고

無心獨去自然閑　무심히 홀로 떠가니 자연스레 한가한 듯.

신천제월

滿面清光霽倍清　수면에 가득한 달빛이 배나 맑고
一天如水玉輪生　하늘이 수면과 같은데 달빛이 솟아오르네.20)
靈臺遍照無塵慾　영대에 두루 비치니 진세(塵世)의 욕심 사라지고
非是假容是本情　이는 거짓모습이 아니라 본뜻이라네.

동사모종

一聲清聞洗胸塵　한줄기 맑은 종소리 들으니 흉금을 씻은 듯
消盡六根漸入新　육근21)이 소멸되니 점점 새로운 경지에
　　　　　　　　들어가네.
默坐尋牛明燭夜　묵묵히 앉아 소를 찾으니22) 등불은 밤을 밝히고
惺惺問主幾禪人　주인이 깨어 있는가를 물으니23)거의 선승이 되었네.

영지추연

紅粧翠盖不浮沈　붉은 꽃으로 장식하고 푸른 잎을 덮어 물위에
　　　　　　　　떠 있고
根幹中藏七竅心　뿌리는 줄기 아래 감추어져 있으니 군자의

---

20) 옥륜(玉輪): 달의 별칭.
21) 사람의 마음을 미혹하게 하는 여섯 가지 근원. 즉 안(眼) 이(耳) 비(鼻) 설
　　(舌) 신(身) 의(意)를 말함.
22) 불교에서 진리를 찾는 것을 소에 비유한 것. 이것을 심우도(尋牛圖)로 표현
　　하였음.
23) 옛날 서암사(瑞巖寺)의 승려가 매일 스스로 묻기를 "주인옹(主人翁)은 깨어
　　있는가."라고 하고 이윽고 "깨어 있다"라고 답하였다고 함. 여기서 주인은
　　마음, 정신을 말함. 서암사 승려의 이름은 사언(師彦), 호는 공적(空寂), 송
　　나라 사람이다.

마음과 같네.

特立亭亭秋氣澹　가을 기운은 맑은데 정정하게 우뚝 서 있으니
濂翁千載想胸襟　천 년 전 주렴계의 깨끗한 마음을 생각나게
　　　　　　　　하네.

고야화서

琴湖江上達西鄕　금호강 위 달서의 고을에
五月田家人倍忙　5월에 농가의 사람 배로 바쁘네.
垂穗油油秋正熟　잘 영글은 이삭 고개 숙이고 추수하니
一樽相醉舞衣裳　한 두루미 술 서로 권하며 춤을 추네.

• 청고(晴皐) 이종희(李宗熙)

(고종 15년 1878년 무인생, 본관 : 인천, 주소 : 대구시 북구 무태동)

달성청람

似烟非雨繞公園	비도 아니고 안개 같은 것이 공원을 빙 둘러 있는데
近視若無遠若存	가까이서 보면 없는 것 같은데 멀리서 보면 보이네.
靄靄霏霏明朗氣	아지랑이 같은 밝고 맑은 기운이 내려
滿城林木摠含痕	성 속에 가득한 나무 사이에 어려 있네.

남산춘색

花紅草綠散無窮	붉은 꽃이 피고 온 산이 초록으로 푸른데
一樣春心色不同	춘심은 같으나24) 봄 빛깔은 서로 다르네.
色色形形皆自樂	형형색색 모두 스스로 즐기는데
太和元理玩斯中	태화의 원리25)가 이 가운데 들어 있네.

금호어적

弄笛漁舟放所如	고기잡이 배 피리소리 사방에 퍼지니
百端塵累一時虛	백단26)의 티끌 일시에 사라지네.
清音逸趣人誰識	청음27)의 은근한 취미를 뉘 알리오.
七里灘風抵此餘	7리의 여울 바람28)이 이곳에 이르네.

---

24) 봄을 감상하는 마음.
25) 만물생성의 원리, 음양(陰陽) 이기(理氣)를 말함.
26) 백단(百端) : 온갖 일의 단서. 실마리. 여기서는 세상의 모든 티끌을 의미함.
27) 맑고 청아한 소리.

용산귀운

宛作奇峯或似關　기이한 봉우리가 완연히 관문과 같은데
故看雲勢百千顏　구름의 모양을 보니 백 천의 얼굴이네.
羡哉嶺上陶弘景　부럽도다. 고개 위의 도홍경이여[29]
只可怡怡獨自閒　다만 기쁜 마음으로 홀로 한가롭다네.

신천제월

夜色川流一樣淸　밤이 되니 한줄기 맑은 물 흐르고
霽天如水月初生　물빛 같은 하늘에 초생 달이 뜨네.
明光偏照無南北　밝은 빛이 두루 비추니 남과 북이 없는데
惹起英雄愛國情　영웅들의 나라사랑하는 마음 일어나게 하네.

동사모종

不二法門超世塵　불이의 법문(法門)[30] 세속을 초탈하니
禮鐘聲裡意還新　예불의 종소리 속에 뜻이 또한 새롭네.
慈航博愛皆由是　자비심으로 중생을 구제함이 이로 말미암으니
苦海迷津濟萬人　고해의 혼미한 나루 만인을 제도하네.

영지추연

大地花葉任浮沈　대지에 꽃과 잎이 물 위에 떠 있는데
今古人多愛爾心　고금의 많은 사람들이 너의 마음을 사랑하였네.
澤畔行吟還有感　못가를 거닐며 읊으니 또한 느낌이 있는데

---

28) 멀지 않는 거리에서 부는 바람.
29) 도홍경(陶弘景)은 중국 남조 양(梁)나라의 도사(道士). 박학다식하여 역산
　　(曆算), 지리(地理) 등에 정통하였음. 여기서는 자유자재로 변화하는 구름을
　　가리키는 것으로 보임.
30) 불교의 가르침을 말함.

靈均何故製衣襟　영균31)은 어떠한 연고로 이것으로 옷을
　　　　　　　　　지었는가?

고야화서

歲熟平郊化穀鄕　평평한 들에 해마다 곡식이 익으니
田家實績在紛忙　농가의 수확이 부지런함에 달려있네.
村村築圃收藏後　집집마다 땅을 파고 돋우어 저장한 후에32)
夫讀豳風女織裳　남편은 빈풍33)을 읊고 아내는 옷을 짜네.

---

31) 영균(靈均)은 전국시대 초나라 굴원(屈原)의 자(字). 굴원이 지은 <이소경
　　(離騷經)>에 "연꽃을 모아 옷을 만드네.(纍芙蓉以爲裳)"라는 구절이 있음.
32) 원문의 축포(築圃)는 옛날에 집에 창고가 없을 때 밭의 흙을 파고 돋아서
　　갈무리 한 것을 말함.
33) 『시경』의 <빈풍칠월장(豳風七月章)>을 말함. 주공(周公)이 농사의 어려움을
　　말한 시임.

• 괴암(槐庵) 김태화(金泰化)

(고종 15년 1878년 무인생, 본관 : 김해, 주소 : 대구시 중구 중리동)

달성청람

景中樓郭畵中園　공원의 누각이 그림처럼 펼쳐져 있는데

嵐氣騰空淑氣存　남기가 허공에 오르니 공기가 맑구나.

無限風光收自詠　무한한 풍광에 스스로 읊나니

至今不改舊時痕　지금도 옛날의 모습을 바꾸지 아니하네.

남산춘색

陽春布德永無窮　따뜻한 봄날 양의 덕이 무궁하게 펼쳐지니34)

萬朶千林被化同　온 숲의 나무 가지에 한결같이 미치네.

畏老无爲人愛惜　노인들은 두려워 행하지 아니하니 사람들이 애석
　　　　　　　　해하고

三三作伴上山中　삼삼오오 짝을 지어 산속을 오르네.

금호어적

江湖趣味問何如　강호수에 취미를 붙이는 것이 어떠한지
　　　　　　　　물어보노라

取適年來世念虛　낚시를 하며35) 근래 세상사를 잊었네.

泛彼中流歌一曲　배를 타고 유수곡(流水曲)36) 한 곡조를 노래하며

---

34) 동지(冬至)에 일양(一陽)의 기운이 움직여 음력 1월이 되면 봄이 되는데,
　　이와 같이 양의 기운이 상승하는 것을 양의 덕이 퍼지는 것으로 말한 것임.

35) 원문의 취적(取適)은 적비취어(適非取魚)의 의미로 '낚시하는 참뜻이 물고
　　기를 잡는데 있는 것이 아니라 세상사를 잊고자 하는데 있다'는 의미임.

36) 금호강(琴湖江)은 그 명칭으로 인하여 자연의 거문고[琴]에 비유되는데 유
　　수곡(流水曲)은 『열자(列子)』에 보이는 유명한 거문고 곡조임.

終宵互答興惟餘　밤이 다하도록 서로 화답하니 흥이 남음이 있네.

용산귀운

觸石起時致雨關　바위에 부딪치며 산을 오르니 비가 내리는데

如綿頃刻遍山顏　잠시 동안에 이어졌는데 온산이 젖었네.

無心出發昭融氣　무심히 출발하니 엉킨 공기 맑고

浮影護來隱逸閒　물에 뜬 그림자 호위 받으며 한가하게 노니네.

신천제월

氷輪轉出水精清　달이 떠오르니 수정처럼 맑은데

蚌蛤當時實復生　당시에는 조개모양37)과 같더니 다시
되살아났네.

天道無私虧更滿　천도는 사사로움이 없어 이지러졌다 다시 차는데

照臨下界洗塵情　하계를 비추며 세상의 티끌을 씻어내네.

동사모종

佛界清閒遠世塵　부처님의 세계 맑고 고적하니 티끌세상과 멀고

鐘聲一落道心新　종소리가 한번 울리니 도심(道心)이 세롭네.

元來執意終貞確　원래 지향하는 뜻이 곧고 바르니

守法誰能五戒人　누가 능히 오계를 지켜 불법을 수호할까.

영지추연

蓮房風起粉紅沈　연꽃에 바람이 부니 붉은 꽃향기가 퍼지는데

十丈藕船壓水心　열장 길이의 연꽃 배들이 물 가운데 떠 있네.

澤畔秋深開畫幅　가을 못은 깊은데 그림 같은 모습이 나타나고

---

37) 반달 모양과 같았다는 의미.

清香浮動襲人襟　맑은 향기가 흩어지니 사람들의 옷깃에 스며드네.

고야화서

無邊古野挾江鄕　끝없는 고야들이 강을 끼고 있는데
灌水禾田事事忙　벼를 심은 논에 물을 대고 바쁘네.
勤務於農爲上策　농사일은 부지런 한 것이 상책이니
早朝巡視露霑裳　이른 아침에 돌아보니 이슬이 옷에 젖어드네.

• 초산(樵汕) 정언기(鄭彦淇)

(고종 15년 1878년 무인생, 본관 : 김해, 주소 : 대구시 중구 중리동)

달성청람

嵐氣層層綠樹園　남기가 공원의 푸른 나무에 층층이 있고
鶯歌燕舞此中存　이 속에서 꾀꼬리와 제비가 춤추며 노래하네.
由來景物云佳麗　경치를 감상하니 아름다운데
南國天晴月印痕　남국의 맑은 하늘 달빛이 비치네.

남산춘색

陰陽一氣運無窮　음양의 기운이 쉼 없이 움직이니
物理生生化被同　사물에 미쳐 생하고 생하네.
竹窓幽戶摠和氣　고요한 대나무 창가에도 화기가 완연하니
斷續禽聲滿院中　새소리가 들리다가 멈추었다 하니 공원에
　　　　　　　　가득하네.

금호어적

簑笠漁翁收釣如　도롱이 입고 삿갓 쓰고 낚시하는 어옹
江風弄笛泛中虛　강바람에 고깃배 피리소리 허공에 가득하네.
萬事無心多逸興　만사에 무심하니 은자(隱者)의 흥이 일어
黃昏歸路月陰餘　저물녘 돌아가는 길에 달그림자 비치네.

용산귀운

雲去雲來自繞關　오고가는 구름이 산을 빙 둘렀는데
東風何夜夢天顏　어느 날 밤 동풍에 꿈속에서 천안을 보았네.
無心出岫徘徊散　무심히 산골짜기에서 나와 배회하다 흩어지고
擁日亭亭一蓋閒　의젓하게 해를 끼고 하늘을 가리네.

신천제월

一天如水夜陰清　하늘이 수면과 같으니 밤기운이 청아하고
皎皎新光銀界生　밝고 밝은데 은하수가 보이네.
照明兒女長溪浣　달빛은 긴 시내에서 빨래하는 아녀자 비추고
咏入詩人萬古情　시인은 만고의 정을 읊고 돌아오네.

동사모종

諸天花雨不染塵　천상에서 꽃비가 내리니 티끌세상에 물들지
　　　　　　　　아니하고
日暮鐘聲遠聞新　해가 저물자 종소리는 멀리 새롭게 들리네.
山形依舊流風景　산의 모습은 옛날과 같은데 풍경은 바뀌었고
猶有佛身覺世人　오히려 부처님이 계셔서 세인들을 깨닫게 하네.

영지추연

生在靈池半欹沈　반 이랑의 영선 못에 잠겨 생장하니
秋風秋日動花心　가을날 부는 바람에 꽃술이 움직이네.
人稱愛好賢君子　사람들이 사랑하고 좋아하여 어진 군자라
　　　　　　　　칭하는데
芳萼朱華綠水襟　꽃받침과 붉은 꽃이 푸른 물위에 떠 있네.

고야화서

油油禾黍滿隣鄉　잘 자란 벼가 이웃 고을에 가득하니
稼穡隨時人倍忙　때를 따라 농사지으니 사람들이 배로 바쁘네.
沃土豐肥長茂盛　기름지고 비옥한 농토에 무성하게 자라
饁之南畝共衣裳　남쪽 이랑에서 들밥을 먹고 함께 옷자락을
　　　　　　　　추어올리네.

• 모운(慕雲) 손진곤(孫鎭坤)

(고종 15년 1878년 무인생, 본관 : 일직, 주소 : 대구시 동구 도동)

달성청람

天作達城一局園	자연적으로 생긴 달성에 공원을 여니
長松垂柳四邊存	오래된 솔과 수양버들이 사방에 있네.
詞客佳人來去地	지식인과 시인38)이 오고가고
岩雲崖漏散無痕	바위와 언덕에 남기가 흩어지니 흔적이 보이지 않네.

남산춘색

載彼南山自不窮	저 높은 남산이여 다함이 없구나
姸梅稚柳帶春同	고운 매화 어린 버들에 다 함께 봄이 왔네.
醉客騷人碁友席	취객과 시인은 벗들과 바둑을 두고
百番和氣一般中	화한 봄기운이 기운39) 이 속에 가득하네.

금호어적

琴湖佳景問何如	금호강의 아름다운 경치가 어떠한지를 물어보노라
白鷺高飛示遠虛	백로가 높이 날아 먼 허공에 보이고
漁笛江于來不絶	어부의 피리소리 강을 오가며 끊이지 않으니
淸閒歲月太平餘	맑고 한가로운 곳 태평세월 같구나.

---

38) 사객(詞客) : 시나 글을 짓는 사람.
39) 백번화기(百番和氣) : 음양의 기운이 바뀌어 자주 왕래하였다는 의미로 완전한 봄을 말함

용산귀운

臥龍山勢正艱關	와룡산의 형세 진실로 험하니
體嶽徒然北走顔	산의 모습 도연(徒然)히40) 북쪽으로 뻗어 있네.
磅礴高峯朝暮景	가득 찬 높은 봉우리 아침저녁으로 보이는데
白雲獨自去來閒	흰 구름은 제 홀로 한가로이 오가네.

신천제월

新川秋水夜全清	신천의 가을 물 밤이 되니 모두 맑고
智者方知妙理生	지혜로운 자 바야흐로 묘한 이치를 아네.
況復東山霽月影	하물며 다시 동산의 비갠 달의 그림자 비치고
波心來到別般情	물결에 마음이 이르니 특별한 정이 나네.

동사모종

桐華古刹境無塵	고찰인 동화사 절에 티끌이 없으니
一落鐘聲暮景新	종소리 울리니 저녁 풍경 새롭네.
斗月樓前風俗舊	두월루 앞의 풍속은 옛날과 같은데
如來極樂摠山人	석가여래의 극락왕생 모든 산인이 기원하네.

영지추연

靈池一鑑自清沈	영선 못이 거울과 같이 맑은데
大葉如盤覆水心	큰 잎이 쟁반같이 물 가운데를 덮고 있네.
滿汀娥莫爭多採	가득찬 물가에서 어여쁜 연꽃 많이 따려고 다투지 말라
時愛清香君子襟	때로 맑은 향기 나는 군자를 사랑하노라.

---

40) 까닭 없이. 원래, 처음부터, 생겨날 때부터 그러하다는 의미.

고야화서

開川拓土是農鄉	물길을 트고 농토를 개간한 이 고을
日出田家事事忙	해가 뜨니 농가에 일들이 바쁘구나.
禾黍連阡豊歲樂	곡식이 가득한 들판 풍년들어 즐거우니
閨娥又復製衣裳	규방의 아낙네 또한 옷을 지으리.

• 경은(耕隱) 배원식(裵元植)

(고종 15년 1878년 무인생, 본관 : 달성, 주소 : 대구시 서구 비산동)

달성청람

天借佳山作大園　하늘이 아름다운 산을 빌려주어 큰 공원을
　　　　　　　　열었는데
蒼嵐翠滴繞常存　푸른 남기와 푸른 물방울이 항상 빙 둘러 있네.
難摻難畫澄淸氣　표현하기도 어렵고 그리기도 어려운 맑은 기운
風雨非時露本痕　풍우가 내리지 않는데도 이슬이 맺히네.

남산춘색

滿山春色玩無窮　온 산에 봄 색이 가득하여 오랫동안 완상하니
紫白靑紅一氣同　붉고 희고 푸르고 붉은 것이 기운은 동일하네.
此是東君和養德　이는 동군(東君)[41]의 화한 덕을 기름이니
登臨日日醉醒中　나날이 산에 오름에 자연에 취했다 깨어났다
　　　　　　　　하네.

금호어적

十里湖光鏡面如　십리의 호수 맑기가 거울 같은데
數聲漁笛落淸虛　몇 가락 어부의 피리소리 청아하고도 맑구나.
個中間趣誰能識　그 가운데 붙인 취미를 누가 능히 알까
烟月斜風興自餘　달빛과 더불어 불어오는 바람에 저절로 흥취가
　　　　　　　　일어나네.

---

41) 봄의 신.

용산귀운

龍岳蜿蜿似塞關　구불구불한 와용산이 관문을 닫은 것 같은데
歸雲一帶覆山顔　한 띠의 구름이 몰려와 산을 뒤덮네.
不知多小人間事　다소의 인간사 알 수 없는데
自起自消任自閑　저절로 생겨나고 저절로 사라지니 한가롭네.

신천제월

珍重玉輪霽後淸　보배로운 달 비갠 후에 더욱 맑은데
新川透月特新生　신천에 달이 투영되니 별도로 생겨나는 것 같네.
昏衢一燈平分色　어두운 거리에 등불 밝히듯 평등하게 비추니
長伴乾坤萬古情　길이 건곤과 짝하며 만고의 정을 드러내네.

동사모종

隱隱鍾聲遠刧塵　은은한 종소리 억겁의 티끌 세계를 멀리하고
公山深處法天新　팔공산의 깊은 곳에 불법(佛法)을 새롭게 하네.
誰知仙境斯中在　누가 이 가운데 선경이 있는지 알리요
白眼看他世累人　백안으로 이승의 중생들 바라보네.

영지추연

自出泥中不染沈　흙탕 가운데 나와서 물들지 아니하고
淺深池水獨開心　얕고 깊은 못물에서 홀로 마음을 여네.
勿論色且香尤愛　색깔과 향기 가릴 것이 없이 더욱 사랑스러워
莫惜遊人折揷襟　유인(遊人)42)들이 꺾어 꽂는 것을 애석하게 여기지 말라.

---

42) 유객(遊客), 즉 감상하는 사람을 말함.

고야화서

茫茫古野点農鄕	넓고 넓은 고야의 들 점점이 농촌마을
雨露當時事倍忙	비와 이슬이 내릴 때 일이 배로 바쁘네.
鋤舞壤歌相樂地	호미 들고 춤추며 격양가43) 부르며 서로 즐거워하고
霜風秋月滿衣裳	서리 바람에 가을 달 뜰 때 의상이 가득하네.

---

43) 풍년을 칭송한 노래.

• 성암(性庵) 서건수(徐健洙)

(고종 16년 1879년 기묘생, 본관 : 달성, 주소 : 대구시 서구 비산동)

달성청람44)

落日蒼蒼萬樹圍　많은 나무가 자라고 있는 동산에서 지는 해가
　　　　　　　　　푸르고 푸른 것은

翻雲不與自靖存　변하는 구름도 관여하지 못하게 자정45)이 보존
　　　　　　　　　되고 있기 때문일세.

却嫌淸淡和滛穢　깨끗하고 맑은 게 음란하고 더러운 것과 섞임이
　　　　　　　　　싫어서

霪雨非時不露痕　때 아니게 장맛비가 내려 흔적 드러나지 않도록
　　　　　　　　　하였네.

남산46)춘색

相看不厭意無窮　서로 봄에 싫지 않고 생각도 무궁한데

山與春光歲歲同　산은 봄 풍광과 함께 매해마다 같구나.

秉燭夜遊吟賞客　촛불 잡고 밤까지 놀며 읊조리고 구경하던 손님들

枕壺長醉落花中　떨어지는 꽃 속에 술병 베고 오래도록 취해있구나.

금호어적

一片孤篷任自如　한 조각 외로운 배를 마음대로 가도록 맡겨둔 채

蕭蕭細雨入江虛　쓸쓸하고 쓸쓸하게 가랑비 오는 강으로 들어갔네.

---

44) 청람(晴嵐) : 청람이란 '맑은 남기'라는 뜻으로, 남기는 멀리서 보이는 푸르
　　스름하고 흐릿한 기운이다.

45) 자정(自靖) : 의리상 자신이 마땅히 다해야 할 바가 있다면 그것을 회피하
　　지 않고 스스로 편안한 마음으로 행함.『서경(書經)』「미자(微子)」

46) 남산(南山) : 여기서 말하는 남산은 지금의 앞산이다.

數聲回處千波頃　몇 가닥 소리 돌아오는 곳은 천 갈래 물결 너머니

許與盟鷗我管餘　친한 갈매기도 나의 피리 소리를 허락한 것이라네.

용산귀운47)

朝消暮起任無關　아침에 사라지고 저녁에 일어나도 무관하게
보았지만

換白爲靑幾改顏　흰색을 바꾸어 푸른색 만들며 몇 번이나 얼굴
바꿨나?

萬點隨風歸去後　만 점의 구름이 바람 따라 돌아가고 난 뒤에는

山容自在舊時閒　산의 얼굴 절로 옛 시절 한가롭던 그대로 있네.

신천제월

玉字迢迢鏡面淸　하늘은 드높고 거울 같은 수면도 맑아

銀輪一隻水中生　은 수레바퀴 한 개가 물속에 생겨났네.

虛明洞澈無塵累　비고 밝고 환히 통해 있는데 너더분한 일도 없어

遍照靈臺露七情　신령스런 마음을 두루 비춤에 칠정이 드러나누나.

동사모종

日暮空山淨不塵　해 저문 빈 산이 고요한데다 티끌조차 없어서

一聲淸落萬機新　한 가닥 소리 맑게 들림에 모두가 새로워지네.

紅袈白衲跏趺釋　붉은 가사 흰 장삼으로 가부좌한 스님

幾作諸天頓悟人　몇 분이나 제천48)의 깨달은 이 되었을까?

---

47) 용산귀운(龍山歸雲) : 귀(歸)는 '돌아가다.'와 '돌아오다.'라는 뜻을 모두 가
지고 있다.

48) 제천(諸天) : 불교에 의하면 하늘은 마음을 수양하는 경계를 따라 여덟 개
로 나뉘어 있다고 하는데 이 여덟 개의 하늘을 한꺼번에 일컫는 말이 제천
이다.

영지추연

秋容淡泊露華沈　가을 모습 담박한 중에 피어난 꽃 잠겨있지만
萬朵紅生七竅心　가지마다 붉은 게 생겼는데 일곱 구멍의 꽃술.
一線微風中夜起　한 줄기 부드러운 바람이 깊은 밤에 일어나서
香輪明月八胸襟　밝은 달로 향기 보냄에 가슴 속으로 들어오네.

고야화서

茫茫天野水雲鄕　망망하게 큰 들판에 물 흐르고 구름 떠도는
　　　　　　　　마을이기에
東作西成日倍忙　동쪽서 경작하고 서쪽서 결실 봄에 날마다
　　　　　　　　배로 바쁘네.
黃穗滿畦秋正熟　누른 이삭 들에 가득 가을되자 익으니
家家相醉舞衣裳　집집마다 서로 취해 의상 갖춰 춤추네.

• 춘전(春田) 최광윤(崔光潤)

(고종 16년 1879년 기묘생, 본관 : 완산, 주소 : 대구시 중구 달성동)

달성청람

萬木蔥籠一古園	나무마다 푸르게 우거진 한 오래된 동산에
靑嵐淑氣四時存	푸른 남기와 맑은 기운이 사시사철 있구나.
如烟如霧離還合	연기처럼 안개처럼 흩어졌다 다시 합해
暮暮朝朝自翠痕	저녁대로 아침대로 스스로 비취색 흔적.

남산춘색

春光裊裊化無窮	봄빛이 간들간들 조화가 무궁하지만
萬物生生一理同	만물이 나고 남은 한 이치로 같다네.
不獨南山晴景美	앞산의 맑은 경치만 아름다운 게 아니고
乾坤盡在太和中	하늘과 땅까지 전체가 태화49) 속에 있다네.

금호어적

蘆荻蒼蒼水練如	갈대와 물억새가 푸르고 푸르러서 물로 씻은 듯한데
一聲漁笛轉淸虛	한 곡조 어부의 피리 소리 맑은 하늘에 울려 퍼지네.
忘機眠鷺翻驚夢	세상일 잊고 자던 해오라기 꿈꾸던 중 깜짝 놀라
拳立烟波細雨餘	안개 낀 강 가랑비 오는 가운데 근심스레 서있네.

용산귀운

無心來去本無關	무심히 오고가서 본래 관심도 없었지만

---

49) 태화(太和) : 음양이 조화를 이뤄 생생화육(生生化育)하는 덕(德).

朶朶重重宛露顔　줄기줄기 거듭거듭 완연히 드러난 얼굴.
我欲長年相伴住　나도 오래 장수하며 서로 간에 짝이 되어 살고
　　　　　　　싶지만
不求浮滅但求閒　나타났다 사라짐은 바라지 않고 다만 한가함만
　　　　　　　바랄뿐.

신천제월

霽景森羅四境淸　삼라만상에 비 갠 풍경 사방이 모두 맑아
碧天如水月初生　물과 같은 푸른 하늘에 달이 처음 나왔네.
精光可愛那能寢　깨끗한 빛 사랑스러운데 어찌 잠잘 수 있으리오
坐到中宵未盡情　앉은 채로 한밤을 맞았지만 시정을 다하지
　　　　　　　못했네.

동사모종

撞罷空山刹刹塵　빈산에서 종 치는 일 파했을 땐 절마다 속진이다가
六根愁滯一時新　육근50)의 근심꺼리로 막혔던 것이 일시에
　　　　　　　새로워졌네.
聽來頓忘迷津事　종소리 들으니 나루 찾아 헤매던 일51) 갑자기
　　　　　　　잊겠으니
悟得禪家幾個人　참선하는 스님 중에 갑자기 깨달은 분은 몇이나
　　　　　　　될까?

---

50) 육근(六根) : 사람을 미혹케 하는 여섯 가지 근원. 안(眼), 이(耳), 비(鼻),
　　설(舌), 신(身), 의(意).
51) 나루 찾아 헤매던 일 : 학문으로 들어가는 길을 묻는 것을 강을 건너려 나
　　루를 묻는 것에 비유하여 문진(問津)이라는 말로 표현함.

영지추연

田田大葉任浮沈	밭마다 큰 잎이 물속에 떠 있는데
萬朶蓮花半吐心	많은 연꽃 절반은 꽃술을 드러내고 있네.
卻有騷人題品坐	시인이 있어 작품을 쓰려 앉았노라니
淸香來處爽胸襟	맑은 향 오는 곳 마음 상쾌하게 되네.

고야화서

油油禾黍擅吾鄕	윤기 나는 벼와 기장 우리 고장에 마음껏 자라
耕鑿生涯事倍忙	밭 갈고 우물 파는 생애52)가 일 마다 배로 바쁘네.
秋熟田翁收穗立	가을에 익어서 농부가 이삭을 거두다 서니
莖霜葉露墜衣裳	줄기의 서리와 잎의 이슬이 옷에 떨어지네.

---

52) 밭 갈고 우물 파는 생애 : 요임금 시대에 백성들이 태평성대를 구가했던 노래라고 하는 격양가(擊壤歌)에 나오는 표현.

● 묵호(默湖) 구선회(具善會)

(고종 16년 1879년 기묘생, 본관 : 능성, 주소 : 대구시 북구 무태동)

달성청람

一片名區達句圍　한 조각의 이름 난 구역 달구원에는
清光淑氣四時存　깨끗한 빛 맑은 기운이 사시로 있네.
如濃如薄邊無像　짙은 듯 또 옅은 듯 주변은 형상도 없어
莫不玄機造化痕　현묘치 않은 게 없는 조화의 흔적이라네.

남산춘색

雖巧昧手繪難窮　비록 솜씨 있는 화가라 해도 그림으로 다하기
　　　　　　　　어려움은
白白紅紅處處同　흰 것은 흰 대로 붉은 건 붉은 대로 곳곳마다
　　　　　　　　같아서지.
散在湖山誰管領　호수로 산으로 흩어져 있는 것 누가 도맡아
　　　　　　　　하겠으리오
總歸詞客詠觴中　모두가 문인들의 읊조리고 술 마시는 것 속에
　　　　　　　　달렸다네.

금호어적

嘹喨節奏洞簫如　맑게 멀리까지 연주하는 소리가 퉁소 같구나
始自平江接太虛　평평한 강에서 시작해 하늘로 이어지고 있네.
也識漁翁吹一笛　또 늙은 어부가 한 가닥 피리를 불고 있기에
遺音不絶釣磯餘　여음이 낚시터 서덜에 끊이지 않음도 알겠네.

용산귀운

起望清晨觸石關　맑은 새벽에 일어나 석관에 닿은 걸 바라보니

魚鱗鳥翼遍山顔　물고기 비늘과 새의 날개가 산마루를 두른 듯.
無常散聚其誰識　무상하게 흩어지고 모이는 것 그 누가 알리요
暮暮朝朝自得閒　저녁대로 아침대로 스스로 한가함을 얻었구나.

신천제월

浩浩天衢萬里淸　드넓은 하늘 길이 만 리까지 맑은데
朦朧桂魄一輪生　몽롱한 달이 한 개 바퀴같이 솟았네.
晴窓靜几迎新喜　맑은 창가 조용한 안석에서 새 달을 맞이하니
　　　　　　　　기뻐서
滌卻胸烟更爽情　가슴속 쌓인 것 씻기고 다시 마음까지 상쾌하게
　　　　　　　　되네.

동사모종

一聲鳴處萬緣塵　한차례 종이 울리니 많은 인연이 생겨나고
楞樹欲暝晩景新　절의 숲이 어두워지려다 저녁풍경이 청신해졌다네.
水月烟霞淸淨界　물과 달안개와 노을까지 청정한 세계니
聞來孰不悟空人　들린다면 그 누구라 한들 깨닫게 않으리.

영지추연

任風牽動或浮沈　바람에 맡겨 끌려가듯 움직이거나 혹은 뜨거나
　　　　　　　　가라앉았는데
外直中通七孔心　밖은 곧고 속은 통했으며 일곱 개의 구멍이 있는
　　　　　　　　꽃술이라네.
續出絲絲機上織　가는 실 같이 이어 나옴은 베틀 위서 베를 짜 듯
令人可愛子靑襟　사람들에게 그대의 푸른 잎을 사랑하게 하는구나.

고야화서

黃花黑黍有年鄕　누른 꽃과 검은 기장이 해마다 있는 마을이지만

人盡忘前業務忙　사람들이 모두 전년 것은 잊고 일하기 바쁘다네.

爲比春醪何所介　이를 위해 봄 막걸리는 어느 곳에다 소개해야 할까

壽親堂下綵衣裳　장수하신 부모님 처소에서 때때옷 입은
　　　　　　　　　자식들이지.

• 연당(然堂) 이병호(李柄浩)

(고종 16년 1879년 기묘생, 본관 : 인천, 주소 : 대구시 북구 무태동)

달성청람

融和凝結滴林園	서로 어울려 섞이고 뭉쳐져서 숲 동산에 떨어짐에
着看無形氣尚存	다가가 보았더니 형체는 없어도 기는 아직도 있네.
詞客佳人爭玩賞	문사와 미인이 다투어 완상하니
千技萬葉若留痕	천지만엽에 흔적이 남은 듯하네.

남산춘색

芳菲爛熳散無窮	향기롭고 곱게 한없이 흩어져 있으니
春與遊人意思同	봄과 유람하는 사람은 생각도 같구나.
臨老當年和氣潤	늙은이 된 지금 봄기운이 윤택하기론
此山光景最鄉中	이 산의 광경이 향중에서 가장 좋구나.

금호어적

弄笛垂竿樂自如	피리 불며 낚시 드리우니 즐겁기 한이 없어
聲聲曲曲出淸虛	소리마다 곡조마다 맑은 하늘로 퍼지는구나.
此間孰抱經綸志	이 중에 누가 경륜할 뜻을 안고 있는가?
渭水漁磯尚有餘	위수의 낚시터53)는 아직도 여유가 있다네.

---

53) 위수(渭水)의 낚시터 : 여상(呂尙)이 낚싯대를 드리우고 때를 기다리던 곳.
여기서 그는 10여 년 만에 주(周)나라의 문왕(文王)을 만나 스승이 되었고,
문왕이 죽은 뒤에는 무왕(武王)을 도와 주(周)나라를 천자국(天子國)으로 만
드는 데 큰 공을 세웠다. 이후 제(齊) 땅을 영지로 받아 제(齊)나라의 시조
(始祖)가 되었다. 성(姓)은 강(姜), 씨(氏)는 여(呂), 명(名)은 상(尙)인데 흔히
강태공이라고 한다.

용산귀운

如峯如朶又如關	산봉우리 같고 꽃가지 같으며 또 관문 같기도 한 것이
淡淡濛濛懶出顔	맑고 맑게 자욱하고 자욱하게 가끔씩만 얼굴을 보이네.
任意浮來還自去	마음 내키면 떠 왔다가 다시 스스로 가버려
古人稱道四時閒	옛날 사람들 사시사철 한가하다 일컬었다네.

신천제월

新川此夜倍泓淸	신천이 이 밤에 배나 깊고 또 맑은 것은
霽後天空皓月生	비 갠 후의 하늘에 밝은 달이 떴기 때문.
多少文章豪傑客	약간 명의 문장 호걸스러운 문객들이
心神快豁各論情	심신이 쾌활해져 각자 정서를 논하네.

동사모종

佛界元來遠世塵	불계가 원래부터 세속에서 멀기는 하지만
鍾聲落日意還新	해질녘 종소리에 생각이 다시 청신해지네.
吾儒聽若農家鼓	우리 유자들은 농가의 북소리처럼 듣지만
自謂空門驚萬人	불교가 만인을 경계한다고 스스로 말하네.

영지추연

靈沼廣潤水沈沈	광활한 영선지 물이 가득가득한데
八月芙蓉君子心	팔월의 연꽃은 군자의 마음이라네.
玩賞徘徊還有感	완상하며 배회하니 다시 느낌이 있어
知應昔日老靑襟	응당 옛날의 노련한 유학자를 알겠네.

고야화서

此郊禾黍擅南鄉	이 들의 벼와 기장이 남쪽 고을에서는 최고인데다
歲熟年豊築圃忙	해마다 익고 연년이 풍년이 들어 들마다 바쁘다네.
秋獲冬藏新釀酒	가을에 수확하고 겨울에 저장하며 새로 술도 빚어
手告其日整衣裳	손수 그 날짜를 알려주면서 의상을 단정하게 하네.

● 동석(東石) 곽수곤(郭壽坤)

(고종 16년 1885년 을유생, 본관 : 현풍, 주소 : 대구시 동구 입석동)

달성청람

江南昨夜雨過圍	강 남쪽에는 어제 밤에 동산에 비가 내리며
淨洗塵烟一氣存	먼지와 연기 깨끗이 씻어 한 기운만 남았네.
落花啼鳥相尋地	떨어지는 꽃에 우는 새가 서로 찾는 땅에도
返照流霞己去痕	지는 해 흐르는 노을로 이미 흔적 사라졌네.

남산춘색

陽谷陰崖己脫窮	양지 골짝도 음지 언덕도 이미 겨울을 벗어나서
芳華物物畫圖同	향기롭고 화려한 게 사물마다 그림과 꼭 같구나.
風和日暖天機動	바람 온화하고 해 따뜻하게 천기가 움직여
盡入南山春色中	모두들 앞산의 봄 경치 속으로 들어가도다.

금호어적

風微夜静水眠如	바람은 약하고 밤은 고요해서 물도 잠자는 듯 하지만
鷗夢半醒月碧虛	갈매기 꿈을 꾸다 반은 깨고 달도 떠있는 푸른 하늘.
峨洋細斷滄浪繼	아양곡54)이 가늘게 끊어지자 창랑곡55)이

---

54) 아양곡(峨洋曲) : 거문고의 명인 백아(伯牙)가 연주했던 음악. 백아는 거문고를 잘 탔고 그의 벗 종자기(鍾子期)는 그 소리를 잘 알아들었다. 백아가 높은 산[高山]에 뜻을 두고 거문고를 타면, 종자기가 듣고 말하기를 "좋구나! 높고 높음이여, 마치 태산 같구나.[善哉 峨峨兮若泰山]"라고 하였고, 백아가 흐르는 물[流水]에 뜻을 두고 거문고를 타면, 종자기가 말하기를 "좋구나! 넓고 넓음이여, 마치 강하 같구나.[善哉 洋洋兮若江河]"라고 하였다. 이처럼 백아가 생각한 것을 종자기가 반드시 알아들었으므로, 종자기가 죽

이어졌는데
曲曲清間世亂餘　세상에 난리가 난 사이도 곡마다 맑고 한가롭네.

용산귀운

臥龍山起白雲關　와룡산이 백운관에 솟아있지마는
爲護神龍不露顏　신룡이 호위해 얼굴을 내지 않네.
有時去作人間雨　때때로 떠나가 인간 세상에 비를 내리니
獨自功成然後閒　혼자서 일을 해낸 연후에야 한가해 하네.

신천제월

一天光景鏡中淸　온 하늘의 광경이 거울 속처럼 맑아지고
割斷城塵爽氣生　성내의 먼지를 잘라 상쾌한 공기 생겼네.
借問散人何處去　묻노니 한가하게 지내는 사람들 어디로 간 건가
白鷗無事獨關情　흰 갈매기는 일이 없어 홀로 편안한 마음이라네.

동사모종

僧枹淸淨遠紅塵　스님의 절은 청정한 곳인지라 속세와 멀지만
擊警千庵法意新　암자마다 종치고 경계해 법의가 새롭게 되네.
如來不死慈悲性　석가여래께서 죽지 않는지 자비로운 마음으로
日送餘音戒世人　날마다 남은 소리를 보내 세상 사람을 경계하네.

자 백아는 이제 자신의 거문고 소리를 알아들을 사람이 없다고 하며 거문고를 부수고 종신토록 다시는 거문고를 타지 않았다고 한다. 『열자(列子)』「탕문(湯問)」편.

55) 창랑곡(滄浪曲) : 춘추 시대에 한 어린이가 노래하기를 "창랑의 물이 맑음이여 나의 갓끈을 씻을 수 있고, 창랑의 물이 흐림이여 나의 발을 씻을 수 있네.[滄浪之水淸兮 可以濯我纓 滄浪之水濁兮 可以濯我足]"라고 했다는 데서 온 노래다. 이 노래는 맹자(孟子)가 먼저 인용했고, 이후 굴원(屈原)이 인용했는데 다만 굴원의 <어부사(漁父辭)>에는 어부가 노래한 것이라 기록하고 있다.

영지추연

靈池秋夜月難沈 가을밤의 영선지에 달이 빠지기 어려운 이유는
蓮葉盤盤滿水心 연잎이 서려 못 가운데까지 차있기 때문이라네.
何來君子亭亭立 군자가 꼿꼿하게 서있다[56]는 것은 어디서 온
것인가
與月同浮浩潔襟 넓고 깨끗한 옷을 입은 채 달과 함께 같이 떠있네.

고야화서

禾黍連阡是樂鄕 벼와 기장이 두렁을 이어 있으니 낙향이지만
農家幾日事忙忙 농가는 얼마 동안이나 일에 바쁘고 바빴을까?
滿眼黃河秋色裏 눈에 가득한 황하 같은 가을 색 속에서
稻花仙子振霞裳 신선 같은 농부가 노을 물든 옷을 터네.

---

56) 군자가 꼿꼿하게 서있다[君子 亭亭立] : 송나라 주돈이(周敦頤)의 「애련설
(愛蓮說)」에, "연꽃은 꽃 중의 군자다.[蓮 花之君子也]"라는 말과 함께 "나
는 홀로 연꽃이 진흙에서 나왔지만 물들지 않고, 맑은 잔물결에 씻겼지만
요염하지 않으며, 속은 통해 있고 겉은 곧으며, 덩굴치지 않고 가지 치지 않
으며, 향기는 멀수록 더욱 맑고, 꼿꼿하고 깨끗하게 서있어 멀리서 바라볼
수는 있어도 함부로 다룰 수는 없음을 사랑한다.[予獨愛 蓮之出於淤泥 而不
染 濯淸漣 而不夭 中通外直 不蔓不枝 香遠益淸 亭亭淨植 可遠觀 而不可褻翫
焉]"라는 말이 있다.

• 삼호(三乎) 김봉한(金鳳漢)

(고종 16년 1879년 기묘생, 본관 : 안동, 주소 : 대구시 북구 복현동)

달성청람

天塹達城別置園	하늘이 내린 달성에 별도로 공원을 두었는데
遊人不絶四時存	노니는 사람이 끊이지 않아 사시사철 있다네.
勝地云云英傑地	명승지니 영걸지니 운운하듯이
千秋古蹟完然痕	천 년 고적의 완연한 흔적이여.

남산춘색

南山光景浩無窮	앞산의 광경은 넓어서 무궁하고
萬戶千門次第同	집집이 대문은 차례대로 같구나.
由來基地名高處	터전의 유래가 명성 높은 곳인데
偉大英雄老此間	위대한 영웅 이 속에서 늙어가네.

금호어적

漂泊漁舟縱所如	떠도는 고깃배는 가는 그대로 놔두었고
滿江月色有盈虛	강에 가득한 달빛은 하늘에도 차있구나.
沙明水碧春和節	모래 밝고 물 푸른 화창한 봄에
幾許詩人詠去餘	몇 명 되는 시인이 읊고 갔을까?

용산귀운

雨黑龍山雲鎖關	검게 비오는 와룡산에 구름이 관문을 닫더니
日晴完露舊時顔	날이 개자 예전의 얼굴이 완전히 드러났구나.
左右峯巒來助擁	좌우의 봉우리도 와서 도우는 듯이 안았는데
靜而不動一閒閒	고요해 움직이지 않는 게 한결같이 한가하네.

신천제월

洗濁新川流水清　혼탁한 곳 씻어낸 신천은 흐르는 물이 청결해졌고
各特仁性好相生　각자 어진 본성을 가져서 서로 살려주기 좋아하네.
心無物我紛挐慾　마음에 남과 나로 어지럽게 당기던 욕심이 없어져
四海之間兄弟情　사방의 모든 세상이 형제와 같은 정으로 되었다네.

동사모종

寺門寂寂遠城塵　절 문은 적적하고 도시 속계는 멀어
佛法工夫日日新　불법 공부가 하루하루 새로워진다네.
移風易俗今如此　풍속을 바꿔나감이 지금 이와 같은데
修道爲僧問幾人　도 닦으려 스님 된 이 묻노니 몇이오?

영지추연

爲農防築水儲沈　농사 위해 쌓은 제방에 물이 모여 잠겼다가
分灌時期合一心　나누어 물 댈 시기에 한 심지로 합해졌다네.
觀賞蓮花君子愛　연꽃을 바라보며 감상하는 군자가 사랑함은
中通外直滿香襟　속은 통하고 겉은 곧음과 향기 가득한 연잎.

고야화서

古野大邱設始鄕　고야들은 대구에서 시설을 시작한 곳
時當農節各人忙　계절이 농사철 되면 사람마다 바쁘네.
禾黍芃芃多景致　벼와 기장이 무성하고 무성하여 경치도 많고
南畝饁婦亦騫裳　남쪽들에 밥 해 온 아낙도 옷을 걷어 올리네.

• 국사(菊史) 조임환(曺任煥)

(고종 16년 1879년 기묘생, 본관 : 창녕, 주소 : 칠곡군 동명면 구덕동)

달성청람

公山南畔好公園　팔공산 남쪽 가의 좋은 공원은

天作名區別有存　하늘이 만든 명승 별세계 있네.

回首中峰奇絶處　머리를 가운데 봉우리의 특별한 절경으로 돌려보면

蒼凉淑氣兩餘痕　푸르고 시원한 것과 맑은 기운의 두 흔적 남아
　　　　　　　　있네.

남산춘색

南山春到景無窮　앞산에 봄이 오니 경치도 끝이 없어

萬綠千紅各不同　온통 푸르고 온통 붉게 각자 다르네.

生生物理開新面　낳고 낳는 조물주의 이치로 새 모습 여니

可識乾坤造化中　하늘땅이 조화 속에 있음을 알 수 있겠네.

금호어적

漁翁閑趣問何如　노어부의 한가한 취미생활 묻자오니
　　　　　　　　어떠하신지요?

弄笛斜風泛宅虛　비껴 부는 바람에 피리 불며 빈 곳에 배
　　　　　　　　띄우지요.

十里江聲還寂寞　십 리 강 소리는 도리어 적막하기만 하여서

山聾水啞細縷餘　산은 귀 먹고 물은 말 먹었는지 실낱같지요.

용산귀운

龍山洞口白雲關　용산동 동네 입구의 백운관은

淡泊溶溶幾態顏　담박용용하니 모습이 몇 갠가?

無心出岫緣何事	무심히 산봉우리에서 나온 것은 무슨 일에
	연유해선가
散聚風頭暫未閑	바람 앞에서 흩어지고 모이며 잠시도 한가
	하지 않구나.

신천제월

新川月色倍新清	신천의 달빛이 배로 새롭고 맑아서 그런 것인가
濯錦砧聲徹夜生	비단 빨고 다듬이질하는 소리 밤이 새도록 나네.
影到中天無限景	달이 하늘 가운데 이르러서 한이 없는 경치건만
人入憂樂總關情	누구라도 근심과 즐거움 모두 전선 생각하는
	맘.57)

동사모종

兩三鍾落絶烟塵	두 세 차례 종소리 연기 같은 속진을 끊어
惹起高僧道味新	고승에게도 도의 맛을 새로 느끼게 하였네.
夕照拖紅聲更遠	석양이 붉은색 풀어놓고 소리가 멀리 가자
青山影裡返樵人	푸른 산의 그림자 속에 나무꾼이 돌아오네.

영지추연

圓葉田田半水沈	둥근 연잎이 많고 많아도 반은 물에 잠겼으니
濂翁去後小知心	염계 선생이 가신 후에 마음을 조금은 알겠네.
採採長歌秋月夕	캐고 또 캐며 길게 노래하는 가을 달 뜬 저녁
金風玉露細沾襟	가을바람에 옥 같은 이슬 가늘게 옷을 적시네.

---

57) 이 시집은 전쟁 중이던 1951년에 발간되었다.

고야화서

耕無水旱特慈鄉	농사에 수해나 한해가 없는 특별한 이 마을은
五穀登穰話信忙	오곡이 풍년 되면 배로 바쁘게 된다고 말하네.
連天野色遇高望	하늘에 이어진 들빛을 높은 데 기대 바라보니
稻穗篙花錦一裳	벼이삭과 벼꽃이 비단 한 폭으로 된 치마였네.

• 눌산(訥山) 전병곤(全柄坤)

(고종 17년 1880년 경진생, 본관 : 옥천, 주소 : 대구시 수성구 만촌동)

달성청람

城圍特地幷林園	성이 특별한 땅 두르고 있는데 숲 동산도 아울러 있어
晴際嵐如畵裏存	날씨가 갤 즈음 되면 남기인 듯한 게 그림처럼 있다네.
又是朝家曠古蹟	또 조정에서 전시대의 고적이라 하니
傳來的歷尙餘痕	전래되는 역사가 아직도 흔적 남았네.

남산춘색

罔巒截彼勢無窮	언덕과 산을 저렇게 잘라내도 기세는 무궁하여서
物物皆春色異同	사물과 사물 모두 봄을 맞아 색이 다르거나 같네.
卽見悠然推識得	나아가서 여유롭게 보고서 유추하여 알아낸 것은
氤氳一理在其中	왕성한 한 가지 이치가 그 속에 있다는 것이라네.

금호어적

一帶湖流碧練如	한 줄기 금호강의 흐름은 푸르기가 비단과 같고
漁人弄笛傍舟虛	어부가 피리를 부는데 옆에 있는 배는 비어있네.
俄而聲斷收竿去	이윽고 소리 그치고 낚싯대를 거둬 가는데
釣得銀鱗幾尺餘	낚시로 잡은 물고기들이 몇 자 남짓하였네.

용산귀운

心與瀞泥本不關	마음이 진창과 본래부터 관련성이란 없는 것처럼
出歸龍峀近天顔	와룡산을 나와 돌아가자 원래 얼굴에 가까워졌네.
須更洽作人間雨	잠깐 만에 흡족할 만큼 인간 세상에 비를 내리니

豈使其功視等閒　어떻게 그 공을 등한히 취급하며 볼 수 있으리오.

신천제월

逝者川斯也自淸　가는 것이 시냇물 이와 같다58) 했는데 또
　　　　　　　　스스로 맑기까지

一團其月霽光生　한 덩어리의 그 달도 비 갠 후에 맑은 빛으로
　　　　　　　　솟아났네.59)

幾時來約憑欄問　난간에 기대 물어보자고 몇 번이나 와서
　　　　　　　　약속했나60)

永在靑天不盡情　영원토록 푸른 하늘에 있어 정을 다하지 못하겠네.

---

58) 가는 것이 시냇물 이와 같다 : 『논어(論語)』 「자한(子罕)」편에 "공자께
서 시냇가에 계시면서 말씀하시기를 '가는 것이 이와 같을진저! 밤낮으로
그치지 않는구나.'라고 하셨다.[子在川上曰 逝者如斯夫 不舍晝夜]"라는 내용
이 있다. 주자에 의하면 이 말씀은 사람들이 학문에 매진하며 그치지 말도
록 힘쓰게 하신 말씀이라 한다.

59) 이 구절은 명도(明道) 선생과 염계(濂溪) 선생께서 매우 훌륭한 인품을 지
닌 분들이었다는 것을 말하고 있는 다음 두 기록을 응용한 것으로 추측된
다. 먼저 '일단기월(一團其月)'은 『소학(小學)』 「선행(善行)」편에 "명도 선
생께서 종일토록 단정히 앉아계실 때는 마치 진흙으로 만든 사람 같았지만
사람을 만날 때는 전체가 한 덩어리의 온화한 기운이셨다.[明道先生 終日端
坐 如泥塑人 及至接人則 渾是一團和氣]"라는 글이 있는데 거기서 가져온 것
인 듯하다. 그리고 '제광생(霽光生)'은 『송사(宋史)』 「주돈이 열전(周敦頤
列傳)」에 "그 인품이 매우 고명하고, 가슴 속에 품은 생각이 소탈하고 깨
끗해서 마치 더없이 맑은 날 깨끗하게 부는 바람과 비 갠 후의 달 같았다.
[其人品甚高 胸懷灑落 如光風霽月]"라는 글이 있는데 거기서 가져온 것인
듯하다.

60) 약속한 내용은 1, 2구에 근거해 볼 때 비가 갠 후 깨끗한 달이 뜨는 날이
면 신천의 다리에서 만나 그동안 쉼 없이 흐르는 신천처럼 쉼 없이 공부하
는 선비가 되기 위해, 또 달처럼 온화하고 깨끗한 인품을 갖춘 명도 선생이
나 염계 선생 같은 인격자가 되기 위해 얼마나 많이 노력했는지 각자 반성
해보고, 거듭 다짐하자는 것인 듯하다.

동사모종

法界日沈隔俗塵	법계에 해가 지면서 속진과 나눠짐에
鍾聲忽動耳聽新	종소리 문득 울려 귀가 새 것을 듣네.
未知那處空空裡	어느 곳이 공공61)한 속인지 알지 못하겠으니
悟道精神幾上人	정신에 도를 깨우침은 몇 분의 고승일런가?

영지추연

靈以名池水滿沈	영선지는 이름난 못으로 물도 가득한 곳
秋蓮濯出吐花心	가을 연꽃이 씻고 나와 꽃술을 내밀었네.
濂翁愛說賡欽贊	염계 선생의 애련설에 이어 공손히 찬62)을 지으니
尚有餘香襲我襟	아직까지도 남은 향 있어 내 옷깃에 배어들었네.

고야화서

此野端宜謂穀鄕	이 들판은 반듯하고도 좋아서 곡향이라 이르는데
農功稔得不空忙	농사일 여물어야 소득 보니 괜히 바쁜 게 아니네.
人歌擊壤昇平日	사람들이 격양가63) 부르는 나라 태평스런 날
禾黍盈倉補袞裳	벼와 기장이 창고에 가득하여 곤상64)을 돕네.

---

61) 공공(空空) : 불교 용어로 일체의 법은 인연(因緣)에 의해서 임시로 화합(和合)한 것이므로 공(空)이거니와 이처럼 공이라고 생각하는 그것도 공이라는 말이다.

62) 찬(贊) : 한문 문체의 하나. 인물이나 서화를 찬미하는 문체로 남의 좋은 점을 칭송할 때 사용한다.

63) 격양가(擊壤歌) : 요임금 때 한 노인이 배불리 먹은 후 배를 두드리고 흙덩이를 치며[擊壤] 노래하기를, "해 뜨면 나가 일하고 해 지면 들어가 쉬네. 우물 파서 물 마시고 밭 갈아서 밥 먹으니, 임금의 힘이 내게 뭐가 있으랴.[日出而作 日入而息 鑿井而飮 耕田而食 帝力何有於我哉]"라고 했다는 데서 온 노래로 태평성대를 읊은 것이다.

64) 곤상(袞裳) : 고대에 천자가 입던 하의. 『시경(詩經)』 「대아(大雅)」 증민(烝民)편에 "곤직에 이지러진 곳이 있으면, 중산보가 이를 기웠도다.[袞職有闕 惟仲山甫補之]"라는 내용이 있는데, 이는 임금을 잘 보좌하는 것을 의미

• 동운(東雲) 우성현(禹成鉉)

(고종 17년 1880년 경진생, 본관 : 단양, 주소 : 대구시 동구 광리)

달성청람

山如空澤樹成園　산은 빈 못 같고 나무는 동산을 이루었는데
曉氣濃澄近午存　새벽 기운 짙고도 맑게 한낮 가까이 있다네.
翠漲飛流惟潤物　푸른색 넘치고 날아가고 흐름은 오직 만물
　　　　　　　　윤택케 함이요
全無細沫濕生痕　가느다란 물방울이나 습생의 흔적까지도 완전히
　　　　　　　　없었다네.

남산춘색

東風潤物物無窮　동풍이 만물을 윤택케 함에 만물마다 무궁해서
北陌西園一色同　북쪽 두렁 서쪽 동산이 한 가지 색으로 같구나.
最是南山如玉立　최고는 앞산이 옥같이 서 있는 것이니
百花遍揷太和中　온갖 꽃이 태화 속에 두루 피어있구나.

금호어적

琴入湖中静自如　금호강이 호수 속으로 들어 고요하고도 자유로운데
漁舟一葉獨憑虛　한 조각 나뭇잎 같은 고깃배 홀로 허공으로
　　　　　　　　떠가네.
收竿弄笛因風送　낚싯대를 거두고 피리 불어 바람 따라 보내는 중에
後曲增淸月又餘　뒤에 분 곡조는 더욱 맑았고 달도 또한
　　　　　　　　넉넉했다네.

한다. 요컨대 풍년으로 소득이 높아지면 스스로 나라를 위해 일할 것이라는
말이다.

용산귀운

雲是神龍造化關	구름이 조화부리는 관문의 신룡이니
何人掃地露山顔	누가 땅을 쓸어 산의 얼굴 드러내리.
不成雷雨無心去	우레와 비 만들지 않고 무심히 가버리고나니
只在岩間管者閒	다만 바위 사이 피리 부는 이만 한가히 있네.

신천제월

活川雨後倍前淸	활천65)이 비가 온 후 전보다 배로 맑아지니
天上波中月共生	하늘 위와 물결 속에 달이 함께 떠있구나.
迎得一年多此夜	일 년 중 이와 같은 밤을 많이 맞이하기는 해도
座圓須似好朋情	자리가 둥글어 마침내 우정도 좋아질 것 같구나.

동사모종

寺在山中遠俗塵	절이 산 속에 있어 속세와 멀기에
一聲淸淨暮來新	청정한 한 소리 저녁 오자 새롭네.
靜心更聽生仙味	고요한 마음으로 다시 들어보니 선계의 맛이 돌기에
知是雲間送上人	이것이 구름 사이로 스님께서 보내신 것임을 알겠네.

영지추연

不爭春草故長沈	봄풀과 다투고 싶지 않아 오랫동안 잠겨 있었기에
正戴秋來君子心	가을이 오자 참으로 군자의 마음을 갖게 되었다네.
愛誦池臺濂老設	못가 누대에서 염계의 애련설을 애송하노라니

---

65) 활천(活川) : 근원이 있어 마르지 않고 흐르는 물을 활수(活水)라 하고 그런 시내를 활천이라 함.

清香一襲滌煩襟　맑은 향 한 줄기가 번뇌하는 마음을 씻어주네.

고야화서
大野平平接外鄕　큰 들이 평평하게 바깥 마을과 접해있는데
黍禾初熟暫休忙　기장과 벼가 처음 여물어 잠시 휴식한다네.
中通農路雙邊偃　가운데를 관통하는 농로가 양쪽 가에 누워있어
八月行人摠捲裳　팔월 맞아 다니는 사람 모두 옷을 걷어 올리네.

• 우석(友石) 오치목(吳致穆)

(고종 17년 1880년 경진생, 본관 : 해주, 주소 : 대구시 중구 남산동)

달성청람

南州淑氣華西園　남주의 맑은 기운 서쪽 동산에 화려한데

別有晴嵐步障存　별도로 있는 맑은 남기 울타리에 있도다.

思鄉去國登臨客　고향을 생각거나 나라를 떠나 오르는 나그네는

不惜衣巾半帶痕　의관이 아깝지 않았는지 반은 띠의 흔적이로다.

남산춘색

誰憐南院素貧窮　누가 남완66)이 본래부터 가난했던 것
　　　　　　　　부러워하랴

賴有春光富貴同　봄빛 있는 곳 찾음은 부귀한 사람도 꼭 같다네.

桃李繁華爭爛熳　복숭아 꽃 오얏 꽃 번화하여 난만함을 다투니

香風十里艷陽中　화창한 봄날에 향기 실은 바람이 십리를 가네.

금호어적

一葦扁舟任所如　한 가닥 갈대 같은 조각배를 가는 대로 맡겨두고

數聲漁笛落汀虛　몇 곡조 어부의 피리 소리 강가 빈곳에 들려오네.

何處曲終人不見　어느 곳에서 곡조를 마쳤는지 사람은 보이지 않고

烟磯鷺立月空餘　안개 낀 서덜 달빛 괜히 넉넉한 곳 해오라기 섰네.

---

66) 남완(南阮) : 남쪽 동네의 완씨(阮氏)라는 뜻으로 완함(阮咸)을 말한다. 진
(晉) 나라 때 완씨들이 길을 중심으로 남북으로 동네를 형성해 살았는데 남
쪽 동네는 가난했고 북쪽 동네는 부유했다고 한다. 당시 풍속에 칠월칠석이
되면 집집마다 옷을 내걸어 햇볕에 말렸는데, 북쪽 동네의 완씨들이 화려한
비단옷을 내걸은데 반해 남쪽 동네에서 가난하게 살던 완함은 좋은 옷이 없
었으므로 굵은 베로 만든 홑옷을 내걸었다고 한다.

용산귀운

雲從龍後本相關　구름이 용의 뒤를 따르는 건 본래 서로 연관

　　　　　　　　있는 것인데

變態非常觸石顔　모양을 바꿔가며 일정치 않은 건 돌 얼굴에

　　　　　　　　부딪혀서라네.

油然便作甘霖雨　뭉게뭉게 피어나 문득 달가운 장맛비를

　　　　　　　　만들어 내니

出似無心豈等閒　무심한 데서 나온 듯하지만 어찌 등한하게

　　　　　　　　했겠으리.

신천제월

金波不動玉輪淸　금빛 물결 움직이지 않고 달빛은 맑아

宛轉觀音幻世生　완연히 관음보살이 세상에 환생한 듯하구나.

千里吳洲如卽見　만약 오주의 달을 천리 밖에서 보게 된다면

誰人不起故園情　그 누가 고향 생각하는 정 일어나지 않으리.[67]

동사모종

桐華月上淨香塵　동화사에 달이 솟아 속세를 정화시켜 향기롭게

　　　　　　　　했고

一落鍾聲世界新　한 줄기 종소리가 들려서 세계가 청신하게

　　　　　　　　되었구나.

百鬼羣邪皆屛跡　온갖 귀신과 여러 사특한 것 모두 자취를 감췄는데

鳴來不語是何人　울리며 왔는데 말도 하지 않는 이는 어떤 사람

　　　　　　　　인가?

---

67) 이 두 구절은 이백(李白)의 <송장사인지강동(送張舍人之江東)>이라는 시에
　　"만약 오주에서 달을 보게 되면, 천리 밖에서 서로 생각키 바라네.[吳洲如見
　　月 千里幸相憶]"라는 구절을 응용한 표현이다.

영지추연

亭亭柄柄碧沈沈	가지는 꼿꼿하고 꼿꼿하며 푸른 것은 잠기고 잠겨있고
七竅嵂峒見聖心	일곱 개 구멍이 울퉁불퉁하여 성인의 심장을 드러냈네.68)
千歲靈龜長喘息	천년 된 신령한 거북 길게 헐떡이며 숨을 쉬다
有時噓氣爽衣襟	때때로 숨을 내쉬어서 옷깃을 상쾌하게 한다네.

고야화서

吾壃爾圃足豐鄉	우리 지역 이 들은 풍요로운 고을 되기에 넉넉하여서
百穀穰穰秋穫忙	백곡이 풍성하고 풍성하여 가을에는 수확하기 바쁘네.
青尨隨右童牛後	푸른 삽살개는 오른쪽에서 송아지는 뒤에서 따라오며
饁婦風生短布裳	들밥 가져온 아낙네의 짧은 삼베 치마에 바람이 이네.

---

68) 은(殷)나라 주왕(紂王)의 숙부였던 비간(比干)이 주왕의 학정을 간하자 주왕이 노하여, "성인의 심장에는 일곱 개의 구멍이 있다고 하는데 사실인지 보겠다."라고 하며 비간을 죽여 심장을 쪼개 보았다는 기록이 『사기(史記)』「은 본기(殷 本紀)」에 있다.

• 달하(達下) 서도수(徐道洙)

(고종 17년 1880년 경진생, 본관 : 달성, 주소 : 대구시 서구 평리동)

달성청람

晩晴嵐氣貯名園　오래 가고 맑은 남기 이름난 동산에 쌓여

淡淡依依隱映存　맑고 맑게 어렴풋이 얼비치며 남아있구나.

多少遊人晴雨後　다소의 유람객들 맑던 날이 비를 내린 후에

幾貧眞像點微痕　참 모습 찾고자 희미한 흔적 얼마나 살폈나?

남산춘색

滿山春色洽無窮　온 산의 봄빛이 두루두루 끝이 없어

萬綠千紅歲歲同　온통 푸르고 붉은 건 해마다 같구나.

解惜詩樽多會此　아쉬움을 풀고자 술과 함께 연 시회로 여기 많이
　　　　　　　　　모여서

豪吟沈醉落花中　떨어지는 꽃 속에서 호방하게 읊조리며 마음껏
　　　　　　　　　취하노라.

금호어적

江湖遊蹟古今如　강호에 유람하던 자취는 예나 지금이나 그대로니

坐鎭平沙漠漠虛　막막한 허공 평평한 모래밭에 오래도록 앉았노라.

垂釣蒼波時弄笛　푸른 물에 낚시 드리우고 때때로 피리를 부니

誰知漁趣自豊餘　어부의 취미생활 절로 풍요한 줄을 누가 알랴.

용산귀운

雲護臥龍數擁關　구름이 와룡산을 수호하느라 자주 관문을
　　　　　　　　　감싸지마는

繞歸忽出幼山顔　잠깐 돌아가고 나면 환상적인 산의 모습 문득

나오네.

古岳精神惟此物　오래된 산악 정신 오직 이 물건에 있으니
尋常來去致淸閒　예사롭게 오가지만 맑고 한가함을 다하네.

신천제월

新川霽月倍澄淸　비 갠 후의 신천 달은 배로 맑고 깨끗하여
夜色蒼蒼鏡面生　밤의 빛 푸르고 푸르게 거울같이 생겨났네.
遍照長流聲裡滿　길게 흐르는 곳과 소리 가득한 속으로 두루
　　　　　　　　비춰주니
蹣跚遊屐解蘊情　나막신 신고 비틀거리며 유람하는 이 쌓인
　　　　　　　　정을 푸네.

동사모종

桐華深僻素無塵　동화사는 매우 치우쳐 있어 본래부터 속진이
　　　　　　　　없지만
況又鳴鍾別有新　하물며 또한 종까지 울리니 특별히 새로움이
　　　　　　　　있구나.
薄暮諸天聲遠到　초저녁 제천으로 소리가 멀리까지 이르나니
一時齋警衆生人　일시에 재계하고 경계하는 이는 중생이라네.

영지추연

蓮生池水老根沈　연이 못 물서 자람에 늙은 뿌리 잠겨있어
靜坐看來太古心　고요하게 앉아서 태곳적 심장을 보았다네.
葉底抽花花底葉　잎 아래서 꽃이 나오고 꽃 아래는 잎이라
天然態度洗朗襟　자연스러운 모습에 밝은 마음을 씻었다네.

고야화서

以耕爲業是農鄕	이 농향에서 땅 가는 일로 직업을 삼고 있어
朝出暮歸日日忙	아침에 나가 저녁에 돌아옴에 날마다 바쁘네.
禾黍滿坪歌大有	벼와 기장이 들에 가득하면 크게 노래 부르고
家家成凜足衣裳	집집마다 창고 만들었으며 의상도 넉넉하다네.

• 계산(桂山) 김재영(金在永)

(고종 17년 1880년 경진생, 본관 : 김해, 주소 : 대구시 달서구 도원동)

달성청람

遠峀平臨自作園   먼 산봉우리가 평지에 이르러 스스로 동산을
  만들었고
蒸成空翠氣淸存   증기가 공기의 푸른색을 만들어서 남기가 맑게
  남았네.
朝陽暗透山容淨   아침햇살이 슬며시 통과하자 산의 모습이 청정해져
綠樹依佈繞淡痕   푸른 나무가 흡사 맑은 흔적을 두르고 있는 듯
  하네.

남산춘색

滿山光景轉無窮   온 산의 광경이 차츰 더 무궁무진해져
淺綠深紅各不同   연녹색 짙붉은 색으로 각자 같지 않네.
猶有幽鶯啼不盡   이미 숨어있는 꾀꼬리 있어 울음 멈추지 않고
  있건만
喜看蜂蝶舞花中   벌과 나비까지 꽃 속에서 춤추는 걸 기쁘게
  바라보네.

금호어적

蘆花瑟瑟淡秋如   갈대꽃 쓸쓸하고 맑은 게 가을 같은데
淸韻隨風入太虛   맑은 곡조 바람 따라 하늘로 들어가네.
歸鴈停空眼鷺起   돌아가던 기러기 하늘에서 멈추고 자던 해오라기
  일어나니
知應釣叟興惟餘   낚시하는 늙은이의 흥겨움이 남아돈다는 걸 응당
  알겠구나.

용산귀운

出岫無心世不關　봉우리에서 나옴을 무심히 하므로 세상도 상관치
　　　　　　　　않지만

漫成蒼黛絶塵顔　마음대로 푸른 눈썹을 그려서 속세의 모습을
　　　　　　　　끊어버렸네.

浮踪非獨山深處　떠다니는 자취가 유독 산 깊은 곳에만 있는 것도
　　　　　　　　아니니

暮入寒江任自閑　저녁에는 찬 강으로 들어가 스스로 한가함에
　　　　　　　　맡겨둔다네.

신천제월

水舍廖廖夜色淸　물가 집 쓸쓸하고 쓸쓸한데 밤빛이 맑더니

晃朗新影一輪生　밝고 새로운 빛 하나의 바퀴처럼 생겨났네.

昏衢天地偏愁破　천지의 어두운 길에 두루 근심을 깨트리고

快豁精光露其情　쾌활 정갈한 빛으로 그 정취를 드러내노라.

동사모종

淨落鍾聲却世塵　깨끗하게 들려오는 종소리 세상의 속진을 물리쳐

遠聞雲外洗心新　멀리 구름 밖에서 들음에 마음 씻겨 새롭게 하네.

依佈煙火寒山寺　차가운 산골짜기 절에서는 연기 불이 어렴풋하니

幾到客船夜半人　한밤의 사람 위해 손님 배는 몇 차례 도착했을까?

영지추연

芳朶滿池映水沈　향기로운 가지 저수지 가득 물에 비치며 잠겼는데

一根七竅比干心　한 뿌리에 일곱 개의 구멍이 비간69)의 심장

---

69) 비간(比干) : 은(殷) 나라 주왕(紂王)의 숙부. 주왕의 학정을 간하자 주왕이
　　노하여, "성인의 심장에는 일곱 개의 구멍이 있다고 하는데 사실인지 보겠

이로구나.

瓊姿爛飾西施態　옥 같은 자태에 화려하게 꾸민 것은 서시[70]의
　　　　　　　　모습인데

晚吐淸香襲客襟　늦도록 맑은 향을 뿜어내 나그네의 옷깃에
　　　　　　　　배게 하네.

고야화서

油油秋色滿州鄕　윤기 나는 가을빛이 고을에 가득하기는 해도

收穫猶多九月忙　수확할 것이 오히려 많아 구월엔 바쁘답니다.

饁婦餉田歌樂歲　들밥 가져온 아낙네 밭에 밥을 전하며 풍년을
　　　　　　　　노래하고

歸家帶月露添裳　달과 함께 집으로 돌아옴에 덧입은 치마 이슬에
　　　　　　　　젖는다.

다."고 하며 그를 죽여 심장을 쪼개 보았다는 기록이 『사기(史記)』「은 본
기(殷 本紀)」에 있다.

70) 서시(西施) : 춘추 시대 때 월(越)나라의 미녀. 월왕(越王) 구천(句踐)이 회
계(會稽)에서 오왕(吳王) 부차(夫差)에게 패하자, 범려(范蠡)가 서시를 오왕
부차에게 바쳐 그 마음을 황란(荒亂)하게 만들어 오나라를 패망시켰다. 미인
의 대명사처럼 쓰인다.

• 학전(鶴田) 권숙우(權肅羽)

(고종 18년 1881년 신사생, 본관 : 안동, 주소 : 대구시 중구 교동)

달성청람

南州首府有名園　남주71)의 수부72)에 이름 알려진 동산이 있는데
物換星移獨爾存　만물 바뀌고 세월 흘러도 홀로 그대로 있네.
雨洗塵埃添更好　비가 티끌을 씻어내니 더욱 더 좋아져서
朝霞夕霧去無痕　아침노을 저녁 안개 사라져 흔적이 없네.

남산춘색

大地春光散不窮　대지에 봄 햇살이 발산돼 없어지지 아니하니
窮陰陽谷一時同　외진 음지나 양지 골짜기가 일시에 같아지네.
晨窓捲箔悠然見　새벽이라 창에서 발을 걷고 유연히 바라보니
白紫靑紅入望中　바라보는 팔방이 백색 자색 청색 홍색이라네.

금호어적

秋晚江天洗鏡如　늦은 가을 강 하늘은 거울같이 씻겨있고
羣喧暫息夜空虛　여럿이 소란타 잠깐 그쳐 밤이 공허하네.
一聲裊裊來何處　한 줄기 간드러지고 간드러지는 소리는 어디서
　　　　　　　　 오는 것인가
遠客愁膓寸斷餘　멀리 온 나그네 향수어린 애간장은 한 치 남짓
　　　　　　　　 잘린 듯하네.

---

71) 남주(南州) : 남쪽 고을이라는 말로 여기서는 경상도를 뜻함.
72) 수부(首府) : 한 도(道)에서 감영(監營)이 있는 부(府).

용산귀운

朝聚龍山勢作關 아침에 와룡산에 모였는데 형세가 관문을 만들 듯
溶溶淡淡宿屛顔 조용조용하고 차분차분하게 오래도록 삼가는 모습.
靑天欲雨因風起 푸른 하늘이 비를 내리고자 하여 바람을 일으키니
出岫無心去去閒 무심하게 봉우리에서 나와 한가롭게 가고 또 가네.

신천제월

虹消日下碧山淸 무지개 사라지고 해 졌으나 푸른 산은 맑더니만
野樹汀花暝色生 들판의 나무와 물가의 꽃에는 어두운 빛이 도네.
忽見梅窓來桂影 문득 매화 창에 달이 온 걸 보고
吳州千里故人情 오주 천리 밖에서 벗을 생각하네.73)

동사모종

桐華古寺淨無塵 동화사는 오래된 절 청정하여 속진도 없고
夕氣蒼蒼供養新 저녁 기운 창창하고 창창해 공양도 새롭다.
一碎雉頭聲遠落 한 차례 치두74)를 부술 듯이 소리 멀리 가는데
前江誰是渡船人 앞 강에 배로 강을 건너는 이는 그 누구인가?

영지추연

藕葉齊抽泛不沈 연잎이 가지런히 나와 뜬 채로 가라앉지 않고
姸紅圓朵映池心 곱게 붉고 둥근 꽃가지가 못 가운데서 비치네.
滔滔世眼無多愛 도도한 세상의 안목은 사랑하는 것 많지 않으니

---

73) 이 구절은 이백(李白)의 〈송장사인지강동(送張舍人之江東)〉이라는 시에 "만약 오주에서 달을 보게 된다면, 천리 밖에서 서로 생각키 바라네.[吳洲如 見月 千里幸相憶]"라는 구절을 응용한 표현이다.
74) 치두(雉頭) : 성벽으로 올라오는 적을 공격하기 위하여 성벽 밖으로 군데군 데 내밀어 쌓은 돌출부를 치(雉)라 하고 그 머리를 치두라 한다.

千古濂翁誰與襟　천고의 염계 선생과는 그 누가 생각을 같이할까?

고야화서

平連大野闢農鄉　평평하게 이어진 큰 들이 농향을 열었는데

耕稼曾經五月忙　갈고 심는 일 이미 오월 바쁜 철은 지났네.

百穀登秋同樂喜　온갖 곡식 익어가는 가을 되자 같이 즐거워하고
기뻐하며

夫携簑笠婦褰裳　남편은 도롱이와 삿갓을 들고 아내는 치마를
걷어 올리네.

• 초산(樵山) 윤상열(尹相烈)

(고종 18년 1881년 신사생, 본관 : 파평, 주소 : 대구시 서구 원대동)

달성청람

南州名勝達城圍　남쪽 고을에 경치 좋기로 이름난 곳 달성공원에
縹紗晴嵐繞淨存　어렴풋이 맑은 남기가 청정함을 감싼 채 남았네.
近看如無遙看有　가까이서 보면 없는 듯해도 멀리서 보면 있으니
必從霽後露浮痕　틀림없이 비 개고 뒤따른 이슬 떠있는 흔적이리.

남산춘색

春到南山景不窮　봄이 이른 앞산에는 경치가 무궁하여
紅花綠草一情同　붉은 꽃 푸른 풀 한 마음으로 같구나.
佳人才子相遊樂　가인과 재자가 서로 놀며 즐거워하는 곳
三月東風爛熳中　삼월동풍이 넉넉하게 넘쳐나는 속이라네.

금호어적

泛彼中流任所如　저쪽 강 중간에 떠서 가는 대로 맡겨두고
笛聲飛散碧空虛　피리 소리 날아 푸른 하늘 속에 흩어지네.
琴湖淸景誰人管　금호강 맑은 경치는 그 누가 주관하는 것인가
垂釣漁翁獨興餘　낚시 드리운 늙은 어부만 홀로 흥겨움 넘치네.

용산귀운

爲愛龍山每護關　와룡산을 사랑하기 때문에 매일 관문을 수호함에
朝雲暮雨爽楣顔　아침 구름과 저녁 비 문미와 얼굴 상쾌하게 하네.
欲知這裏晴陰理　이 안에서 맑아지고 흐려지는 이치를 알아보고자
故惜浮生半日閒　덧없는 인생에 핑계대며 반나절을 한가히 보냈네.

신천제월

新川霽月倍澄淸   비 갠 후의 신천 달은 배로 맑고 깨끗해서
玩客詩人興自生   구경하는 사람도 시인도 흥이 절로 나구나.
堪笑紛忙貧利子   웃음도 참는 분주하고 바쁜 가난한 동네 사람은
不知中夜好風情   한밤중의 좋은 풍경과 정취를 알 수가 없겠구나.

동사모종

一落鍾聲洗市塵   한 줄기 들려오는 종의 소리 도시 먼지를 씻음에
始知蘭若佛心新   그제서야 절의 불심이 새롭게 하였음을 알겠구나.
纖纖花雨香臺上   불전 위로는 가녀리고 가녀리게 꽃비까지 내리니
俗士還漸夜法人   속세의 선비가 오히려 밤의 스님에게 부끄럽구나.

영지추연

淸香浮動水沈沈   맑은 향이 떠다니고 물은 가득하고 가득한데
淡泊紅粧獨守心   담박하고 붉은 단장으로 홀로 마음을 지키네.
秋夜幾留幽賞客   가을밤에 그윽이 감상하는 이 몇 차례 머물렀나.
濂翁遺趣襲人襟   염계 선생 물려주신 정취가 사람 옷깃에 배었네.

고야화서

古野元來是穀鄕   고야는 원래부터 곡식 나는 마을이었으니
嘉禾肥黍又時忙   큰 이삭 살찐 기장으로 또 철철이 바쁘네.
欲知稼穡艱難事   심고 거둬들이는 어려운 일을 알아보고자 한다면
饁彼南疇見婦裳   저 남쪽 이랑에 들밥 가져오는 아낙 치마를 보게.

• 계은(溪隱) 김순호(金淳鎬)

(고종 18년 1881년 신사생, 본관 : 김해, 주소 : 대구시 도원동)

달성청람

清新凝結護林園　청신한 것이 한 데 엉겨 숲 동산을 보호하니
夏日春風爽有存　여름날이나 봄바람에도 상쾌함이 남아있다네.
晴朝坐對山蒸氣　맑은 날 아침에 앉아 산의 증기를 대해 보니
非霧非烟翠滴痕　안개도 연기도 아닌 푸른 물방울 흔적이었네.

남산춘색

紅白青黃畫未窮　홍색 백색 청색 황색이 그림같이 무궁하여
佳人吟客醉醒同　가인과 시인이 취하고 깬 것이 한가지라네.
形形色色看無厭　형형색색은 보아도 싫증나지 않으니
盡是東皇布德中　모두 동황75)이 덕을 펼친 중에 있다네.

금호어적

琴湖湖上景何如　금호강의 강가 풍경은 어떠하던가
吹笛漁舟日不虛　피리 부는 어선 매일 끊이지 않네.
一曲聲邊山欲暮　한 곡조 소리 주변에 산이 저물려는데
釣翁興趣此中餘　늙은 낚시꾼의 흥취 이 안에 넘쳐나네.

용산귀운

出岫無心懶不關　무심히 산봉우리 나옴이 싫어서 상관도 않는데
淡然輕影下山顏　담담하고 가뿐한 모습으로 산의 얼굴로 내려오네.
之東之北能聚散　동으로 갔다가 북으로 가고 모이고 흩어질 줄도

---

75) 동황(東皇) : 봄을 맡은 동쪽 신.

알며

任意浮遊刺自閒　멋대로 떠다니며 놀고 더구나 스스로 한가롭기
까지도.

신천제월

霽天明月倍全淸　비 갠 하늘 밝은 달은 배로 온전히 맑아서
影入新川鏡面生　모습이 신천에 들어오니 거울 표면 생겼네.
此夜詩人嵯不寐　이 밤에 시인은 기꺼이 잠자지 아니하고서
與君謨酒寫眞情　그대와 의논하고 술 마시며 진정을 쏟으리.

동사모종

幽幽桐寺淨無塵　깊고 그윽한 동화사 청정해서 티끌 하나 없는데
灑落寒鍾入夜新　상쾌하며 깨끗하고 찬 종소리 밤이 되자 새롭네.
須從靜裏同僧坐　잠깐 고요함 속에서 스님과 같이 앉아있다 보니
曳曳殘聲每警人　길게 울리고 사라지는 소리 늘 사람을 경계하네.

영지추연

一莖出水一根沈　한 줄기는 물에서 나왔고 한 뿌리는 잠겼는데
朶朶亭亭滿澤心　가지가지가 꼿꼿하게 저수지 가운데 가득하네.
嬋娟態度探春客　고운 태도로 봄 경치를 찾던 구경꾼도
如對佳人共執襟　마치 가인을 대하듯 함께 옷깃을 잡네.

고야화서

元來古野勝地鄕　원래 고야는 경치 좋기로 이름이 난 마을이었는데
耕鑿田家事自忙　경작하고 우물 판 농가는 일이 저절로 바빠졌다네.
禾黍油油成熟日　벼와 기장이 윤기 나게 익은 날에
蒼生飽腹緩衣裳　백성들 배부르고 옷도 따뜻하다네.

동농(東儂) 오주백(吳周伯)

(고종 18년 1881년 신사생, 본관 : 해주, 주소 : 달성군 화원면 천내동)

달성청람

天開達府大名園	하늘이 연 달구부의 크게 이름난 동산에
極日晴光幾處存	시력을 다해 보니 맑은 빛 몇 군데 있네.
畫閣危樓千萬外	단청 입힌 전각과 높은 누각 천만 밖에도
新林古樹帶嵐痕	새 숲과 고목이 남기의 흔적을 띠고 있네.

남산춘색

郭南山勢本無窮	성곽 남쪽 산세는 본래부터 무궁한데다
魚得韶華四望同	화창한 봄경치가 겸해지니 사방이 같네.
淺綠深紅峯上下	산봉우리 상하가 연녹색 짙붉은 색이니
人聲半雜鳥聲中	새소리 속에 사람소리가 반이나 섞였네.

금호어적

湖水連天一色如	금호강의 물은 하늘에 이어져 한 색 같은데
漁村夜月幾盈虛	어촌의 밤 달은 몇 번이나 차고 기울었을까?
白蘋紅蓼空洲上	하얀 마름과 붉은 여뀌풀이 빈 모래톱의 주변으로 있는데
釣叟同歸宿鷺餘	늙은 낚시꾼과 함께 돌아오니 자는 해오라기만 남아 있네.

용산귀운

往跡來痕摠不關	간 자취 온 흔적 모두 상관치 않고
臥龍晴日想侯顔	와룡산 갠 날의 모습을 상상한다네.
暮朝變態人誰識	저녁 아침 모습 바꿈을 사람들 누가 알리요

猶有雲華去等閑　꽃구름이 있어도 오히려 등한하게 여기는데.

신천제월

山岳無雲玉字淸　산악에도 구름 없고 하늘까지 맑아져서

萬邦曙色一輪生　온 나라에 서광의 한 개 바퀴 솟아났네.

若令霽月同人意　만약 가령 비 갠 후의 달을 사람의 마음과
　　　　　　　　같게 한다면

何患當時變世情　어찌 지금 시대에 세상의 인심이 변한 것을
　　　　　　　　근심하리오!

동사모종

桐華千載小無塵　동화사엔 천 년토록 작은 속진도 없어

一抹公山倍色新　한 줄기 팔공산은 빛이 배로 청신하네.

禽鳥聲空烟雨晴　새소리 사라지고 안개비도 맑게 갤 때

寒鍾警起上方人　찬 종소리 사찰 사람 경계해 일으키네.

영지추연

玉露垂垂月色沈　옥 같은 이슬이 곳곳에 드리웠고 달빛도 빠져
　　　　　　　　있는데

連花不語解人心　연꽃은 말하지 않으면서도 사람의 마음을
　　　　　　　　풀어준다네.

靈仙古蹟誰能識　영선지의 고적을 누가 알 수 있을까

葉葉淸香襲我襟　잎마다 맑은 향이 내 옷깃에 밴다네.

고야화서

天低野曠把江鄕　하늘 아래 들 넓고 강물 끌어오는 마을

稼穡家家逐日忙　심고 거두는 집집마다 나날이 바쁘다네.

禾黍西風秋正熟　벼와 기장 서풍 불어 가을되며 제대로 익으면
田村饁婦共褰裳　시골의 들밥 가져온 아낙도 같이 치마를 걷네.

● 송재(松齋) 손상헌(孫相憲)

(고종 18년 1881년 신사생, 본관 : 일직, 주소 : 대구시 수성구 황청동)

달성청람

吾鄕首數此庭園　우리 고을에서는 이 정원을 첫 머리에 꼽으니
事去時移蹟自存　일 지났고 세월 흘렀지만 유적은 절로 남았네.
靄靄晴嵐朝暮裡　왕성하고 왕성한 맑은 남기 아침저녁으로 있어
至今猶有太初痕　지금에 이르도록 오히려 태초의 흔적이 있다네.

남산춘색

瑤卉奇花不盡窮　옥 같은 풀 신기한 꽃이 다하지 아니하여
形相同又色相同　형상도 서로 같고 또한 색깔도 서로 같네.
如何槿域三千里　어찌하여 무궁화 나라 삼천리가
遍入太和一樣中　두루 태화 한 모양 속에 들었나?

금호어적

靜夜波光白練如　고요한 밤 파도 빛은 하얀 비단 같은데
數聲漁笛泛空虛　몇 가닥 어부의 피리 소리 하늘에 뜬다.
金門簫管休爭說　쇠로 된 서76)와 퉁소로 된 관에 다투던 말
　　　　　　　　그치니
物外布音此復餘　세상 밖의 드문 소리가 여기서 다시 여유롭구나.

용산귀운

朝暮無心出峀關　아침저녁으로 무심히 산봉우리 관문에서 나와
形形色色各呈顔　형형색색으로 각자의 얼굴을 드러내 보인다네.

---

76) 서(簫): 관악기의 발음원이 되는 얇은 진동판.

時時去作人間雨 때때로 떠나가 인간 세상에 비를 내리고는
依舊수수自在閒 예전대로 유유히 저절로 한가함 속에 있네.

신천제월

雨斷橋頭桂影淸 비 그친 교량 머리에 달 모습 맑아서
溪村歷歷曙光生 개울가 마을에 역력히 서광이 생겼네.
嬋娟偏向懷中照 곱고 아름답게 한쪽으로 향해 가슴 속 비추면
除是無情卻有情 무정함은 사라지고 도리어 다정함이 생기겠네.

동사모종

招提遠隔世間塵 절이 세간의 속진과 멀리 떨어져 있어서
鍾落雲端夕景新 구름 끝에 종소리 나니 저녁 풍경 새롭네.
也識山前芳草路 산 앞이 향기로운 꽃 같은 풀길임도 또한 아나니
歸家催步幾多人 귀가하며 걸음을 재촉하는 사람 얼마나 많겠으랴!

영지추연

數畝方塘夜景沈 수 묘의 반듯한 못 밤 풍경 황홀한데
亭亭君子立波心 꼿꼿한 연꽃이 물결의 가운데 서있네.
月明露泠無人見 달 밝고 이슬 찬데 사람은 뵈지 않고
噓送淸香襲我襟 불어 보낸 맑은 향이 내 옷깃에 배네.

고야화서

一色油油遍水鄕 한 색깔이 윤기를 내며 강까지 이르는 마을인지라
栽培耕耨日奔忙 심고 북돋우고 갈고 매느라 날마다 분주히 바쁘네.
衣章今世無前制 의복 문양이 지금에는 전 같은 제도가 없지만
粉米終誰繡袞裳 분미77)를 마침내 누가 곤상에 수놓아 드릴 건가?

• 야창(野傖) 최종벽(崔鍾璧)

(고종 19년 1882년 임오생, 본관 : 경주, 주소 : 대구시 중구 수창동)

달성청람

非雨非煙漲一園　비도 아니고 안개도 아닌 것이 한 동산에
　　　　　　　　넘쳐나지만

着林無力假形存　숲에 붙어 있기에는 힘이 없어서 일시적
　　　　　　　　형태만 있네.

浮雲聚散元同氣　뜬 구름은 모이는 것과 흩어짐이 원래 같은
　　　　　　　　기상이듯

沐葉濡花箇箇痕　잎을 씻는 것과 꽃을 적시는 것이 개개의
　　　　　　　　흔적이라네.

남산춘색

化物天公智力窮　만물을 변화시키는 조물주 지혜를 다해
滿山紅綠一時同　산 가득 붉고 푸르게 일시에 같게 했네.
形形色色無邊景　갖가지 모양과 색깔의 가없는 풍경인데
盡入樵兒短笛中　모두 나무꾼의 단소곡 속으로 들어가네.

금호어적

浪花葭露畫圖如　물결은 꽃 같고 갈대는 드러나 있는 것이 그림
　　　　　　　　같은데

一笛初高水面虛　한 곡조 피리 소리 처음으로 수면 위 하늘로
　　　　　　　　올라가네

---

77) 분미(粉米) : 임금의 옷인 곤상(袞裳)에 놓던 수(繡)의 한 문양으로 생김새
　　는 쌀 모양이며 상징하는 바는 '기르는 것'이다.

日落江空人散後　해가 지고 강이 비며 사람들도 흩어진 후
白鷗閒坐聽聲餘　흰 갈매기 한가히 앉아 나머지 소리 듣네.

용산귀운

濛濃雲氣似重關　흐리고 짙은 구름 기세 흡사 몇 겹의 관문 같아
不辨龍山舊日顔　와룡산의 예전 얼굴은 분별해내지도 못하겠구나.
興雨時時能潤物　비를 일으켜서 때때로 만물을 적실 수도 있지만
有形無跡去來閒　모양은 있어도 흔적은 없기에 한가히 오고 가네.

신천제월

霽月初升萬像淸　비 갠 후 달이 처음 뜨니 만상이 맑아져서
兩三漁火隔林生　두세 곳 고기 잡는 불빛 건너 숲에 생겼네.
長空蜿蜿無私照　긴 하늘에서 굼틀굼틀 사심 없이 비추기에
剛喜姮娥不世情　항아78)가 세상인심이 아닌 걸 극히 좋아하네.

동사모종

古寺鍾鳴淨六塵　오래된 사찰에서 종이 울려 육진79)을 정화
　　　　　　　　시킴에
祇林蒼翠佛門新　마침 숲도 푸르고 푸르렀으며 불문80)도
　　　　　　　　청신했네.
昏衢大地愁長夜　대지의 어두운 거리가 시름으로 길어진 밤이니
何不聲聲警俗人　어찌 소리마다 세속 사람을 경계치 아니하리오.

---

78) 항아(姮娥) : 달 속에 있다는 전설 속의 선녀. 달의 다른 이름.
79) 육진(六塵) : 눈[眼]·귀[耳]·코[鼻]·혀[舌]·몸[身]·뜻[意]의 육근(六根)으로
　　부터 마음을 더럽히게 되는 색(色)·성(聲)·향(香)·미(味)·촉(觸)·법(法)의 여섯
　　경지를 말함.
80) 불문(佛門) : 불교를 믿는 사람, 또는 그들의 사회, 혹은 절.

영지추연

潦雨初收水面沈　장대비가 처음 그쳐서 수면이 잠겼는데도
高荷萬柄守潭心　높은 연 만 꽃대는 못의 가운데를 지키네.
周翁去後無人愛　주렴계 선생 가신 후 사랑하는 사람 없고
獨有餘香襲我襟　홀로 남은 향기만 있어 내 옷깃에 밴다네.

고야화서

十里長郊파아鄕　십 리 긴 들 파아81)벼가 자라나는 마을은
家家不作宙間忙　집집이 일이 없으면 집에서도 바쁘다네.
高竿罵鳥來來笠　삿갓 모양으로 오고 오는 새를 높은 장대로
　　　　　　　　쫓아내느라
始改炎天沐雨裳　염천으로 처음 바뀜에 옷은 비로 목욕한 듯이
　　　　　　　　젖는다네.

---

81) 파아(穤秠) : 벼의 한 종류.

• 혜재(蕙齋) 양재호(楊在湖)

(고종 19년 1882년 임오생, 본관 : 중화, 주소 : 대구시 수성구 지산동)

달성청람

小山環四一名園	작은 산이 사방으로 둥글지만 한 이름난 동산이
這裏噓嵐爽尚存	이 속에서 남기를 불어내 상쾌함이 아직 있다네.
異靄非風生沒處	특이한 아지랑이 바람 없이 생기고 사라지는 곳
未看其氣未詳痕	그 남기와 상세한 흔적을 아직은 보지 못하였네.

남산춘색

陽是隨生陰漸窮	양기가 따라와 생겨나면 음기는 점차로 다하게 되듯
閉藏還爲發揚同	닫아 감춘 게 다시 피어서 드러남이 됨은 같은 이치.
藹然和暖氤氳氣	매우 화창하고 따뜻하게 조화를 이루고 있는 기운은
盡在乾坤造化中	모두 다 하늘과 땅이 만들어 내는 이치 속에 있다네.

금호어적

碧水連天鏡面如	푸른 물 하늘에 이어져 거울 면 같고
白鷗飛下雨染虛	흰 갈매기 날아 내린 두 교량 비었네.
遊人歸去斜陽晚	유람객 돌아가고 석양이 느릿거리니
一片漁舟笛聲餘	한 조각 고깃배에 피리 소리 남았네.

용산귀운

出若無心散不關	무심한 듯 나와선 무관한 듯이 흩어지지만

時時來去繞山顔　수시로 오고 가면서 산의 얼굴을 둘러싸네.
臥龍怒起催雲雨　와룡이 노해 일어나 구름과 비를 재촉하니
騰彼狂風未或閒　저 거센 바람 솟구쳐 올라 한가할 수 없네.

신천제월

塵埃洗盡夜偏淸　티끌이 씻겨 사라지니 밤도 더욱 맑아
霽後東天皓月生　비 갠 후 동쪽 하늘 밝은 달이 솟았네.
誰識箇中盈虛理　저 속의 차고 비는 이치 누가 알리오
人於善惡各殊情　사람이 선악에도 각자 마음이 다른데.

동사모종

古寺幽深不世塵　오래된 절 그윽이 깊어 세상 속진 없기에
鍾聲一落碧山新　종소리 한 번 나자 푸른 산도 청신해지네.
西天落日時將晩　서쪽 하늘에 지던 해 때마침 저물려는 게
如促江橋遠渡人　마치 멀리 강다리 건너는 이 재촉하는 듯.

영지추연

萍葉輕浮柳縷沈　부평초 잎 가볍게 떠있고 버들가지 잠겼는데
秋蓮獨立淡如心　가을 연꽃 홀로 서 있어 맑기가 마음 같구나.
仁人愛物君知否　어진이가 만물을 사랑함을 그대는 아는가
富貴還差與此襟　이내 가슴에는 부귀가 도리어 부끄럽구나.

고야화서

有名古野達城鄕　달성 고을에서도 유명한 고야들에서는
二月農家種此忙　이월에도 농가가 파종하느라 바쁘다네.
秋人西風凉入幕　가을 들어 서풍이 선선히 농막에 들면
收來早熟換衣裳　일찍 익은 것 수확하려 옷을 갈아입네.

• 위사(渭簑) 이승영(李承永)

(고종 19년 1882년 임오생, 본관 : 연안, 주소 : 대구시 중구 서문로)

달성청람

晴嵐滴滴苑林園　맑은 남기 방울 짓는 숲 동산이라지만
眼界澄虛無若存　시계가 맑게 트여 있지 않은 듯하구나.
箇裡玲瓏靈異氣　저 속의 영롱하고도 신령스러우며 기이한 남기는
卻疑龍子弄珠痕　혹시 용의 새끼가 여의주를 갖고 논 흔적 아닐지.

남산춘색

南山居士豈終窮　앞산 사는 은사들이 어찌 끝내 없어지랴
春色千秋無異同　봄 경치도 천 년토록 달라지지 않았는데.
不是尋常招隱操　대수롭지 않은 예사로운 초은조가 아니니
叢叢桂樹逈凡中　계수나무 총생한다는 게 평범함과는 머네.82)

---

82) 이 시는 한(漢)나라 때 인물인 회남소산(淮南小山)이 지은 <초은사(招隱
士)>를 응용한 시다. 초은사(招隱士)란 '은사(隱士)를 부른다.'는 뜻으로 산
속에서의 곤궁하고 고생스런 생활상을 극진히 말함으로써 세상을 피해 숨어
사는 선비들을 풍유하고 질책하여 그들에게 멀리 떠나려는 마음을 갖지 말
게 함을 목적으로 쓴 시다. 회남소산 이후 여러 사람들이 유사한 표현으로
많은 초은사를 썼는데 이를 일괄하여 일컫기를 '초은조(招隱操)'라고 한다.
이 시 역시 초은조로 볼 수 있다. 조(操)는 곡조라는 뜻이다. 회남소산의
<초은사>는 "계수나무가 떨기로 자라남이여, 산의 깊은 골짜기로다. 쓰러지
고 굽은 가지가 연결되고 말려있음이여, 어긋난 채 서로 얽혀있구나.[桂樹叢
生兮山之幽 偃蹇連卷兮枝相繚]"라는 내용으로 시작된다.
　회남소산은 성명(姓名)은 전하지 않고 다만 회남왕(淮南王) 유안(劉安)의 문
객 중 한 사람으로 평소에 유안이 그를 회남소산이라고 불렀다는 기록만 전
하는 사람이다.

금호어적

晚風漁笛韻何如　저녁 바람에 어부의 피리 소리 운치 어떤가

鏡裡澄江映太虛　거울 같이 맑은 강이 하늘에 비치고 있는데.

鱍鱍淵漁無限意　헤엄치고 헤엄치는 물고기의 무한한 의미는

天機動活自由餘　천기대로 움직이고 활동함에 자연스런 여유.

용산귀운

雲陣飛揚造化關　구름 대열이 날아 나부끼며 조화를 부리는 관문에

臥龍珍重好容顏　와룡산은 보배롭고 묵직하게 아름다운 모습이라네.

何時復得治安手　어느 때라야 다시 편안하게 다스리는 솜씨 얻으랴

風雨東方不暫閒　비와 바람 몰아치는 동쪽은 잠시도 한가롭지 않네.

신천제월

極目新川淨太淸　시력을 다해 신천을 보니 맑아져 매우 깨끗한데

千秋霽月爲誰生　천 년토록 비 갠 후의 달은 누굴 위해 솟아났나?

漁翁但識箬着輿　늙은 어부는 다만 물고기 담는 종다래끼의 흥겨움만 알고

才子徒勞詩酒情　재주 뛰어난 이는 다만 시 쓰고 술 마시는 정취만 애쓰네.

동사모종

天畔鐘聲逈俗塵　하늘가의 종소리가 속진을 멀리하여

桐華十里客愁新　동화사 십 리에 나그네 시름 새롭네.

125

爾來病脚無仙分　근래 들어서 병든 다리에다 신선 같은 기질마저
　　　　　　　　　없어서
不見經燈導法人　경전을 읽기 위해 등불을 켜뒀지만 스님이
　　　　　　　　　보이질 않네.

영지추연

秋蓮柄柄紫煙沈　가을 연꽃은 꽃대마다 있고 자줏빛 안개도 잠
　　　　　　　　　겼는데
池上間吟愧我心　못 가에서 간간히 읊조리며 내 마음을 부끄러워
　　　　　　　　　했네.
千載漁翁偏獨愛　천년토록 염계 선생께서 남달리 홀로 사랑했으니
眞珠香露灑靈襟　진주가 향기롭게 드러나며 신령한 잎을 씻어
　　　　　　　　　내네.

고야화서

坡壟如濤盡水鄕　파도같은 논두렁이 물가 마을서 극에 달했으니
鋤頭事業幾紛忙　호미 머리의 일이 얼마나 어지럽고 바쁘겠는가?
黍禾己熟田功歇　기장과 벼는 이미 익어가고 밭일까지 마쳤기에
八月仙遊動霓裳　팔월에 신선같이 놀 때는 예상우의곡83)을
　　　　　　　　　쓴다네.

---

83) 예상우의곡(霓裳羽衣曲) : 당나라 현종 때 많이 연주되었던 곡으로 신선의
　　세계를 노래한 곡.

• 후연(後淵) 남상락(南相洛)

(고종 19년 1882년 임오생, 본관 : 영양, 주소 : 대구시 동구 둔산동)

달성청람

百丈煙霞數幅園	백 길의 안개와 노을이 몇 폭 되는 동산에
一天爽氣古今存	천하의 상쾌한 기운 예부터 지금까지 있네.
夜靜人間松子落	밤 되어 사람들 고요한데 솔방울 떨어지고
鶴鳴曉月去無痕	새벽달에 학이 울건만 가고나니 흔적 없네.

남산춘색

悠然見處景無窮	유연히 바라본 곳 경치가 무궁하여도
萬態風光入眼同	갖가지 풍광이 눈에 들어옴은 같다네.
古閣甘棠花影重	높은 누각 감당나무 꽃 그림자 짙은 데서
餘香輸送笛聲中	피리 소리 속에 남은 향을 실어 보내주네.

금호어적

十里琴湖咫尺如	십 리 밖의 금호강이 지척 같아서
江風引入北城虛	강바람 불어 드니 북쪽 성이 비네.
蕩子佳娥先得耳	방탕한 남자와 어여쁜 여자 귀로 먼저 들었는지
搖頭起舞一聲餘	한 줄기 소리에 머리 흔들며 일어나 춤추는구나.

용산귀운

臥龍山腹大如關	와룡산의 배는 큼직함이 관문 같아서
産出奇形各色顔	기이한 모양과 각색의 얼굴을 만드네.
一紫一靑歸向北	한 번은 자주색으로 한 번은 푸른색으로 북쪽 향해 돌아가는데
慶雲深處共飛閒	경사 조짐 알려주는 구름 깊은 곳으로 함께

한가하게 날아가네.

신천제월

隱雨餘光霽益淸　비에 숨었던 남은 빛 비 갠 후에 더욱 맑아져서
一天精氣盡收生　온 천하의 정기를 모두 다 거두어서 생겨났구나.
澗鳥時鳴鷗欲夢　산골짝 새가 때로 울고 갈매기는 잠자고자 함은
任他江上自然情　저 강변의 자연스러운 정서에 맡겨둔 것일 따름.

동사모종

聲落蒼山耳落塵　소리가 푸른 산으로 떨어지자 귀에선 속진이
　　　　　　　　떨어지고
千家禪境一時新　집집마다 불교와 관련된 곳도 같은 시간에
　　　　　　　　청신해지네.
琴江又送斜陽笛　금호강에서도 또 석양에 피리 소리 보내니
極樂乾坤隱逸人　극락세계로 은둔해서 숨어사는 사람이겠지.

영지추연

誰知君子泥中沈　군자가 진흙 속에 빠져있음을 누가 알겠으리오
秋月精神秋水心　가을 달 같은 정신과 가을 물 같은 마음으로도.
不與春花爭富貴　봄꽃과 함께 부유함과 귀함을 다투지 아니하고
獨守霜天皎潔襟　홀로 서리 내리는 날 밝고 깨끗한 마음 지키네.

고야화서

名産明區盡此鄕　이름난 특산품과 깨끗한 구역을 이 마을이 모두
　　　　　　　　갖고 있어
野遊筇屐日來忙　지팡이에 나막신으로 들에 다니는 이마저 날마다
　　　　　　　　바쁘다네.

油油深處桑麻又　기름지고 깊숙한 곳은 또 뽕밭과 삼밭이라
爲織蒼生萬幅裳　백성들을 위해서 만 폭의 치마를 짜낸다네.

• 월노(月蘆) 백찬기(白燦基)

(고종 19년 1882년 임오생, 본관 : 수원, 주소 : 달성군 논공면 노이동)

달성청람

達城千古有公園　달성에는 아주 먼 예로부터 공원이 있는데
遺後傳言處士存　후세에 남겨진 전하는 말에 처사[84]가 있었네.
暮雨朝煙消霽際　저녁에 비 왔다 개거나 아침에 안개 꼈다
　　　　　　　　사라질 땐
淸光淡泊似無痕　맑은 빛이 희미하고 깨끗해서 흔적마저 없는
　　　　　　　　듯하네.

남산춘색

名花啼鳥賞無窮　이름난 꽃과 우는 새 등 감상할 게 무궁하여
濟濟登臨士女同　수많은 사람들이 올라가서 봄은 남녀가 같네.
長歌短舞探春客　긴 노래 짧은 춤으로 봄 찾는 사람
盡在東風造化中　모두가 봄바람의 조화 속에 있다네.

금호어적

如訴如吟又奏如　호소하는 듯 읊조리는 듯 또 연주하는 듯도 한데
閒翁獨坐小舟虛　한가한 늙은이 혼자서 작은 배 빈 곳에 앉아있네.
身遊明月淸江上　몸이 밝은 달 아래 맑은 강가에 노닐고 있노라니
聲落斜風細雨餘　소리가 비껴가는 바람에 가랑비 사이로 들려오네.

---

84) 처사(處士) : 서침(徐沈)을 말함. 본관은 달성, 자는 성묵(聖默), 호는 구계
(龜溪). 정몽주를 따라 학문을 배웠다. 서씨의 근거지인 달성이 요새지므로
세종 때 국가에서 다른 땅과 바꿀 것을 요구하자 협조했다. 이에 국가에서
포상하려 했으나 사양하고 그 대신 지역민의 세금을 감해줄 것을 건의하여
허락받았고 이로 인해 추앙받았다.

용산귀운

無心出岫本無關　무심하게 산봉우리에서 나왔으니 본래부터
　　　　　　　　　무관해도

散歸山頂又腰顔　흩어졌다가 산 정상으로 또 허리로 얼굴로
　　　　　　　　　돌아오네.

斷爾復連連復斷　너를 끊으면 다시 이어지고 이어졌다 다시
　　　　　　　　　끊어지니

任彼斷連萬事閒　저 끊어짐과 이어짐에 맡겨두니 모든 일이
　　　　　　　　　한가하네.

신천제월

東方漸白又澄淸　동쪽 방향 점점 밝고 또 맑아지고 깨끗해지더니

雲散雨收是月生　구름이 흩어지고 비가 개자 이 달이 솟아났다네.

明來天畔稀星宿　밝은 것이 와서 하늘가 별자리를 드물게 했으나

照入胸中快性情　가슴 속에 비춰 들어와 성정을 쾌활하게 해주네.

동사모종

罷寂聲聲脫世塵　적막함을 마치게 하는 소리와 소리로 세속에서
　　　　　　　　　벗어나

隨時聽聽意新新　시간 따라 듣고 들으니 생각이 새로워지고
　　　　　　　　　새로워지네.

餘音亦及蓮花榻　남은 소리는 또 연꽃무늬를 조각한 책상에도
　　　　　　　　　이르러서

能警跏趺硏性人　가부좌하고 본성을 연구하는 사람도 경계할
　　　　　　　　　수 있다네.

영지추연

亭亭獨立不浮沈	꼿꼿이 홀로 서서 뜨지도 가라앉지도 않고
七竅之中有直心	일곱 구멍 속에는 곧은 꽃술이 들어있다네.
爲壽仙人封作酒	오래 살기 위하여 신선은 배양해서 술을 만들고
思君征婦採縫襟	남편 생각하는 출정군 아내는 캐서 옷을 만드네.

고야화서

是野名稱遠近鄉	이 들의 명성은 원근 고을에서도 칭찬하나니
油油禾黍摠人忙	기름진 벼와 기장으로 모든 사람이 바쁘다네.
帶月田翁飄鶴髮	달을 대동하고 있는 늙은 농부는 학 같은 백발이 나부끼고
携筐饁婦捲鶉裳	들밥 담아 갔던 광주리를 쥔 아낙은 누더기 치마를 말았네.

• 우초(友樵) 장락상(張洛相)

(고종 19년 1882년 임오생, 본관 : 인동, 주소 : 대구시 중구 인교동)

달성청람

南川一帶擅名園　남주 일대에서 이름을 드날리고 있는 동산은

磅礴孤城上世存　드높고 외로운 성으로 앞 시대에도 있었다네.

雨後淸光難畵得　비가 온 후의 맑은 빛은 그림으로 그려내기
　　　　　　　　어려우니

非霞非霧暫留痕　노을도 아니고 안개도 아닌 게 잠시 머문
　　　　　　　　흔적이라네.

남산춘색

太和元氣不嫌窮　태화한 원기가 싫어하지도 다하지도 않아

白白紅紅一樣同　희면 희게 붉으면 붉게 한 모양으로 같네.

若使化翁無雨雪　만약 조화옹 시켜 비와 눈을 없애게 하면

此山長在畵圖中　이 산은 오래도록 그림 속에 있게 되리라.

금호어적

江千寂寂世聲如　강가가 고요하고 고요해도 세상은 귀머거리라도
　　　　　　　　된 듯

搖落聲中萬事虛　흔들리며 들려오는 소리 속에서도 만사에 반응이
　　　　　　　　없네.

若使賡歌當此幻　만약 계속 노래시켜 이 요술에 응하게 한다면

海東家國恨無餘　해동국에 한이라고는 남아있지 않을 것이로다.

용산귀운

日夜無心任意關　밤낮으로 무심한 줄 알았더니 마음대로 관할한

	것인가
如何石氣掩山顔	어찌 돌 같은 기운으로 산의 얼굴 가리고 있는 것인가?
歸時莫近陽臺夢	돌아갈 때는 양대 가까이서 꿈꾸지 말게
神女行裝一半閒	신녀의 행장이 하루 중 반은 한가하니까.85)

신천제월

明朗川光接太淸	밝고도 맑은 신천 빛이 하늘과 만난 중에
乾坤靜肅畫圖生	천지마저 고요하니 그림이 생겨난 것이네.
렴溪餘魄還來否	염계 선생의 남은 넋이 다시 오신 것인가
一点無暇道性情	한 점의 티도 없음은 성정을 말한 것이네.86)

동사모종

搖落沙門遠世塵	종소리 흔들리며 들리는 사찰 세상과 멀기에
羣僧合掌誦經新	여러 스님 합장하고 불경 외움이 청신하구나.

---

85) 이 두 구절은 이 시가 구름을 읊은 것이므로 송옥(宋玉)이 <고당부(高唐賦)>에서 언급한 이래 널리 알려진 다음 일화를 가져와 읊은 것이다. 초나라 양왕(襄王)이 일찍이 고당(高唐)을 유람했는데, 꿈에 한 부인이 찾아와서 말하기를 "첩은 무산의 신녀인데 그대가 고당에 왔다는 소식을 듣고 침석에서 모시고자 왔습니다."라고 하였다. 왕은 그의 소원대로 시침(侍寢)하도록 했더니, 돌아갈 때 말하기를 "첩은 무산의 남쪽 고구(高丘)의 정상(頂上)에 있는데 아침에는 구름이 되고 저녁에는 비가 되어 아침저녁마다 양대(陽臺)의 아래에 내리겠습니다."하였다.

86) 이 두 구절은 송대(宋代)의 이학(理學)을 열었던 염계(濂溪) 주돈이(周敦頤)를 소재로 읊은 내용이다. 『송사(宋史)』「주돈이 열전(周敦頤列傳)」에 의하면 북송(北宋)의 시인이자 서예가인 황정견(黃庭堅)이 주돈이를 존경하여 쓴 글에 "그 인품이 매우 고명하고, 가슴 속에 품은 생각이 소탈하고 깨끗해서 마치 더없이 맑은 날 깨끗하게 부는 바람과 비 갠 후의 달 같았다.[其人品甚高 胸懷灑落 如光風霽月]"라고 한 내용이 있는데, 이 시의 제목이 「신천제월(新川霽月)」이므로 이를 언급한 것이다.

數千百載聲常振 수천백 년 동안 소리가 항상 울리어 왔으니
想是其工造化人 그 명인 생각건대 조화부리는 사람이었으리.

영지추연

愛惜其容瀲예沈 그 모습이 출렁이는 물에 빠진 게 애석하기는
해도

中通外直丈夫心 속은 통해 있고 밖은 곧은 것이 장부의 마음
이라네.

象人豈識亭亭質 보통 사람이 어떻게 꼿꼿한 기질을 알 수
있으리오

楚國고臣可製襟 초나라의 외로운 신하만 옷으로 만들 줄
알았다네.87)

고야화서

十里平原作一鄉 십 리의 평원이 한 마을을 이루었는데
범범禾黍使人忙 무성한 벼와 기장 사람을 바쁘게 하네.
家家從役誰收穫 누가 수확하든 집집이 가서 일을 해주고 있으니
日夜難聞動羽裳 낮이든 밤이든 우상곡88) 사용하는 건 듣기 어렵네.

---

87) 이 구절은 초나라의 충신 굴원(屈原)을 소재로 읊은 것이다. 굴원이 삼려대
부(三閭大夫)가 된 후 들어와서는 국사를 논하고, 나가서는 빈객을 접대하는
등의 일처리로 회왕(懷王)의 두터운 신임을 얻었다. 그러나 근상(斬尙)의 무
리에게 참소 당한 후로 회왕과 멀어지게 되었다. 이에 굴원이 <이소경(離騷
經)>을 지어 회왕이 깨닫기를 바랐는데 그 글에 "마름과 연잎을 마름질해
상의를 만들었고, 연꽃을 모아 하의를 만들었네.[製芰荷以爲衣兮 集芙蓉以爲
裳]"이라는 구절이 있다. 그러나 굴원은 끝내 회왕에게 재신임 받지 못했고,
다음 임금인 경양왕(頃襄王) 때도 자란(子蘭)의 무리에게 참소 당하여 결국
멱라수에 몸을 던져 생을 마감했다.

88) 우상곡(羽裳曲) : 당나라 현종 때 많이 연주되었던 곡으로 신선의 세계를
노래한 곡이라는 <예상우의곡(霓裳羽衣曲)>을 말한다.

• 해사(海史) 이균희(李均熙)

(고종 19년 1882년 임오생, 본관 : 성산, 주소 : 성주군 월항면 대포동)

달성청람

一城圍立自成園 　한 성이 에워싸 서서 스스로 동산을 이뤄 있는데

非霧非烟這裡存 　안개도 아니고 연기도 아닌 것이 그 안에 있다네.

天際浮凉蒼淡色 　하늘가의 가볍고 시원하고 푸르고 맑은 색은

晚山斜日氣蒸痕 　저무는 산 석양에 기가 증발하는 흔적이라네.

남산춘색

山不陵夷春不窮 　산이 평평해지지 않고 봄이 다하지도 않는 이상

年年潤物古今同 　해마다 만물을 윤택케 함이 예나 지금이나 같네.

千紅萬翠分爭色 　천 개는 붉게 만 개는 푸르게 나눠 색을 다투니

盡是東皇造化中 　모두 다 봄을 맡고 있는 동쪽 신의 조화 속이네.

금호어적

平湖水活鏡光如 　평평한 금호강 물이 살아있어서 마치 거울 빛 같은데[89]

寥亮何聲訴太虛 　쓸쓸하며 밝은 건 무슨 소리가 하늘에 호소하는 걸까?

想像苔磯垂釣老 　상상건대 이끼 낀 낚시터에서 낚시 드리워 둔

---

89) 이 구절은 주자(朱子)가 두 수로 지은 <관서유감(觀書有感)>이라는 시 중 앞의 시인 "반 묘의 반듯한 연못 한 개 거울처럼 열렸는데, 하늘의 빛깔과 구름의 그림자가 함께 떠다니네. 묻겠으니 어찌해서 저렇게도 맑을 수가 있는가, 발원한 곳에서 활수가 흘러오고 있기 때문이네.[半畝方塘一鑑開 天光雲影共徘徊 問渠那得淸如許 爲有源頭活水來]"라는 시를 응용한 표현으로 보인다. 활수(活水)란 근원이 있어 마르지 않고 흐르는 물을 말하는데, 쉼 없이 공부하는 것을 비유하기도 한다.

노인이

臨風一試舊吹餘　바람에 임해 한번 시험 삼아 옛날처럼 불어본 것이리.

용산귀운

一世炎凉摠不關　온 세상의 덥거나 시원함에 모두 관여되지 않고
隨風捲舒暮山顏　저녁 산 얼굴에서 바람 따라 사라지고 드러나네.
油然作下知時雨　뭉게뭉게 피어나 때를 아는 비를 만들어 내리고
歸宿龍蠻幾日閒　와룡산으로 돌아가 잠자지만 며칠간 한가하리오?

신천제월

霽後新川夜色淸　비 갠 후에 신천의 밤빛이 깨끗하더니
東山輪月少馬生　동산에 바퀴 같은 달이 곧이어 솟았네.
徘徊斗牛中間白　북두성과 견우성을 배회하면서 밝은데
思婦征人一般情　출정한 남편 생각하는 부인도 같은 맘.

동삼모종

乾坤如宿不飛塵　하늘과 땅도 잠자는 듯 티끌조차 날리지 않더니
隱隱鐘聲忽地新　어렴풋한 종소리로 갑자기 지상이 청신해졌다네.
靈佛遙憐鴻濛世　영험한 부처님 먼 데서도 혼란한 세상이 가여워
黃昏鳴送警人人　황혼에 종소리를 보내어 사람마다 경계해주시네.

영지추연

秋英雨盖自浮沈　가을 꽃부리 비가 덮어 자연스레 뜨거나 가라앉고
上下天光底水心　위와 아래의 하늘빛은 수면의 중심까지 다다랐구나.
寧可當時同解語　어찌 그 당시 해어화와 동일하게 볼 수 있으랴마는

羞添파子灑紅襟 양귀비도 부끄러워하며 깨끗하고 붉은 옷을
입으리.90)

고야화서

交居百穀大登鄕 온갖 곡식 교대로 자라 대풍 드는 마을에서
辛苦同經五月忙 오월 바쁜 철에 혹독한 고생을 같이 겪었네.
偏野依依將告熟 온 들은 평소처럼 익을 때를 알려줄 것이니
秋成他日換衣裳 가을이 끝난 후 다른 날 옷을 갈아입으리라.

---

90) 3구의 해어화(解語花)란 '말을 할 줄 아는 꽃'이라는 뜻으로, 꽃처럼 아름
다운 미인을 가리킨다. 이 말은 당나라 현종(玄宗)이 태액지(太液池)에 천엽
백련화(千葉白蓮花)가 활짝 피었을 때 귀척들과 주연을 베풀고 꽃을 완상하
던 중 양귀비(楊貴妃)를 가리키며 신하들에게 말하기를 "어찌 나의 말을 할
줄 아는 꽃만 하겠느냐.[爭如我解語花]"라고 했던 데서 온 것이다. 요컨대
3, 4구는 이 일화를 염두에 둔 표현인데, 다만 이 시에서는 연꽃이 양귀비
보다 아름답다고 말하고 있다.

• 우전(又田) 이상구(李相龜)

(고종 19년 1882년 임오생, 본관 : 성산, 주소 ; 칠곡군 동명면 구덕동)

달성청람

萬戶生光特此園　만 집에 빛이 나는 것은 다만 이 동산 때문인데
巍然北角俯羣存　높은 북쪽 모퉁이에는 많은 게 엎드리고 있다네.
非煙非霧硏硏色　연기도 아니고 안개도 아닌 곱고도 고운 빛깔이
朝日射明忽莫痕　아침 해에 잠깐 밝았다가 홀연히 흔적 없어지네.

남산춘색

南山一麓散無窮　앞산은 한 개 기슭이 분산키를 무한히 하고 있듯이
屋角層層碧嶂同　지붕의 합각이 층층이 쌓인 게 푸른 산봉우리 같네.
街兒葱笛東西路　길거리 아이들 동쪽 길 서쪽 길에서 파피리 부는데
萬紫千紅暖日中　모두 다 자주색 붉은색인 따뜻한 날씨 속에서
　　　　　　　　라네.

금호어적

琴湖斜日錦紋如　금호강에 지는 햇살은 비단무늬와 같고
漁子閒鷗有若虛　어부와 한가한 갈매기 있는 듯 없는 듯.
煙波弄笛知何處　안개 낀 강에서 부는 피리 어느 곳인지 알겠으니
散落風聲聽有餘　바람결에 흩어지며 들리는 소리 듣기에 넉넉하네.

용산귀운

爲愛龍山下掩關　와룡산을 사랑하는지라 관문을 가리지 아니하여서
群峰浮碧露眞顔　여러 봉우리에 넘치는 푸른색 원래 얼굴 드러내네.
歸來歸去雲千朶　돌아오고 돌아가는 구름 천 갈래는
泛彼長空晝夜閒　긴 하늘에 떠서 밤낮으로 한가하네.

신천제월

月在新川橋上淸	달이 신천에 있기에 다리 위가 맑아져
宵光惹起姿遊生	밤 광경이 야기시켜 멋진 유람 생겼네.
烏鵲南飛星氣小	까마귀 까치는 남쪽으로 날아가고 별빛 드물다는 글
隨時吟客一船情	때에 맞추어 읊조리는 문객도 같은 심정 때문이라네.91)

동사모종

諸天寂寂絶點塵	제천은 고요하고 고요하여 한 점 티끌도 없고
斷壑殘林面面新	자른 듯한 골짜기와 성근 숲은 면면이 새롭네.
遠樵爭下山光暮	멀리 나무꾼이 다투어 내려오지만 산 빛이 저물어
只有鐘聲不見人	다만 종소리만 있을 뿐 사람이라고는 보이지 않네.

영지추연

蛾眉山色靈池沈	아미산92) 모습 못에 비쳐 빠져있고
又是芙蓉萬朶心	또한 연꽃 만 꽃술도 빠져있다네.
落照偏多奇絶處	낙조가 유달리 많고 매우 뛰어나게 아름다운 곳에
泛彼紅綠似聯襟	떠있는 저 붉고 푸른 것 마치 옷깃을 연결해둔 듯.

---

91) 이 두 구절은 조조(曹操)와 소식(蘇軾)의 글을 인용한 표현이다. 일찍이 조조가 <단가행(短歌行)>에서 "달이 밝아 별이 드문데, 까마귀와 까치가 남으로 날아가네.[月明星稀 烏鵲南飛]"라고 읊었는데, 이 구절을 소식이 <전적벽부(前赤壁賦)>에서 조조가 지은 시라고 밝히며 인용하였고, 이후로 소식의 <전적벽부>가 크게 회자되면서 이 구절 또한 더욱 유명해지게 되었다.

92) 아미산(峨嵋山) : 현재 관덕정 일대가 산이었을 때의 이름.

고야화서

觀此無非稱穀鄕	여기를 보고 곡향이라고 일컫지 아니하는 사람이 없으나
登豊禾黍在勤忙	벼와 기장이 풍년듦은 부지런함과 바삐 함에 달려있다네.
黃穗平齋秋氣動	누른 이삭의 평야가 가지런하도록 가을 기운이 움직이면
晚天農笠冷衣裳	해질녘 하늘 아래 삿갓 쓰고 일하는 농부의 옷이 차다네.

• 금와(錦窩) 최규환(崔奎煥)

(고종 20년 1883년 계미생, 본관 : 경주, 주소 : 대구시 동구 봉무동)

달성청람

扶桑曙色上邱園　동해 새벽빛이 달성공원에 떠오르니
始覺心胸爽氣存　가슴에 상쾌한 기운 남아 있음을 알겠네.
黙坐焚香黃券對　고요히 앉아 향을 사르고 고서를 대하니
夜來昏濁絶無痕　지난밤 흐린 정신 조금도 흔적이 없다네.

남산춘색

春到年年示不窮　해마다 봄이 되면 끝없이 보여주니
氤氳天地一時同　천지 기운이 어울려 일시에 같아졌네.
無私普及群生樂　사심없이 널리 미치어 군생들 즐거우니
安得歸之肺腑中　어찌 폐부 속으로 들이킬 수 있겠는가?

금호어적

笛末江天更豁如　피리 끝에 강과 하늘은 더욱 광활한데
生平取適世情虛　평생 세상사 잊고자 해도 세상인정 허무하네.
魚龍出聽應知曲　어룡이 나와 들으면 응당 곡조를 알지니
許借西岩樂有餘　서암을 허락받아 빌리니 즐거움 넉넉하네.

용산귀운

臥龍山有臥龍關　와룡산은 와룡과 상관이 있으니
朝暮歸雲鎖本顔　아침저녁 오가는 구름 산에 걸렸네.
畢竟飛騰上天日　필경 날아올라 해까지 올랐으니
擬從其後至今閒　아마도 그 후로 지금까지 한가롭네.

신천제월

滿川新月盡心清　온 시내에 비친 새달이 마음을 맑게 하니
霧釋雲消自態生　안개 걷히고 구름 사라지니 절로 모습 생겨나네.
做去工夫如此可　공부를 하고 이와 같은 것이 괜찮지만
誰能料得一般情　누가 이러한 마음을 헤아릴 수 있는가?

동사모종

暮鐘聲落淨無塵　저녁 종소리 울리고 티 없이 깨끗한데
遙想時時意更新　때때로 아련히 생각하니 뜻은 더욱 새롭네.
載月船歸寒水夜　달을 실은 배는 떠나고 차가운 물 흐르는 밤에
惺惺喚起釣魚人　맑은 정신으로 낚시꾼을 부른다네.

영지추연

稠疊葉花浮且沈　겹겹이 쌓인 연잎은 물에 뜨고 잠기니
方知茂叔愛蓮心　주무숙이 연을 사랑한 마음을 이제야 알겠네.
譬如君子超塵累　군자에 비유되어 속세 티끌을 초월하니
爲汝臨池灑我襟　너로 인해 못에 가니 나의 흉금을 씻어주네.

고야화서

離離彼黍是南鄉　무성한 저 나락 자라는 이곳 남쪽 고을
不奪農時應倍忙　농사 때 잃지 않으려고 갑절로 바쁘다네.
有事西疇其婦饁　일 있는 서쪽 논두둑에 밥 나르는 아낙이
如賓相對整衣裳　손님처럼 공경하게 대하고자 옷깃을 여미네.

• 오정(梧亭) 김연석(金淵錫)

(고종 20년 1883년 계미생, 김녕인, 주소 : 대구시 중구 태평로)

달성청람

如烟如霧滿城園　연기 안개 같은 기운 달성공원에 가득하니
光影最宜雨後存　비온 뒤에 남은 풍광이 가장 좋구나.
從古人稱名勝地　예로부터 명승지라 일컬어지니
千秋不變去來痕　천추토록 변치 않고 오고 간 흔적이네.

남산춘색

春到年年春不窮　해마다 봄은 와도 봄은 끝이 없고
吉人宅畔與時同　길인의 집 주위도 때와 더불어 봄이라네.
桃紅李白繁華色　붉은 복사 흰 오얏꽃 화사한 빛깔이
散入嵋山淡靄中　아미산 옅은 안개 속에 여기저기 보이네.

금호어적

江中風浪近何如　강물 속 풍랑은 너무나 가까운데
笛裡湖山抵太虛　호산의 피리소리는 태허에 닿았네.
數曲聲聲歸且晩　몇 곡조 소리에 귀가마저 늦으니
漁梁十里興猶餘　십리 뻗은 어량엔 흥이 넉넉하네.

용산귀운

悠悠如接玉臺關　유유히 접한 옥대관에
飛過龍頭畵彩顔　날며 지나간 용머리는 채색한 얼굴이네.
送雨隨風連復散　바람따라 비를 보내며 이어지고 흩어지니
滿山歸跡暫無閒　온산에 돌아간 흔적 잠시도 한가롭지 못하네.

신천제월

雲散雨收夜色清 　구름 흩어지고 비 그친 밤빛은 맑은데
新川照影倍光生 　신천에 비친 그림자에 더욱 빛이 나네.
樓臺近水誰先得 　신천가의 누대를 누가 먼저 얻었기에
橋上行人各盡情 　다리 위를 가는 사람 각각 정을 다하네.

동사모종

抵暮一聲遠俗塵 　저녁 무렵 들리는 종소리에 세속은 멀어지고
公山歸路客愁新 　공산으로 가는 객의 근심은 새롭기만 하네.
居僧傳鉢於斯老 　승려 생활에 발우 전하며 이곳에서 늙으니
始覺沙門念佛人 　비로소 절에서 염불하는 사람인줄 알겠네.

영지추연

一朶長莖水半沈 　한떨기 긴 줄기는 반쯤 물에 잠기고
清秋七月露花心 　맑은 가을 칠월에 꽃봉오리 드러내네.
愛蓮誰似濂溪老 　연꽃 사랑 주렴계 만한 사람 누구리오
此地遊人更拂襟 　여기에 노니는 사람들 다시 옷을 떨치네.

고야화서

達句百里有斯鄉 　달구벌 백리에 이런 곳 있으니
野老種收各自忙 　농부들은 수확하느라 절로 바쁘구나.
居卜名區惟此地 　오직 이곳 명소에 터 잡으니
生涯豊富足衣裳 　생애가 풍부하고 의상도 넉넉케 하네.

• 설농(雪聾) 이석흠(李錫欽)

(고종 20년 1883년 계미생, 본관 : 여주, 주소 : 대구시 서구 원대동)

달성청람

舊國風流將帥園　옛 나라 풍류지요 장수 머문 공원이라

蒼藤古木至今存　푸른 등나무 고목이 지금도 남아있네.

非煙非霧凝何氣　연기 안개가 아닌 무슨 기운 서렸기에

但見其形不見痕　그 형상만 보이고 흔적은 보이지 않은가?

남산춘색

富貴春光不漏窮　풍족한 봄빛은 다함이 없으니

依然紅綠萬家同　변함없이 화사한 색은 집집마다 같구나.

東君未解山河亂　봄바람 풀리지 않고 산하가 어지러우니

蝶舞鶯歌一夢中　나비춤추고 꾀꼬리 소리에 꿈꾸는 듯하네.

금호어적

引風漁笛夏雲如　바람에 실린 어부 피리소리 구름까지 닿은 듯하니

覺盡江天遠渡虛　금호강이 허공까지 건너감을 알겠네.

問爾孤舟何許子　묻노니 외로운 배 어떤 사람 타고 있는가?

峨洋煙月曲中餘　아양 풍경은 노래 곡조 속에 여유롭다네.

용산귀운

靑山元不白雲關　청산은 원래 흰구름과 상관치 않으니

雲自從山半掩顔　구름은 스스로 산을 쫓아 반쯤 얼굴 가리었네.

時有淸風歸碧落　때론 맑은 바람 있어 푸른 하늘로 가버리니

靑山無恙白雲閒　청산은 그대로인데 흰구름도 한가롭네.

신천제월

長天活水共晴淸	하늘과 시냇물이 모두 맑고 맑으니
月色無邊上下生	달빛은 끝없이 위아래로 생겨나네.
如畫千街歌笑裡	대낮같은 거리에 노래와 웃음소리 속에
砧聲幾處玉關情	몇 곳에서 들리는 다듬이 소리 남편 그리는 마음일세.

동사모종

一聲搖落罷塵塵	종소리 한번 울리니 세속번뇌 소멸하고
桐寺蒼蒼夕氣新	푸르고 넓은 동화사 저녁 기운이 새롭네.
若使慈悲如響應	만약 자비심이 메아리처럼 감응한다면
世間自少是非人	세간에 저절로 시비 거는 사람들 적어지리.

영지추연

田田葉葉不浮沈	연못 덮은 연잎이 뜨고 가라앉지 않고
十丈花開七竅心	열길 꽃이 피니 칠규 마음도 열리네.
太乙眞仙何處在	태을 진선은 어디에 있는가?
騷人怊悵晚披襟	시인의 슬픈 마음 늦게나마 풀어보네.

고야화서

負郭煙郊是穀鄕	성곽 등진 교외에 곡식 영그는 들판
庚炎日日事還忙	무더위에 날마다 일하느라 바쁘다네.
西風笑指離離熟	가을바람 불어와 곡식들 익어가니
金氣噓來饁婦裳	황금 들녘에 밥 나르는 아낙의 치마를 날리네.

• 가은(架隱) 이승하(李承廈)

(고종 20년 1883년 계미생, 본관 : 벽진, 주소 : 칠곡군 동명면 금암동)

달성청람

非煙非霧繞城園　연기도 안개도 아닌 것이 공원을 둘러있어
近若無形遠若存　가까이선 없는 듯하더니 멀리선 있는 듯하네.
嘉木明花濃淡裡　좋은 나무 고운 꽃 짙고 옅은 안개 속에
俄然凝作霽餘痕　별안간 응기니 날개인 흔적이라네.

남산춘색

南山佳氣望無窮　남산의 좋은 기운 끝없이 바라보니
園柳墻花色色同　공원의 버들 담장의 꽃들 빛깔마다 같구나.
紫閣朱欄呈別態　붉은 집 붉은 난간은 별난 모습 드러내니
九旬風景畫圖中　봄 석달의 풍경이 그림과 같구나.

금호어적

片舟能纜浪何如　어떤 풍랑에도 조각배 줄을 맬 수 있으니
漁父生涯江國虛　어부의 생애는 강물에서 허무하게 늙네.
數曲笛聲雲際落　몇 곡조 피리소리 구름가에 떨어지니
蘆邊宿鷺夢驚餘　갈대숲 가에 잠든 백로 꿈결에 놀라네.

용산귀운

舒卷全無物我關　흩어지고 엉긴 구름 전혀 나와 상관없으니
姱娥羞露半遮顏　고아선인 드러내기 부끄러워 반쯤 얼굴 가리네.
臥龍幾作人間雨　와룡은 몇 번이나 인간세상에 비를 내렸기에
留彼蒼巒自任閒　저 푸른 산허리에 머물며 절로 한가롭네.

신천제월

舞罷沙明玉鏡清　춤 끝나자 백사장 밝고 옥거울처럼 맑으니
一川爽氣影中生　한줄기 신천에 상쾌한 기운 그림자 속에 생겨나네.
滿城鼓吹樓臺夜　성안 가득 북치고 피리 부는 누대엔 밤 깊은데
幾箇愁人漆室情　우수에 젖은 몇 사람이 칠흙 같은 마음이던가.

동사모종

鍾聲隱隱砭囂塵　은은한 종소리 시끄러운 세속티끌 누르고
落日隨風客耳新　지는 해 바람 따르니 나그네의 귀 새롭네.
頓悟禪門能驚俗　선문의 돈오사상 세속을 일깨우니
無心聽者是聾人　무심히 듣는 자 바로 귀머거리라네.

영지추연

玉井移根碧沼沈　옥정에 뿌리 옮겨 푸른 못에 잠기니
田田浮葉護中心　연밭에 연잎 떠서 중심을 보호하네.
鮮明這態誰能愛　선명한 이 모습 누가 능히 사랑하였나
吟上濂溪水月襟　염계에서 읊조리며 물에 비친 달을 품네.

고야화서

一野全農飽幾鄕　한 들판 온통 농사지어 몇 고을을 배불렸나
勤勞稼穡倍多忙　부지런히 농사짓느라 갑절 더 바쁘다네.
田家老婦誇新稔　농가의 늙은 아낙 햇곡식 자랑하니
上下稻畦花滿裳　위아래 벼논 두둑 꽃이 치마에 가득하네.

• 경대(耕臺) 홍찬섭(洪贊燮)

(고종 20년 1883년 계미생, 본관 : 남양, 주소 : 대구시 동구 둔산동)

달성청람

大嶺以南第一園　대관령 이남의 제일가는 공원
先賢遺跡口碑存　선현 유적이 구비로 남아 있네.
誰知這裡晴嵐氣　누가 알리 이속에 맑은 기운이
樹木蒼蒼處處痕　울창한 수목 곳곳에 남은 흔적임을.

남산춘색

東君布德歲無窮　봄바람 끝없이 덕을 펼치니
草綠花紅彼此同　초록 홍화는 여기 저기 같구나.
獨坐閑看春景譜　홀로 앉아 봄 경치를 펼쳐 보니
一山都在畵圖中　산들이 모두 그림 속에 있구나.

금호어적

琴湖淸景問何如　금호의 맑은 경치 어떠냐고 물으니
漁笛三聲入太虛　어부 피리 몇 가락에 태허로 들어가네.
楓葉荻花秋色晩　단풍잎 갈대꽃은 늦가을 빛인데
悠然來去興惟餘　유유히 오고가니 흥만 오직 넉넉하네.

용산귀운

自起自消我不關　절로 피어오르고 사라져도 나와는 상관없으니
有時歸後露天顏　수시로 돌아간 뒤 하늘 얼굴 드러내네.
紛紛衆鳥高飛盡　뭇 새들은 여기 저기 높이 날아가고
萬里蒼空獨去閑　만리 창공에 홀로 한가롭게 떠가네.

신천제월

萬山雪後一川淸　온산에 눈이 내린 뒤라 신천은 맑은데
一片孤輪滿意生　한 조각 외로운 달 온통 생겨나네.
下界光明須莫道　하계의 광명을 굳이 말하지 마라
靈臺遍照淨人情　마음에 두루 비추어 사람마음 깨끗하게 하네.

동사모종

一聲遙落遠囂塵　한 소리 멀리 퍼지니 시끄러운 세속 멀어지고
十二諸天淨入新　열두 제천 깨끗이 새롭게 드네.
夜靜山空梵語罷　밤은 고요하고 산은 텅비고 불경 파하니
惺惺結夏跏趺人　맑은 정신으로 하안거 가부좌를 하네.

영지추연

浮於水面久無沈　수면에 떠서 오래도록 가라앉지 않으니
正是士林君子心　바로 사림 군자의 마음이라네.
秋氣淸凉明月夜　가을 기운 맑고 서늘하고 밝은 달 뜬 밤에
令人一看爽胸襟　한번 보기만 하면 가슴이 상쾌해지네.

고야화서

雍秦沃野聞隣鄕　옹진의 기름진 들판 이웃고을에 소문나고
禾黍離離已倍忙　벼와 기장 익어가니 이미 갑절로 바쁘네.
饁婦耕男秋事晩　밥 짓는 아낙 일하는 남자 가을일로 늦어
歸來凉露浥衣裳　찬이슬 맞고 돌아오니 치마가 젖네.

송파(松坡) 이종률(李鐘律)

(고종 20년 1883년 계미생, 본관 : 경주, 주소 : 대구시 동구 덕산동)

달성청람

半月城形第一園 반월 성곽모양 달성공원에
千年老木至今存 천년 노목이 지금까지 남아 있네.
名賢達士多生長 명현 달사들 많이 배출되니
從古地靈是有痕 예부터 땅이 신령하여 이곳에 흔적 남았네.

남산춘색

陟彼南山自送窮 저 남산에 올라 스스로 궁색함 보내니
愛春物色酒詩同 봄 풍경 사랑이 술이나 시를 즐김과 같네.
淸談一席風流日 한자리에서 맑은 애기 오가는 풍류 일에
吟弄古今快樂中 서로 즐겁게 고금시를 읊고 감상하네.

금호어적

江水潭潭對鏡如 넘실대는 강물은 거울을 대한 듯하고
漁翁心志實淸虛 어부의 마음은 실로 청허의 세계로다.
穿魚弄笛平生事 고기 잡고 피리 부는 평생의 일로
簑笠行裝四序餘 사립 행장이지만 사계절 여유롭네.

용산귀운

龍雲相賴雨爲關 용과 구름 서로 의지하며 비를 상관하니
一慰三農喜萬顔 한번에 삼농[93]을 위로하여 많은 사람 기쁘게 하네.
天氣淸明由此占 맑은 날씨는 이로 말미암아 점치고

---

93) 삼농(三農)은 농업, 농촌, 농민을 일컫는 말.

浮生休汨事非閒　부생이 일에서 한가하지 않다고 골몰하지
　　　　　　　　말지니.

신천제월

故看水月我心淸　짐짓 물과 달을 보니 내 마음도 맑아지고
吟弄詩懷一倍生　시를 읊고 감상하는 마음 갑절로 생겨나네.
相對主賓無限樂　마주한 주빈은 무한히 즐겁나니
再難今夕百年情　오늘 저녁처럼 백년 정을 나누기는 거듭
　　　　　　　　어려우리.

동사모종

覺聽鍾聲不染塵　종소리 들으니 속진에 물들지 않고
天眞固守日知新　천진함 굳게 지켜 날로 새롭다네.
實中虛且虛中實　실 가운데 비고 빈 가운데 실하니
願作平生第一人　원컨대 평생 제일인이 되기를.

영지추연

秋日蓮花艶不沈　가을날 연꽃이 어여삐 피어 잠기지 않고
紅蘂如識我中心　붉은 봉오리 내 마음을 아는 듯하네.
水淸特立天然像　맑은 물에 우뚝 선 천연스런 기상이
君子之懷君子襟　군자의 마음 군자의 모습이라네.

고야화서

春秋耕獲活吾鄕　봄갈이 가을수확은 우리 고향을 살리니
定看生民日倍忙　눈여겨보니 생민들 날마다 더욱 바쁘구려.
從古家家倉廩實　예로부터 집집마다 창고가 채워져야
英材培養給衣裳　영재를 배양하고 의상을 넉넉하게 한다네.

• 무아(無我) 곽정곤(郭正坤)

(고종 21년 1884년 갑신생, 본관 : 현풍, 주소 : 대구시 중구 삼덕동)

달성청람

一片孤城萬戶圍　한조각 고성에 만호가 사는 공원은
晴嵐朝暮占空存　아침저녁 맑은 기운 허공에 남아 있네.
龜翁古蹟今難搜　구계공 고적을 지금 찾기가 어려워도
千古留名不滅痕　천고에 이름 남겨 흔적은 멸하지 않았네.

남산춘색

南來山色景無窮　남쪽 산색 경치 끝없이 펼쳐지니
綠碧靑蒼小異同　푸른 나무 푸른 하늘 대동소이하네.
萬戶千門皆顧祖　집집마다 모두 고조94)하는 명당 되어
願言壽上一心中　한결같이 마음속에 장수하길 원한다네.

금호어적

琴湖東北挽弓如　금호강 동북쪽이 활처럼 휘었는데
漁笛一聲盡入虛　어부 피리소리에 모두 태허로 들어가네.
物外閒翁淸楚意　물정을 벗어난 늙은이의 청초한 뜻
吟風弄月興無餘　음풍농월하니 흥이 절로 넉넉하네.

용산귀운

龍山何事負城關　용산은 무슨 일로 성을 등지고 있어
点点歸雲故顧顔　점점이 떠가는 구름 짐짓 돌아보네.

---

94) 고조(顧祖)란 명당의 한 종류로서, 혈인 묘가 나를 만들어준 조상님 쪽을 쳐다보며 서로 대화를 나누는 형태를 일컫는다.

向背東西雖地勢 비록 지세는 동서쪽을 등지지만
風調雨順不等閒 비바람 순조롭게 하느라 등한하지 않네.

신천제월

霽後新川逝水淸 날개인 신천 흐르는 물은 맑은데
靑天有月幾時生 청천의 달은 몇 번이나 생겼는가?
風微吹浪浮金躍 미풍이 물결치니 황금빛 일렁이고
無意識中惹俗情 무의식 속에 속정을 일으키네.

동사모종

盡日城中汩沒塵 종일 성중에는 속세일로 골몰하는데
鍾鳴桐寺報昏新 종 울리는 동화사 황혼을 알리네.
聊知入夜皆淸淨 애오라지 밤이면 모두 청정하여
步月吟詩自有人 달 아래 거닐며 시를 읊는 사람 있으리니.

영지추연

靈仙池水可浮沈 영선못 물에 연이 뜨고 가라앉으니
蓮葉蓮花直立心 연잎 연꽃이 꼿꼿하게 서 있구나.
太乙眞人遊處處 태을 진인이 곳곳에 노니니
使人不覺整衣襟 어느새 옷깃을 여미게 하네.

고야화서

古野西開近古鄕 서쪽에 펼쳐진 고야는 고향에 가까우니
禾稔豊作幾何忙 벼 익고 풍년 되니 얼마나 바쁜가.
須知來日多收穫 내일은 수확할 일 많음을 알기에
草露無嫌浥我裳 풀이슬에 옷 젖음 꺼리지 않는다네.

• 묵산(默山) 송겸달(宋謙達)

(고종 21년 1884년 갑신생, 본관 : 여산, 주소 : 대구시 서구 평리동)

달성청람

晚挖餘晴住勝園　저녁 맑은 기운 빼어난 정원에 머무니

如濃如滴翠微存　짙은 듯 물방울인 듯 푸르름 남았네.

淋漓彩筆添新格　채색붓을 듬뿍 적셔 새로운 격조 더하니

起寫眞圖繢眼痕　진짜 그림 그려내어 눈을 수놓는다네.

남산춘색

襞積春光殆不窮　주름진 봄빛 무궁무진하니

三陽一氣古今同　삼춘의 기운이 고금에 같구나.

東園佳適誰能解　동원의 아름다움을 누가 능히 알기에

盡日芳菲錦繡中　온종일 비단 속에서 향기 풍기네.

금호어적

短笛孤蓬任所如　짧은 피리 쪽배 흘러 가는대로 맡기고

吹來怳若入淸虛　피리 불며 황홀하게 신선세계로 들어가네.

兩三飛鷺斜陽外　석양 너머 간간이 울며 나는 해오라기

蓼葉蘆花是韻餘　여뀌잎 갈대꽃이 운치를 더하네.

용산귀운

重疊雲峰日夕關　구름 서린 겹친 산봉우리에 해 저무는데

每因風便好開顔　매번 바람따라 모습을 드러내네.

無心來去緣何事　무심히 오고 가니 무슨 일이기에

却脫塵喧獨自閒　세속의 시끄러움 물리치고 홀로 한가롭네.

신천제월

水村虛白玉輪淸　강촌은 비고 희어 달은 밝은데.
淸處晨光杳杳生　맑은 곳에 새벽빛 아련히 생기네.
露下風微如此夜　이슬아래 미풍이 부는 이 밤에
幾人停酒遠含情　몇 사람 술을 멈추고 정을 머금는지?

동사모종

梵宮瀟灑淨無塵　범궁은 소쇄하고 맑아 티끌 없으니
時有鍾聲自報新　때마침 들리는 종소리 절로 새로움 알리네.
諸禮中堂飯序了　예불 올리는 중당에서 밥 순서 마치니
元來淸餉是人人　원래 점심 공양 사람마다 올린다네.

영지추연

秋水不波綠影沈　가을물 물결일지 않아 푸른 그림자 잠기고
紅苞點點帶黃心　붉은 꽃잎에 점점이 노란 꽃술 띠었네.
天然外態非雕飾　천연스런 바깥 모습 꾸민 것이 아니어서
君子之風穩拂襟　군자의 기풍에 온전히 옷깃 헤치게 하네.

고야화서

玆區從古擅南鄕　이곳은 예로부터 남쪽고을에서 드러나서
滿岸稻梁眼界忙　언덕 가득한 벼와 기장 안계를 바쁘게 하네.
逸樂昇平知日力　편안 즐거움 평화로움으로 햇살 힘 아나니
岐香猶愛接衣裳　풍기는 향기 여전히 사랑하여 옷을 접네.

• 문재(文齋) 신승균(申升均)

(고종 21년 1884년 갑신생, 본관 : 평산, 주소 : 대구시 서구 내당동)

달성청람

吾邦絶出此公園	우리나라에서 특출한 이곳 달성공원
風雨千年一樣存	천년의 비바람 한 모양으로 남아있네.
樹裏有樓歷歷事	숲속에 누각 있으니 뚜렷한 일들이
至今可觀古人痕	지금에도 고인의 흔적 볼 수 있네.

남산춘색

南山春色正無窮	앞산의 봄 경치 무궁하니
紅白蒼黃各不同	홍백청황 빛깔이 각각 다르네.
衆舌紛紜何世界	뭇사람 말 분분한 어떤 세계이기에
飛禽走獸渾然中	새와 짐승들도 혼연히 어울리었나?

금호어적

琴湖光景近何如	금호강 광경이 근래는 어떠한지
細雨微風摠不虛	보슬비 미풍에 모두 비지 않으니
晴沙十里斜陽裏	깨끗한 모래 십리 석양 속에
一笛淸聞趣有餘	한가락 피리소리 맑게 들려 운치가 넉넉하네.

용산귀운

暮雲陣陣過間關	저녁 구름 뭉쳐 관문을 지나고
不雨時時謾露顏	비오지 않고 때때로 얼굴을 드러내네.
卽今一朶歸何處	지금 한 무리 구름 어디로 돌아가는가
終落狂風應不閒	광풍이 몰아치면 응당 한가롭지 않네.

신천제월

樵風十里一川淸	십리에 순풍이 부니 신천은 맑고
兼得眞間月又生	진간을 함께 얻으니 달도 떠오르네.
世間此物無錢買	세간에서 이 물건은 돈 없이도 살 수 있어
豪客騷人摠是情	호객 시인들이 모두 마음을 둔다네.

동사모종

古刹依岩獨不塵	바위에 의지한 고찰에 유독 티끌이 없으니
松風蘿月入扁新	솔바람 담쟁이 달이 창문에 비치네.
鳴鍾頌唄焚香坐	종소리 범패 외우며 향불 사르고 앉아
粲笑世間榮利人	세간 영리인을 향해 환히 웃노라.

영지추연

荷葉重重浮半沈	겹겹이 놓인 연잎 뜨고 반쯤 가라앉으니
玉光箇箇吐丹心	낱낱이 옥빛이 붉은 속을 토하네.
靈池秋水何靑色	영지의 가을물 어찌나 푸른지
陣陣香風送襲襟	한 무더기 향기 바람 보내 옷깃에 엄습하네.

고야화서

古野厚肥富此鄕	고야 땅 비옥하여 이 고을을 부유케 하니
曾無旱潦農無忙	가뭄 장마 없어 농사일이 바쁜게 없네.
禾黍離離連天碧	벼가 무성히 자라 하늘과 이어져 푸르고
應民逸食又多裳	백성들 편히 먹고 의복을 풍족하게 하네.

• 취당(翠堂) 김기병(金麒秉)

(고종 22년 1885년 을유생, 본관 : 의성, 주소 : 대구시 중구 성서로)

달성청람

茂栢長松太古園　무성하고 길게 자란 송백이 선 태고의 공원
森然一氣雨餘存　삼엄한 기운이 비온 뒤에도 남아있네.
非霞非霧輕虛影　노을도 안개도 아닌 가볍고 빈 그림자
近視無痕逈有痕　가까이는 흔적 없건만 멀리선 흔적 있네.

남산춘색

漢家三月獨憐窮　한가 삼월은 유독 궁색하여 가련한데
覽物人情今古同　사물을 바라보는 인정은 고금에 같구나.
葉翠花紅春寂寂　푸른 잎 붉은 꽃에 봄은 고요한데
天翁造化不言中　하늘의 조화 무언 속에 있다네.

금호어적

取適生涯莫我如　나와 같이 세상사 잊고 지낸 생애 없으니
竿頭秋水碧涵虛　낚싯대 끝 가을 물 푸르러 허공을 적시네.
斜陽橋柳穿歸路　석양에 다리곁 버들은 귀로에 늘어지고
一曲淸音又有餘　한 곡조 맑은 소리 또한 여유롭네.

용산귀운

偏愛山光不掩關　산 경치 몹시 사랑하여 문을 닫지 않으니
無心一物過屛顔　무심한 구름은 높은 산을 지나가네.
馳南征北今宇宙　지금 우주간에 남북으로 치달으니
緣何爾獨任情閒　무슨 연유로 너만 유독 한가로운가?

신천제월

九天如洗一川淸　하늘이 씻은 듯 맑고 신천도 맑은데
上下晴光得月生　상하의 맑은 빛 달도 떠오르게 하네.
石白沙明時夜靜　흰 돌과 깨끗한 모래 때마침 밤도 고요하니
殊鄕孤客最華情　타향의 나그네 너무나도 화사한 마음이네.

동사모종

瀟灑瓊林遠俗塵　소쇄한 정원은 세속티끌 멀게 하니
蒼蒼夕氣淨中新　무성한 숲속 저녁기운 깨끗하고 새롭네.
一聲搖落三千界　종소리 삼천세계에 울려 퍼지니
只見靑山不見人　청산만 보이고 사람은 보이지 않네.

영지추연

靈池秋水綠沈沈　영지의 가을물 푸른빛 무성하니
花葉亭亭滿澤心　꼿꼿한 잎과 꽃이 못 가운데 가득하네.
集可爲裳衣可製　연잎 모아 치마저고리 만들 수 있으니
至今不朽楚人襟　지금토록 초인의 옷깃 썩지 않았구나.

고야화서

隴黍郊火似我鄕　밭두둑 기장 들판의 불 내 고향 같으니
歸心日夜倍忙忙　밤낮으로 귀향 심정 갑절로 바쁘네.
斜陽讀罷殷墟賦　석양 무렵에 은허부 읽기를 마치니
不覺西風動客裳　어느새 서풍이 나그네 치마를 펄럭이네.

• 혜정(惠汀) 김여곤(金汝坤)

(고종 22년 1885년 을유생, 본관 : 김해, 주소 : 달성군 달성동)

달성청람

林梢翠氣轉清園　나무 끝 푸른 기운 점점 공원을 맑게 하고

灑落樓臺健自存　우뚝한 누대는 튼튼하게 남아 있다네.

石面蒼苔輕露濕　돌에 긴 푸른 이끼엔 살짝 이슬 젖었으니

應知去夜嵐歸痕　지난밤에 안개 스쳐간 흔적임을 알겠네.

남산춘색

千葩萬葉艷無窮　수많은 꽃봉오리 잎들 한없이 어여쁜데

紅紫青蒼各不同　붉은 꽃 푸른 잎들이 제각각 다르다네.

回憶昔年歌舞地　옛날 노래하고 춤추던 곳을 회고하니

南山依舊畫圖中　남산은 변함없이 그림 속에 남아 있네.

금호어적

輕風獵獵雨絲如　가벼운 바람 살랑 불고 보슬비 내리는데

數曲隨時落碧虛　때마침 노래 몇 곡조 푸른 허공에 퍼지네.

吹罷孤舟來泊處　피리연주 마치자 배 한척 나루에 정박하니

白鷗飛盡荻花餘　백구 모두 날고 갈대꽃이 무성하네.

용산귀운

無心散合本無關　무심히 흩어지고 모이는 구름 본래 상관없이

萬朶如綿出峀顏　비단 같은 뭉게구름 산굴 속에서 나오네.

願使人間饒雨澤　바라건대 인간세계 비를 넉넉하게 내려서

田家春事政安閒　농가의 봄 일을 안정되게 해주기를.

신천제월

露滴沙明天氣淸　이슬방울 깨끗한 모래에 날씨도 맑은데
雲峰初缺一輪生　구름 봉우리 막 걷히자 둥근달 떠오르네.
從來剩得盈虧理　종래 차고 기우는 이치 얻어서
遍照山河太古情　산하를 두루 비추니 태고의 마음이네.

동사모종

撞破迷津萬恸塵　헤매는 나루 만겁의 티끌을 쳐서 깨니
天花凌亂谷風新　하늘 꽃 어지럽게 치솟고 골바람 새롭네.
聽來頓滌諸空想　종소리 듣고 여러 공상을 문득 씻어내니
法界如今悟幾人　이와 같은 법계를 몇 사람이 깨우쳤나?

영지추연

亭亭朶朶水浮沈　꼿꼿한 줄기 꽃 봉우리 물에 뜨고 가라앉으니
陣陣香生七竅心　칠규의 마음에 한 무더기 향기 생겨나네.
千載六娘歸去後　육랑이 떠나간 지 천년이 되건만
世人猶得灑胸襟　세인에게 여전히 흉금을 시원하게 해주네.

고야화서

古野名聲振此鄕　고야 명성 이 고을에 떨치니
油油禾黍幾人忙　잘 자란 벼 기장 얼마나 바쁘게 하네?
鰠筐分戴田家婦　농촌 아낙들 밥 광주리 나눠 이고
飡飯爲供坐搴裳　식은밥 드리고자 치마 걷고 앉는다네.

• 국산(菊山) 도상달(都相達)

(고종 22년 1885년 을유생, 본관 : 성주, 주소 : 대구시 중구 인교동)

달성청람

山環樹密一區園　구슬 같은 산 울창한 숲 달성공원에
淑氣朦朧影若存　맑은 기운 몽롱하여 그림자 있는 듯하네.
乍見如雲如霧起　구름 안개 같이 일어난 것을 언뜻 보이더니
飜然濃淡霽光痕　짙었다 옅었다 하더니 햇살이 비치네.

남산춘색

萬綠千紅景不窮　붉고 푸른 경치 끝없으니
今年春色去年同　금년 봄빛이 지난해 봄과 같구나.
如何留得東皇駕　어떻게 하면 봄바람 신을 머물게 하여
三十六宮長樂中　삼십육궁 오랜 즐거움 속에 지낼까?

금호어적

一葉片舟任所如　일엽편주 가는대로 맡기고
江湖逸趣屬淸虛　강호의 빼어난 아취 청허에 맡기네.
數聲斷續風煙外　바람 안개 너머 몇 소리 끊어졌다 이어지니
水月無窮景有餘　물과 달이 무궁하여 경치가 여유롭네.

용산귀운

出岫無心似有關　무심히 산굴에서 나오니 관문이 있는 듯
芙蓉朵朵點山顔　연꽃 떨기떨기 같이 산에 점을 찍네.
奇峰影影歸深處　기봉의 그림자 깊은 곳으로 돌아가니
疑是仙人自在閒　선인이 절로 한가롭게 있는 듯하네.

신천제월

萬峰蒼翠一川淸	봉우리마다 푸르고 신천은 맑으니
自洗塵痕爽氣生	티끌 흔적 씻어 상쾌한 기운 생기네.
遠林烟晴雲忽捲	먼 숲의 옅은 안개구름 갑자기 걷히니
天心素影感人情	하늘의 본래 그림자 인정에 느껴지네.

동사모종

三千佛界靜無塵	삼천 부처세계 고요하여 티끌 없으니
修道深誠日復新	수도하는 깊은 정성 날로 새롭네.
曉已聞鍾當暮聞	새벽 종소리 들었고 저녁 종소리도 들리니
隨時警起覺醒人	수시로 놀라게 하고 각성하게 하네.

영지추연

翠盖靑錢影半沈	덮개나 돈 모양 푸른 연잎 그림자 반쯤 잠기니
東風不怨未開心	봄바람에 아직 활짝 피지 않음을 원망치 않네.
花間引酒香浮酌	꽃 사이에 술을 당기니 연꽃 향기 잔에 뜨고
葉裡行身綠滿襟	잎 속으로 몸 지나가니 초록빛 옷에 가득하네.

고야화서

從古南州是穀鄉	예로부터 남주는 곡향이라 하니
農時耕作倍人忙	농사 때 경작하느라 갑절로 바쁘네.
油油滿地皆天賜	땅 가득 무성하니 모두 하늘이 준 선물
雨露幾沾饁婦裳	비이슬은 들밥 나르는 아낙 치마를 몇 번이나 적셨나?

• 취헌(翠軒) 이영호(李榮浩)

(고종 22년 1885년 을유생, 본관 : 성주, 주소 : 대구시 북구 동변동)

달성청람

四圍山色達城園　사방에 산 빛인 달성공원

靄靄蒼嵐淡影存　자욱한 푸른 안개 맑은 그림자 남았네.

覆護靈區凝不散　신령한 곳 덮어 보호코자 어리어 있으니

霽天斜日更生痕　비개인 석양에 다시 흔적이 생기리라.

남산춘색

盡日看春春不窮　종일토록 봄을 봐도 봄은 다함이 없으니

無邊光景一時同　끝없는 광경 일시에 모두 같구나.

發榮均被陰寒谷　화사함 퍼져 그늘지고 추운 골짝에도 미치니

俱是天公造化中　이 모두 하늘의 조화 속이라네.

금호어적

泛泛漁舟任自如　둥둥 뜬 고기잡이배 가는대로 맡기고

一聲淸笛出江虛　한 가락 맑은 젓대소리 강가에서 들려오네.

晩風斜月蘆花岸　갈대꽃 핀 언덕엔 저녁바람 비낀 달이

互答舷歌幾曲餘　뱃노래에 서로 화답하며 몇 곡조 남기네.

용산귀운

籠山鎖谷似重關　산골짝 잠기게 하니 겹겹한 관문 같아

不與塵煙接物顔　속세티끌과는 마주 접하지 않는구나.

留住飛揚隨任意　머물고 나부낌을 임의대로 하니

一生無事自淸閒　일생 일없이 절로 청한하네.

신천제월

霽天光景夜來淸　비개인 광경 밤이 오면 맑으니
流照波心月魄生　달빛은 물결 속에 흐르며 비치네.
近水樓臺遊賞地　물가에 노닐며 감상하던 누대에서
風流好借幾人情　몇 사람 마음에 풍류를 잘 빌리려나.

동사모종

山門灑落本無塵　산문은 깨끗하여 본래 티끌이 없고
靈雨方收慧月新　비 그치고 나니 새로 달이 떠오르네.
靜裡鍾聲如警衆　고요 속에 종소리 대중을 경각케 하니
參禪誰是自惺人　참선하며 그 누가 자성인 이런가?

영지추연

遠香浮動水中沈　먼 향기 떠서 움직이다 수중에 잠기고
君子花存晩節心　군자화는 늦은 절개 간직하였네.
白露傾珠紅爛熳　백로는 구슬로 기울고 붉은빛 난만하니
滿塘淸氣入虛襟　연못 가득 맑은 기운 텅빈 옷깃에 들어오네.

고야화서

達城古野是農鄕　달성고야는 농사짓는 고을이라
禾黍離離幾閱忙　벼 기장 무성하니 얼마나 바쁘던가?
社老招隣評歲熟　마을 노인 초빙하여 한해 풍년 논평하니
枌陰日夕會冠裳　저녁이면 느릅나무 그늘에 의관 갖추고 모이네.

• 화강(花岡) 표정홍(表正洪)

(고종 22년 1885년 을유생, 본관 : 신창, 주소 : 달성군 화원면 성산동)

달성청람

千秋無恙一公園　천추에 부끄럽지 않은 달성공원
古木危樓尙保存　고목과 높이 솟은 누대 아직 보존되고 있네.
八景箇中居首位　팔경 가운데에서 첫째 자리를 차지하니
後來人道此時痕　후래인은 이때의 흔적을 말하리라.

남산춘색

四時元氣積無窮　사시절의 원기가 무궁하게 쌓여
萬紫千紅一樣同　울긋불긋한 온갖 꽃이 하나같이 같구나.
漸看陰崖從此少　그늘 언덕이 여기부터 적어짐을 점점 보니
遊人如坐畵屛中　유람객은 그림 속에 앉은듯하네.

금호어적

琴湖淸景問焉如　금호강 맑은 경치 어떠한가 물으니
漁笛聲中世事虛　어부 피리 소리 속에 세상사 허무하네.
上下天光靑一色　위아래 비친 하늘빛 하나같이 푸르니
煙蓑雨笠月邊餘　안개 도롱이 비 삿갓이 달 주변에 서리었네.

용산귀운

臥龍岡畔一抽關　와룡산 언덕가에 한 관문이 있고
淡泊雲容老石顔　옅은 구름이 오래된 돌을 감싸고 있네.
飛下人間能作雨　인간세계로 내려와 비를 내리게 하니
西疇有事暫無閒　서쪽 밭에서 일하느라 잠시도 쉴틈없네.

신천제월

鳥歇雲空夜海清	새 잠들고 구름 없어 밤바다처럼 맑은데.
山河圓影半天生	산하의 둥근 그림자 반쪽 하늘 생겨나네.
滿川月色明如晝	시내 가득 달빛 대낮같이 밝으니
韻客琴朋各盡情	시 짓고 악기 타는 벗들 각각 정을 나누네.

동사모종

三千法界淨無塵	삼천법계 티끌 없이 맑으니
一落鍾聲萬慮新	종소리 한번 울리자 온갖 생각 새롭네.
選勝探幽皆妙境	빼어나고 그윽한 곳 찾았으니 모두 묘경이라
幾回相閱聽歸人	몇 번이나 돌아가는 사람에게 들리게 했던가?

영지추연

浮水田田性不沈	물에 뜨며 연밭을 이룬 성품 가라앉지 않으니
始知君子是花心	비로소 연꽃이 군자임을 알겠네.
靈池勝景人誰識	영지의 빼어난 풍경 그 누가 알리오
十里聞香襲我襟	십리까지 풍기는 향기 내 옷깃에도 스미네.

고야화서

禾黍連郊擅穀鄉	벼와 기장 들판 가득하여 곡향이라 이름나니
春耕秋獲幾多忙	봄 경작 가을 추수로 그 얼마나 바쁜지?
西風八月宜成熟	서풍 부는 팔월에 곡식 여물어 가니
始覺農夫幻衣裳	비로소 농부들 의상 변하는걸 알겠네.

• 중재(甑齋) 문정술(文正述)

(고종 22년 1885년 을유생, 본관 : 남평, 주소 : 칠곡군 동명면 봉암동)

달성청람

一片孤城萬樹園　외딴 성곽 한곳에 온갖 나무 자란 공원
晴嵐佳景恒浮存　맑은 안개 좋은 풍경 이뤄 언제나 떠있네.
凝而復散成蒸氣　어리었다 다시 흩어지며 수증기 되니
近看無痕遠看痕　가까우면 흔적 없고 멀리 보니 흔적있네.

남산춘색

東君布德正無窮　봄바람 펼친 덕택이 무궁무진하여
萬紫千紅各不同　울긋불긋한 꽃은 제각기 다르네.
載酒登臨時賞客　술 싣고 산에 올라 상춘하는 객들
和風暖日醉醒中　따스한 바람 햇살에 술 취했다 깼다하네.

금호어적

琴湖漁事近何如　금호강의 고기잡이 근래 어떠한가?
吹笛聲中世念虛　피리 부는 속에 세상사 허망하네.
垂釣斜風歸去晚　스치는 바람에 낚시 드리우고 귀가 늦으니
滄波煙月樂猶餘　물결에 비친 안개 달에 즐거움 넉넉하네.

용산귀운

出峀無心世不關　무심히 산굴에서 나와 세상사 상관없으니
如峰如火掩山顔　봉우리 같고 불 같이 산을 가리었네.
忽然去作人間雨　홀연히 가서 인간세상 비가 되더니
幾到龍巒任自閒　몇 번이나 와룡산에서 한가롭게 노니는가?

신천제월

霽後玉輪鏡面淸　비 그친 뒤라 달은 거울같이 맑은데

天光川色倍新生　하늘빛 시내 빛이 더욱 새롭게 보이네.

吳州千里相思地　오주 천리 길 서로 생각하는 곳에

透入懷襟解幾情　가슴에 비춰 들어 몇 사람 정을 풀게 했나?

동사모종

雲樹深深遠世塵　구름 잠긴 나무 울창하여 속세와는 먼데

一聲鍾落道場新　종소리 한번 울리자 도량이 새롭네.

聞來始覺精神爽　종소리 들리니 정신이 상쾌하니

今古幾多頓悟人　고금에 얼마나 많이 깨우친 사람 있었나?

영지추연

玉幹亭亭不水沈　옥 같은 줄기 꼿꼿하여 물에 잠기지 않으니

宛如君子保丹心　완연히 붉은 마음 간직한 군자와 같네.

靈池一夜秋風晩　한밤에 영지 못에 가을바람 늦으니

淡泊淸香吹滿襟　담박한 맑은 향기 옷깃에 가득하네.

고야화서

油油禾黍滿一鄕　무성한 벼와 기장 시골들판에 가득하니

農家時事每紛忙　농사의 시절 일이 매양 분망하네.

金風玉露黃波路　가을바람 옥이슬로 황금물결 이는 길에

村婦羅衫又帛裳　촌부들 비단 적삼에 명주치마 둘렀네.

● 아산(峨山) 도상호(都相浩)

(고종 22년 1885년 을유생, 본관 : 성주, 주소 : 대구시 서구 비산동)

달성청람

靈區天作一名園　하늘이 만들어낸 신령스런 달성공원
嘉木長松永護存　좋은 나무 낙락장송이 길이 보존되었네.
牙纛笙歌如夢地　관아 깃발 생황소리 나는 꿈같은 곳에
纈晴嵐色尚前痕　옅은 아지랑이 여전히 전날의 흔적이네.

남산춘색

雄州環立勢無窮　큰 고을을 두른 산 형세 무궁하니
萬古蒼然一色同　만고에 푸른빛 언제나 같구나.
蹋石漱泉吟賞日　디딤돌 옹달샘 가에서 시 읊는 날에
東風香送百花中　봄바람은 온갖 꽃향기를 보내주네.

금호어적

一帶澄光疋練如　한줄기 금호강 맑은 빛 비단 같은데
波鷗浩蕩夕陽虛　물결 위 갈매기 석양에 호탕하게 노니네.
忽傳遠笛長風裡　홀연히 장풍 속에 멀리서 피리소리 들리니
漁水楓洲數里餘　고기잡이 강 단풍 섬 몇 리에 여운이 남네.

용산귀운

鎭立南方似定關　남방에 둘러있어 정해진 관문 같은데
節然無改舊山顏　전혀 바뀌지 않고 옛 산의 모습이네.
有時興雨祁祁後　내로 비를 일으켜 보슬비 내린 뒤에
古洞龍歸雲自閒　옛 동굴로 용은 돌아가고 구름만 한가롭네.

신천제월

川光月色兩宜淸 　시내 빛 달빛 어울려 맑으니

圓影澄波霽後生 　둥근달 그림자 맑은 물결 날개이니 생기네.

休笑世間淸濁久 　세상사 오래도록 혼탁하다고 비웃지 마라

腥塵一掃見新情 　비린내 먼지 한번 쓸어내면 새마음 보이리라.

동사모종

桐華古刹逈烟塵 　고찰 동화사는 속세와 멀고

朝暮鍾聲出洞新 　아침저녁 종소리 골짝에서 퍼져 나오네.

聞有禪家圓覺法 　선가에 원각법이 있다고 들었으니

慈悲能濟世間人 　자비심은 인간세상 능히 구하리라.

영지추연

賞蓮池上綠沈沈 　못가에서 녹색 가득한 연꽃을 감상하니

緬想濂翁獨愛心 　염옹이 홀로 연꽃 사랑한 마음 아련히 생각하네.

根托泥中能出汚 　진흙에 뿌리 내렸으나 더러움에서 빼어나고

摩挲淸艶許眞襟 　맑고 고움 어루만지니 진심을 허락하네.

고야화서

油油禾黍野人鄕 　무성하게 자란 벼 기장 들판 고을에

賴爾田家做載忙 　농가에선 정리하고 실어 나르기 바쁘다네.

粒我蒸民誰是極 　우리 백성 먹여 살리는 일 누가 최고인가

康衢他日振衣裳 　태평스런 다른 날 의상을 펼치리라.

• 우석(友石) 남상진(南相鎭)

(고종 22년 1885년 을유생, 본관 : 영양, 주소 : 대구시 동구 방촌동)

달성청람

大地天開自作園　대지에 하늘이 열려 저절로 공원이 되니
箇中眞景不求存　개중에 진경을 구하지 않아도 남아 있네.
中深外繞相應氣　가운데 깊고 밖은 둘러져 기운이 상응하고
輪郭散看造化痕　윤곽을 산보하니 조화의 흔적 보이네.

남산춘색

春到南山摠免窮　남산에 봄이 오니 궁색함 모두 면하고
紅樓白屋一般同　붉은 누각 흰 집들이 대체로 같구나.
無私靑帝均施德　봄의 신 사사로움 없이 고루 덕을 베풀어
花柳風光萬戶中　꽃피고 버들 늘어진 풍광 집집마다 있네.

금호어적

如訴淸音又怨如　하소연 하듯 원망하는 듯한 맑은 소리
鳴過淺灘水聲虛　얕은 여울 물소리를 울리고 지나가네.
棹歌漁笛相和處　뱃노래 어부 피리 소리 서로 조화 이루고
終曲徘徊落照餘　곡조 마치도록 배회하니 저녁 낙조 보이네.

용산귀운

無心出峀人無關　무심히 산굴에서 피어올라 사람과 무관하니
片片奇奇不一顔　조각조각 기묘하여 한 가지 모습이 아니라네.
更與朝煙相合勢　아침 안개와 서로 합한 형세 되어
隨風任意去來閒　바람따라 임의대로 여유롭게 오고 가네.

신천제월

石白月明水轉淸　흰 돌 밝은 달에 물은 더욱 맑은데
一川羣景一時生　한줄기 신천에 온갖 경치 일시에 생겨나네.
停盃濯足觀魚躍　술잔 멈추고 발 씻으며 고기 뛰노는걸 보니
江漢風流萬古情　한강 풍류가 만고의 마음이로다.

동사모종

聲聲跡去遠山塵　소리소리 쫓아가니 산 티끌은 멀어지고
靜後乾坤物物新　고요한 뒤의 천지는 물물이 새롭네.
莫使曉鍾傳客耳　새벽 종소리 나그네 귀에 전해져
旅燈甘睡夢鄕人　객사 등불아래 단잠 꿈을 깨지 말게 했으면.

영지추연

淸香不厭泥汚沈　맑은 향기 진흙에 잠기어도 싫지 않으니
外直中通皎潔心　밖은 곧고 안은 통해 고결한 마음 지녔네.
亭亭秀立秋霜白　가을 흰서리에도 정정하게 우뚝 서 있으니
君子精神隱士襟　군자의 정신 은사의 마음이라네.

고야화서

地與名物夙擅鄕　땅과 명물이 일찍이 고을에 우뚝하니
停車坐愛步難忙　수레 멈추고 하염없이 사랑하며 바삐 가기 어렵네.
大道中通南北濶　큰길 가운데 통하고 남북은 광활한데
農壇時到別衣裳　농단에 때마침 이르러 의상을 달리하네.

• 남해(南海) 정택수(鄭宅洙)

(고종 22년 1885년 을유생, 본관 : 진양, 주소 : 대구시 서구 원대동)

달성청람

風滿高樓樹滿園	높은 누각에 바람 가득하고 공원엔 나무 가득하니
晴光翠滴共常存	맑은 빛 푸른 이슬이 늘 함께 있네.
淸凉淡泊山同久	청량 담박하여 산과 같이 오래가니
朝暮千秋不改痕	아침저녁 풍경 천추에 흔적을 고치지 않으리라.

남산춘색

循環物理永無窮	순환하는 만물 이치 영원히 무궁하여
花事年年處處同	해마다 꽃피는 일 도처에 같구나.
一幅畵圖長不滅	한 폭의 그림 길이 멸하지 않으니
幾人沈醉倒斯中	몇 사람이나 심취하여 이 가운데 넘어지리.

금호어적

天光水色兩相如	하늘빛 물빛이 모두 서로 같고
長笛聲中世念虛	긴 피리 소리 속에 세상 염려 사라지네.
一曲棹歌歸去後	한 곡조 뱃노래 부르며 돌아간 뒤에
斜陽山影白鷗餘	석양의 산 그림자에 백구도 여유롭네.

용산귀운

雲去雲來山不關	구름이 가고와도 산은 상관치 않고
四時不改送迎顔	사시절 변치 않고 보내고 맞이하네.
塵城瘴海漂流客	시끄럽고 병든 육지바다 표류하는 나그네가
能識箇中萬古閒	개중에 만고의 한가로움을 능히 알겠네.

신천제월

霽月東天水面清   동천에 밝은 달뜨고 물도 맑은데

靈臺來照浩氣生   마음에 와서 비추니 호기가 생기네.

橫奔野馬紛紛際   야생마 멋대로 달리는 분분한 때에

一隻氷輪淨我情   휘영청 밝은 달이 내 마음 맑게 하네.

동사모종

鍾落一聲洗世塵   종소리 한 번 울려 세속 티끌 씻어내어

滿船飯載月光新   배에 가득 싣고 가니 달빛도 새롭네.

非非是是如春夢   시시비비는 봄꿈과도 같으니

頓悟眞機有幾人   참된 기미 문득 깨친 자 몇 사람이던가?

영지추연

亭亭玉立不浮沈   정정하게 서있어 부침하지 않으니

淡泊花容君子心   담박한 꽃모습 군자의 마음이라네.

萬朶千莖秋氣晚   수많은 꽃과 줄기에 가을 기운 늦고

香風灑落滿衣襟   시원하게 부는 향기 바람 옷에 가득하네.

고야화서

大地秋深黃滿鄕   대지에 가을 깊어 황금빛 가득하니

人生終老此紛忙   인생은 이렇게 분망하며 늙어가네.

荷鋤帶月歸來路   호미 메고 달빛 이고 돌아오는 길

垂穗露添饁婦裳   드리운 이삭에 이슬 내려 아낙네 치마를 적시네.

• 석강(石岡) 최동희(崔東熙)

(고종 23년 1886년 병술생, 본관 : 경주, 주소 : 대구시 달서구 상리동)

달성청람

達如城軆此公園　달구벌에 성곽같이 생긴 이 달성공원
看看益奇萬世存　볼수록 더욱 기묘하고 만세에 남았네.
深藏神鹿千年跡　신기한 사슴 천년의 자취 깊이 간직하니
遠隔仙娥六布痕　선녀의 육보 흔적과 멀리 떨어졌네.

남산춘색

淸風明月用無窮　맑은 바람 밝은 달 무궁하게 쓰고
千士萬豪各取同　많은 선비 호객들도 각각 같이 취하네.
春滿乾坤圖繡處　봄 가득하여 천지가 수그림 놓은 곳에
山高蜂蝶弄衙中　산 높아 벌 나비를 관청 속에서 감상하네.

금호어적

萬頃蒼波何所如　만경창파에 가는 곳 어디인가?
聲聲漁笛動江虛　뱃사공 피리소리 강 허공에 퍼져가네.
百事樂憂心自小　즐겁고 근심스런 온갖 일로 마음 절로 작아지고
一天煙月興惟餘　하늘에 낀 안개 달에 흥만 남아있네.

용산귀운

雲氣龍山豈不關　용산에 구름 기상 어찌 관계치 않으리
無心出岫繞屠顔　무심히 산굴에서 나와 높은 산을 둘렀네.
飛過停峯孤盖冷　날아가다 봉우리에 멈추니 한조각 덮개 차가운데
歸來擁樹半宵閒　날아와 나무에 엉기니 한밤중이 한가하네.

신천제월

雲捲初天鏡水淸	구름 걷힌 하늘은 거울 물처럼 맑은데.
一輪明月雨空生	둥글고 밝은 달 비 내린 하늘에서 생겨나네.
謾使遠客多懷思	부질없이 먼 길 나그네 회포 많게 만드니
故住騷人倍喜情	짐짓 시인 머물게 하니 기쁜 마음 배가 되네.

동사모종

山高夜寂絶浮塵	산 높고 적막한 밤에 속세와 단절되니
閒雅聲聲入耳新	한가롭고 우아한 소리 귀에 새롭게 들리네.
靜閣淸風齊老佛	고요한 종각에 부는 바람은 노불과 같고
滿天明月坐幽人	온 하늘에 밝은 달은 유인을 앉게 하네.

영지추연

水濶波淸萬影沈	물 넓고 물결 맑아 온갖 그림자 잠기니
蓮荷佳景滿池心	연꽃 핀 좋은 풍경 못에 가득하네.
詩屐豪縞爭列市	시인 호객들 다투어 늘어서고
賞賓遊客共連襟	감상하는 유람객들도 생각을 공유하네.

고야화서

大野如天眞穀鄕	하늘같이 큰 들판 참으로 곡향이니
農人收種一生忙	농부들 수확하느라 일생 바쁘다네.
東南揮電耘夫鋤	동남으로 김매는 호미 번개같이 휘두르니
上下飄風饁婦裳	산들 바람 들밥 아낙 치마를 나부끼게 하네.

• 달산(達山) 서석헌(徐錫憲)

(고종 23년 1886년 병술생, 본관 : 달성, 주소 : 대구시 서구 평리동)

달성청람

東國何園與此園	동국에서 어떤 공원이 이 공원과 같은가
晩晴爐氣尙遺存	저녁엔 맑은 산기운 여전히 남아있네.
不隨炎熱同來往	뜨거운 열기 따르지 않고 함께 오가니
朝暮淸時必露痕	아침저녁 맑은 때라도 이슬 흔적이 있구나.

남산춘색

南山佳景浩無窮	남산의 좋은 경치 끝없이 넓으니
春到年年物色同	해마다 봄이 되면 물색이 같구나.
花爛葉榮遊賞客	꽃 만발하고 잎 번성하니 유상객이 찾고
風流日日詠歌中	나날이 시 읊고 노래하며 풍류 즐기네.

금호어적

琴湖勝償古今如	금호강 빼어난 경치 고금에 같으니
兩岸明沙一太虛	두 언덕 백사장 하나같이 태허라네.
數聲風笛斜陽晩	바람결 몇 곡조 피리소리에 석양 기울고
不世間情自有餘	세간의 마음 아니어서 절로 여유롭네.

용산귀운

如綿如絮擁山關	비단 같고 솜털 같이 관문을 에워싸고
自起自消幾變顔	절로 일고 절로 사라지며 몇 번이나 모습 변하네.
歸去遲看窓外日	돌아가 창밖의 해 더디게 떠오름 보고
臥龍高臥一生閒	와룡산에 높이 누우니 일생이 한가하네.

신천제월

川華受月盖楊淸 　신천가 꽃은 달빛 받고 덮개같은 버들 맑으니
流影浮光幷照生 　흐르는 달그림자 빛을 띠워 비추니
近市煙塵無自入 　저자의 티끌 가까워도 저절로 들지 않으니
居人此地獨幽情 　이곳에 사는 사람 유독 그윽한 정이 드네.

동사모종

桐華萬像逈超塵 　동화사 만상이 세속과 초월하여
畵出雲林錦繡新 　구름 숲 그려내어 새 비단에 수놓았네.
月上諸天梵語罷 　제천에 달 떠오르니 독경소리 그치고
一聲鍾警觀心人 　종소리 울리어 관심인을 깨우치네.

영지추연

秋蓮老大古池沈 　가을 연꽃 노숙하여 영선지에 가라앉고
七竅深藏一直心 　곧은 마음에 칠규를 깊이 감추네.
芬芳桃李雖多種 　향기로운 도리 꽃이 비록 종류 많으나
愛爾濂翁獨斂襟 　너를 사랑한 염계옹은 홀로 옷깃 여미네.

고야화서

從古野農在里鄕 　예로부터 향리에 들농사 지으니
日生田事自紛忙 　날마다 밭일로 저절로 분망하네.
禾黍成長秋正熟 　벼 기장 성장하여 가을이 무르익으니
桑陰處處舞衣裳 　곳곳에 뽕나무 그늘에 치마저고리 펄럭이네.

• 구당(龜堂) 배양환(裵良煥)

(고종 23년 1886년 병술생, 본관 : 성주, 주소 : 달성군 논공면 연화동)

달성청람

周圍天作此公園	둥글게 형성되어 하늘이 만든 이 공원은
瞻彼新光自古存	저 새 빛을 바라보니 예로부터 남아있네.
疑是杳煙風打散	아련한 연기는 바람 불면 흩어지니
樹頭城角露前痕	나무 끝 성곽모서리 이슬 앞에 흔적 있네.

남산춘색

萬綠千紅景不窮	짙은 녹음 붉은 꽃 풍경 끝없는데
春回山色古今同	봄이 돌아온 산색은 고금에 같구나.
尋芳遊客常時步	꽃 찾는 유상객들 상시로 걸으니
杖住東風爛漫中	봄바람에 꽃 만발한 가운데 지팡이 머무네.

금호어적

琴湖流水古今如	금호강 흐르는 물은 고금에 같은데
弄笛閒翁日不虛	피리 부는 한가로운 노인 날로 헛되지 않네.
短長聲中無盡趣	길고 짧은 소리 속에 무진장한 아취 있어
萬緣徒夢一竿餘	수많은 인연 한갓 꿈같고 낚싯대만 남았네.

용산귀운

高臥江頭水係關	강 머리에 높이 누우니 관문에 물 이어지고
往來浮跡点山顔	오고가며 뜬 자취는 산에서야 뭉치었네.
如峯如火騰騰勢	봉우리 같고 불같은 등등한 기세로
致雨桑林不等閒	뽕나무 숲에 비를 내리니 등한시하지 않네.

신천제월

抱郭新川一帶淸 　성곽 두른 신천 한줄기 맑은데

雲收丹桂又枝生 　구름 걷히니 단계나무에 또 가지 생기네.

停盃問處來相照 　술잔 멈추고 묻는 곳에 달 비치니

長使世人感好情 　길이 세인에게 좋은 정 느끼게 하였으면.

동사모종

修道禪房遠世塵 　수도하는 선방엔 세속과 멀고

山間鳴送客愁新 　산간에 산새 울어 나그네 근심 실어 보내네.

其聲落落凝寒樹 　그 소리 뚜렷하여 차가운 나무에 엉기니

灑落精神問幾人 　쇄락한 정신 몇 사람에게 물어야 하나?

영지추연

靈仙秋水碧藍沈 　영선 못 가을 물에 푸른빛 잠기니

千柄綠衣出澤心 　천 자루 푸른 연잎 못 속에서 나오네.

露濕紅苞香氣滴 　이슬 젖은 붉은 봉오리 향기 나는 물방울

可爲君子灑胸襟 　가히 군자의 쇄락한 흉금이라 하리라.

고야화서

沃野平平示穀鄕 　평평하고 기름진 들판 곡향이니

油油氣像日長忙 　무럭무럭 자란 기상 날로 바쁘다네.

風調雨順秋陽熟 　풍조우순하여 가을볕에 익어가니

事在收場捲布裳 　추수마당에서 일하느라 치마를 걷네.

• 근와(謹窩) 이종오(李鍾五)

(고종 23년 1886년 병술생, 본관 : 경주, 주소 : 대구시 동구 둔산동)

달성청람

三里周環中有園　삼리 되는 둘레에 가운데 공원이 있고
前賢遺蹟至今存　전현의 유적이 지금도 남아 있네.
蒸成佳氣淸而靜　아름다운 기운 피어올라 맑고도 고요하니
誰識精靈寂寂痕　정령의 고요한 흔적임을 누가 알리오.

남산춘색

南先陽暢北陰窮　남쪽이 먼저 화창하고 북쪽은 그늘지니
早晚春光各不同　아침저녁 봄빛이 각각 다르구나.
和氣繞山山漸富　혼화한 기운 산을 두르니 산은 점점 풍부하여
千紅萬綠色新中　온갖 꽃과 짙은 초록이 새롭기만 하네.

금호어적

湖水平平一帶如　금호강 평평하여 한줄기 띠와 같고
白蘋紅蓼滿汀虛　흰 마름 붉은 여뀌가 텅 빈 물가에 가득하네.
東風西日漁歌晚　동풍 서산의 해에 저녁 뱃노래 소리 들리고
互答聲聲興有餘　서로 화답하는 소리마다 흥이 절로 남아있네.

용산귀운

蜒蜿九尺臥山關　꿈틀거리는 구척 구름 산 관문에 누웠으니
只爲農民貽悅顏　다만 농민을 위하여 기쁜 얼굴 내어주네.
出峀有時能致雨　때때로 산굴에서 나와 비를 내리니
誰云孤影獨貴閒　외로운 그림자 홀로 귀하고 한가롭다고
　　　　　　　　　말하는가?

신천제월

數里靑山節節淸　몇 리 걸친 푸른 산 마디마디 맑은데
落來餘脉一川生　떨어져 나온 산줄기에 한 시냇물 생겼네.
雲空雨歇無塵界　구름 걷히고 비 그친 청정 세계에
圓月新明別世情　보름달 새로 밝으니 속세마음과 다르네.

동사모종

精微法界淡無塵　정미로운 법계 담박하여 티끌 없으니
古寺餘風漸復新　옛 절의 남은 기풍 점차 다시 새롭네.
日落雲床鍾落院　운상에 해는 지고 종소리 사원에 떨어지니
枯僧坐笑利謀人　호리한 스님 앉아서 영리 도모하는 사람 비웃네.

영지추연

白藻靑萍水色沈　흰마름 푸른 부평초 물빛에 잠기니
淡然無味玩人心　담박 무미해도 사람들 마음에 완상케 하네.
中流別有蓮花發　연못 중심에 특별히 연꽃이 피어 있어
秋氣浮香襲滿襟　가을 기운에 풍기는 향기 옷깃 가득 엄습하네.

고야화서

沃稱此野現隣鄕　이곳 들판 비옥하다고 이웃고을까지 드러나니
食土黎民盡力忙　농토에서 주민들은 힘을 다해 바삐 움직이네.
暖日夫耕妻饁地　따뜻한 날 남자 밭 갈고 아낙 밥 나르는 곳에
如賓相對整衣裳　손님처럼 대하려고 의상을 단정히 하네.

• 지재(止齋) 배기환(裵基煥)

(고종 23년 1886년 병술생, 본관 : 성주, 주소 : 대구시 수성구 황청동)

달성청람

城上靑山城下園　성위엔 청산이요 성 아래엔 공원이니

長時翠嵐積常存　오래도록 푸른 산기운 쌓여 오래도록 남았네.

如何借得龍眠手　어떻게 하면 용면의 솜씨를 빌려서

一幅模來活畫痕　살아있는 그림 한 폭을 모사해 볼까?

남산춘색

東皇布德正無窮　봄 신이 베푼 덕은 정히 무궁하여

春色南山物物同　남산의 춘색은 사물마다 같구나.

莫言春色南山盛　봄빛이 남산에 왕성하다 말하지 말게

天地誰非化育中　천지간에 무엇인들 화육이 아니더냐?

금호어적

短笛西風裂石如　서풍에 들리는 짧은 피리소리 돌이 갈라지듯
　　　　　　　　한데

蘆花汀畔夕陽虛　물가에 핀 갈대꽃은 석양에 하늘거리네.

數聲欸乃同時出　어영차 하는 몇 소리 동시에 나오니

認是漁人捲釣餘　어부가 낚싯줄 걷는 것임을 알겠네.

용산귀운

自消自起我無關　절로 사라졌다 절로 일어나니 나와 무관하고

爲白爲靑累換顏　희었다가 푸르니 누차 산 모습이 바뀌네.

堪笑如人多幻否　우습구나. 사람처럼 허다히 몽환을 부리나니

隨風翻覆不常閒　바람 따라 뒤집히니 항상 한가롭지 않네.

신천제월

一曲新川淸復淸　한 구비 신천은 맑고 또 맑으니
霽天遙廓月初生　비 개인 하늘에 멀리서 달 윤곽이 막 생기네.
吾人心法須如此　우리의 마음도 모름지기 이와 같으니
莫把千紛攪我情　온갖 어지러움으로 내 마음 흔들지 말게나.

동사모종

暮鍾一落息千塵　저녁 종소리 울리어 온갖 속진 잠재우니
萬像沈深意更新　삼라만상 깊이 잠기어 뜻은 더욱 새롭구나.
寄語寺中闍梨子　사찰의 사리자(闍梨子)에게 말하노니
莫爲飯後打欺人　식사 후에 사람을 기만하지 말게나.

영지추연

池蓮的歷夕華沈　영지 연꽃 선명하여 석양에 꽃이 잠기고
想得濂翁獨愛心　주렴계옹이 유독 연꽃 사랑함을 생각해보니
我聞爾懷君子德　듣건대 너희가 군자의 덕을 생각한다면
願言歲暮托胸襟　세모까지 흉금에 기탁해두길 바라네.

고야화서

霜前秋色滿江鄕　상강 전에 가을빛이 강촌에 가득하니
禾熟黍肥節序忙　벼 익고 기장 여물어 바쁘기 그지없네.
自是田家歌樂歲　이로부터 농가엔 노래하고 풍악 울리니
如逢堯舜世垂裳　요순시대 만난 듯이 대대로 치마를 드리우네.

● 소송(小松) 이주영(李周榮)

(고종 23년 1886년 병술생, 본관 : 경주, 주소 : 대구시 북구 노곡동)

달성청람

遙遙想望達城園　아련하게 달성공원을 생각하니

惟看千年古木存　천년 고목 남아 있음을 알겠네.

世世封君徐氏地　대대로 봉군된 서씨 땅에

晴嵐其下有前痕　맑은 안개 내려와 전날 흔적 있구나.

남산춘색

惜春士女眼之窮　봄날을 사랑한 신사숙녀들 눈길이 다하니

三月東風日日同　삼월의 봄바람은 날마다 같구나.

踏草拾花豪俠氣　풀 밟고 꽃 따는 호협한 기상에

行歌載酒在斯中　이 속에서 거닐고 노래하고 술 마시네.

금호어적

臨水垂竿日日如　물가에 드리운 낚싯대 날마다 같은데

穿魚弄笛樂無虛　고기 잡고 피리 부니 즐거움 그지없네.

三公不換湖磯上　강호에서 즐기는 삶을 삼공과 바꾸지 않으니95)

嚴子淸風萬古餘　엄자릉의 맑은 기풍이 만고에 남아있네.

용산귀운

龍臥雲歸兩大關　와룡산 구름이 두 큰 관문에 돌아가니

雨思乾坤活民顔　건곤에 비가 내려 백성 얼굴 활발하길 생각하네.

---

95) 삼공불환(三公不換)은 중국 송나라 때 시인 대복고(戴復古)의 「조대시(釣臺詩)」에 나오는 구절로, 자연과 더불어 사는 평온한 생활은 영의정·좌의정·우의정의 삼정승 같은 높은 벼슬과도 바꾸지 않겠다는 뜻이다

是生是賴伊誰力　이에 살고 이에 신뢰하니 이 누구의 힘인가
無心來去暫非閒　무심히 오고 가서 잠시도 한가하지 않네.

신천제월

新川月白夜重清　신천에 달 밝으니 밤에도 더욱 물 맑고
萬戶分看樂我生　집집마다 나누어 보이니 우리 삶이 즐겁네.
滿座高談稀世事　가득한 자리에 오가는 고담은 세상에 드무니
百年雲樹與君情　백년토록 친구 되어 그대와 정을 함께하리.

동사모종

古刹千年遠世塵　천년 고찰은 속세와 멀어
暮日鳴鍾聽我新　저녁 종소리 새롭게 들리네.
講法說經牟尼道　불법 불경 강설한 석가모니 도에
還生脫劫曰誰人　환생하여 억겁을 벗은 이 누구인가?

영지추연

莖出秋風葉不沈　가을바람에 줄기 나와 잎은 잠기지 않고
聖人同有七竅心　성인과 같이 연밥에 칠규의 마음이 있네.
淡泊無塵花葉紫　티끌 없이 담박하고 꽃잎은 붉으니
濂翁千古愛青襟　천고에 주렴계옹이 푸른 옷깃 사랑하였네.

고야화서

滿郊耕作活吾鄉　들판 가득 경작하여 우리고을 살리고
教育英材爲倍忙　영재를 교육하느라 갑절로 바쁘구나.
立身揚名人道在　입신양명이 사람도리에 있으나
百畝其中給衣裳　그중에 백묘는 의상을 넉넉하게 하네.

• 국포(菊圃) 서상기(徐祥基)

(고종 23년 1886년 병술생, 본관 : 달성, 주소 : 대구시 수성구 만촌동)

달성청람

是城亦是擅名園	달성공원은 역시 유명한 공원이기에
晴表光嵐的歷存	밝은 땅엔 빛나는 아지랑이 뚜렷이 남아있네.
第届夕陰傾倒地	차츰 차츰 저녁 그늘이 땅을 뒤덮어서
依俙斂盡了無痕	희미한 기운 모두 거두어도 전혀 흔적 없네.

남산춘색

山兮截彼勢無窮	깎아지른 듯한 산 형세 무궁하니
物色當春各不同	물색은 봄이 되니 제각각 다르구나.
推識生生微妙理	생생의 미묘한 이치를 미루어 알기에
但從惟一自然中	다만 한결같이 자연을 따르리라.

금호어적

湖色浮淸鏡面如	금호강 물빛 거울같이 맑은데
聲聲漁笛動舟虛	어부의 피리 소리 빈 배에 들려오네.
未知沙畔閒眠鷺	모래 가에 한가로이 잠든 백로인줄 몰랐더니
一一驚飛幾隻餘	하나하나 놀라서 나니 몇 마리나 남았는가?

용산귀운

山玆雲彼氣相關	산과 구름은 기운이 상관되니
合處方知有色顔	합쳐진 곳에 모습이 있음을 알겠네.
歸作人間農喜雨	인간세상 농사에 기쁜 비 되었다가
霽餘無事任機閒	비개인 뒤 일 없으면 기미대로 한가롭네.

신천제월

川流決決境全淸 　시냇물 콸콸 흘러 온통 맑은데
有月來時霽影生 　달이 떠오르면 개인 그림자 생기네.
滿則雖虧虧復滿 　달이 차면 기울고 기울다가 다시 차니
古今誰不見多情 　고금에 그 누가 다정함을 못 보았는가?

동사모종

沙門淨寂不生塵 　절집은 맑고 고요하여 티끌 일지 않고
鍾忽聲鳴萬像新 　홀연히 종소리 울리니 삼라만상이 새롭네.
遙聞覺得眞緣重 　멀리서 듣고 진중한 인연을 깨달으니
我倘今非俗界人 　내 지금에서야 속세인 아니라네.

영지추연

秋晴池畔水沈沈 　맑은 가을 못가에 물이 찰랑거리는데
自發蓮花淡洗心 　절로 핀 연꽃이 마음을 맑게 씻어주네.
若使濂翁今復在 　만약 염계옹이 지금 다시 계신다면
宜將愛說許期襟 　마땅히 애련설로 기약을 허락하리라.

고야화서

禾黍盈畦是穀鄕 　벼와 기장 밭두둑에 가득한 곡향이니
隨時有事便多忙 　수시로 일이 있어 바쁘기 그지없네.
耨餘惟識如賓敬 　김매고 나면 오직 손님같이 공경할 줄 알아
午影紅收饁婦裳 　낮 그림자 밥 나르는 아낙 치마를 붉게 거두네.

• 우석(愚石) 곽방(郭蚌)

(고종 24년 1887년 정해생, 본관 : 현풍, 주소 : 대구시 중구 인교동)

달성청람

地惟形勝別開園	지형이 뛰어나 특별히 공원을 열었는데
滴滴青嵐氣尚存	물기 서린 푸르스름한 아지랑이 기운이 항상 보존되어 있네.
霽雨疎林迷漠裏	비 개인 뒤 듬성듬성 있는 나무속이 어둑어둑 한데
淡煙凝似亦有痕	맑은 안개 또한 흔적이 남아 있는 것 같네.

남산춘색

乘興賞春路不窮	흥이 나서 봄 구경 나가니 다함이 없는데
帶晴景物四山同	띠같이 맑은 풍경 온 사방의 산이 같네.
滿城花柳遨遊伴	성안에 가득한 꽃과 버들 짝하여 즐겁게 노니는 데
感在光陰變換中	정감이 계절[光陰]이 바뀌는 가운데 생겨나네.

금호어적

漁笛斜風響憂如	어부의 피리소리 비낀 바람에 음향이 섞여 오니
沙晴潮落夕陽虛	모래 벌에 맑은 물결 지나가니 석양에 텅 빈 듯 하네.
一生恩怨何煩設	일생의 은혜와 원망을 어찌 번거로이 말하랴
不換三公樂有餘	삼공(三公)과도 바꿀 수 없는 즐거움 넉넉하게 남아 있네.

용산귀운

出峀無心護我關 　뫼 뿌리는 무심히 뻗어 나와 우리 고을 보호하니
時常來去可怡顔 　때때로 찾아오고 가면 마음이 편안하네.
油然曳雨深藏壑 　구름이 피어올라 비를 내리고 골짜기 깊이
　　　　　　　　감추니
瘦鶴孤松夢不閒 　여윈 백로 외로운 소나무에 조는 것이 한가하지
　　　　　　　　않네.

신천제월

天晴風捲玉輪淸 　하늘 개이고 바람 걷히니 달빛이 맑은데
驚鷺平沙夢一生 　꿈속에 있던 백로가 놀라 평평한 모래사장
　　　　　　　　위로 날아가네.
獨坐幽簾間館裡 　그윽이 문발 내리고 홀로 앉으니 관내가
　　　　　　　　한가롭고
慇懃流照完留情 　은근히 달빛 흐르니 그 정이 남아 있네.

동사모종

暮山鍾落不飛塵 　저문 산에 종소리 울려 퍼지니 속세에는
　　　　　　　　이르지 아니한데
禮佛禪音悟道新 　예불 드리고 선음으로 도를 깨우치게 하네.
揚出餘聲傳下界 　남은 종소리 드날리어 하계에 전하여
幾驚甘夢未醒人 　단꿈에 빠져 깨우치지 못한 사람 몇 번이나
　　　　　　　　놀랐게 하였던가.

영지추연

亭亭水面不沈沈 　수면위에 꼿꼿하여 진흙에 묻지 않아
幾許前人特愛心 　얼마나 옛 사람들에게 특별한 사랑을 받았던가.

明月江南歌採女　밝은 달빛 아래 강남가96)를 부르며 연 캐는 아낙네

望夫綠恨深霑襟　남편을 기다리는 청춘의 한 옷깃에 눈물 적시네.

고야화서

滿地黃雲是穀鄕　온 들에 곡식이 익으니 이곳이 곡향인데

豳郊七月事休忙　빈교 칠월97)에 농사일이 바쁘네.

女功云始農功德　아낙네의 일98)이 농사의 공덕에서 비롯되는데

載績玄黃亦製裳　비로소 현황의 실로 또한 옷을 짓는다네.

---

96) 주 14) 참조.

97) 빈풍칠월(豳風七月)과 같음.

98) 농사가 끝난 이후 베를 짜는 것을 말함.

• 서정(西汀) 배병표(裵炳杓)

(고종 24년 1887년 정해생, 본관 : 달성, 주소 : 대구시 북구 서변동)

달성청람

一片孤城萬樹圍	한 조각의 외로운 성이 많은 나무가 있는 공원이 되었는데
着林無露濕形存	나무에 맺힌 이슬은 없는데 습기가 나타나네.
晚因午日東風散	늦은 아침에 동풍에 흩어지니
始識乾坤造化痕	비로소 건곤의 조화 흔적임을 알겠네.

남산춘색

東君布德化無窮	봄이 덕을 베풀어 조화가 무궁하니
山北山南春意同	온 산 모두 봄의 뜻은 같구나.
李白桃紅添錦色	이백의 도리원99) 복숭아꽃에 비단색깔을 더하니
依然如坐畫圖中	의젓이 그림 속에 앉은 것 같네.

금호어적

十里平沙雪色如	십리의 평평한 모래사장 눈 색과 같은데
斜風細雨大江虛	바람이 불고 이슬비 내리니 큰 강이 텅 비었구나.
聲聲和出武陵櫂	어부의 피리소리 무릉도원의 노 젓는 소리
取適渠翁樂有餘	저 노인의 즐거움 고기를 낚는데 있는 것이 아니라네.100)

---

99) 당나라 시인. 자는 태백(太白)으로 이태백이라고도 함. <춘야도리원서(春夜桃李園序)>를 지었음.
100) 원문의 취적(取適)은 적비취어(適非取魚)의 줄인 말인데 낚시하는 참 뜻

용산귀운

上覆仙樓下俗關　위로는 신선의 누각으로 덮고 아래로는 세속에
　　　　　　　　 이어져

姮娥不恐露眞顏　선녀가 참모습 드러내는 것 꺼려하지 않네.

無心出岫無心散　무심한 구름이 산골짝에서 나와 무심히 사라지는데

依舊靑山獨自閑　청산은 옛날과 같이 제 홀로 한가롭구나.

신천제월

林雨初晴夜色淸　숲속에 비 개이니 밤경치가 청량한데

一輪明月水中生　바퀴 같은 밝은 달이 물 가운데 나타나네.

己分光影慇懃照　빛과 그림자 나누어 은근히 비추니

此物無情若有情　달은 무정한 것 같으나 정을 가지고 있네.

동사모종

祇林從古遠城塵　기림정사(祇林精舍) 예로부터 속세와 멀리
　　　　　　　　 하였는데

日落西峯月色新　해가 지니 서쪽 봉우리에 달빛이 새롭게
　　　　　　　　 떠오르네.

無念老僧無念打　무념에 빠진 노승 무심히 종을 치니

山家爾獨太平人　산속 절간에서 그대 홀로 태평한 사람이로구나.

영지추연

靈池秋水綠沈沈　영지 못에 가을 푸른 물에 잠기어

外直中通是本心　밖은 곧은데 속은 빈 것이 연(蓮)의 본래 모습.

春後莫言無好景　봄이 지난 후 좋은 경치가 없다고 말하지 말라

이 고기를 잡는데 있는 것이 아니라 세상사를 잊고자 하는데 있음을 말한
것임.

晚花香襲採娥襟　늦게 피어 향기 나는 연밥 따는 여인네 모습.

고야화서

高秋黃色滿江鄕　높은 가을 하늘 황금빛이 강변의 들에 가득한데
功在耕耘五月忙　밭 갈고 김매며 5개월 동안 분주한 덕택이네.
晚步橫行平瓏裡　느릿느릿 이리저리 평평한 들녘을 걸어보니
風枝露穗撲人裳　바람에 흔들리는 이삭의 이슬이 옷자락에
　　　　　　　스치네.

• 제산(霽汕) 송원기(宋源夔)

(고종 24년 1887년 정해생, 본관 : 여산, 주소 : 칠곡군 북삼면 오평동)

달성청람

七十南州擅勝園	남주의 70고을[101] 가운데 이 공원이 으뜸이니
鬼輸神擘古形存	귀신이 열어준 옛 모습 그대로 이네.
箇中千萬絢愁色	개중에는 천만가지 추색(愁色)을 채색하였으니
誰遣肖師寫畫痕	어느 누가 훌륭한 화가 보내 이 그림을 그렸는가.

남산춘색

姸紅淺綠畫難窮	고운 꽃에 남은 잎 그리기는 참 어려운데
覽物興懷自不同	구경하는 흥회(興懷)야 저절로 다른 것을.
漢文一語眞堪喫	한문제(漢文帝)의 한 말을 진실로 즐길만 하니
吾人亦在太和中	우리들 또한 태화(太和)의 가운데 있겠네.

금호어적

世事茫茫一夢如	세상살이 아득하기는 한바탕 꿈과 같은 데
蒼葭白露曙光虛	푸른 갈대에 흰 이슬 새벽빛이 허허롭구나.
何來短笛聲瀏亮	어느 곳에서 피리소리 들려오니 그 소리 청명한데
起看漁燈數点餘	일어나 보니 고기잡이 배의 등불 점점이 보이네.

용산귀운

山靜雲飛本不關	산이 고요하여 구름이 흘러가는 것을 본래 상관 않지만

---

101) 조선시대에 영남지역을 70고을로 나누었음.

幽人相對兩怡顏　은자들은 바라보고 얼굴빛이 편안하네.
爾慮罷睡能神否　너의 근심 깨는 것이 신의 뜻대로 되는 건가
清慰三農雨甫閒　삼농(三農)을 위로함은 비 내림에 있는 것을.

신천제월

新川一派雨餘清　신천의 한줄기 물이 비 내린 뒤 맑은데
況復明輝玉局生　하물며 달은 다시 밝아 바둑을 두는 데랴.
尚矣輞川何足說　오히려 바퀴태 같이 흐르는 물을 어찌 족히
　　　　　　　　　말하리오
浪吟吾亦百坡情　물소리 낭낭하니 나 또한 긴 제방에 정을
　　　　　　　　　느끼네.

동사모종

伽藍蕭濾隔煙塵　절간이 말쑥하여 속진과는 멀리 떨어져 있어
夜半鍾聲一味新　한밤중에 종소리 들으니 그 의미 새롭구나.
便覽吾身成此悟　문득 나의 몸에 이 깨달음 이룬다면
儵間何必梵宮人　하필이면 범궁(梵宮)의 사람이 그 사이에
　　　　　　　　　끼어들까.

영지추연

一生不厭淤泥沈　일생동안 진흙에 잠기는 것을 싫어하지 아니하고
方寸猶在君子心　방촌102)에도 오히려 군자의 마음을 간직했네.
達看亭亭難近眼　다가가 보니 아름다워 곁눈질하기 어려워
澹翁偏愛濯清襟　담옹이 맑고 깨끗함을 편애하였다네.

---

102) 아주 짧은 시간.

고야화서

吾州此野擅農鄕　우리 고을의 이 들은 농사가 잘 되는 곳인데
七月豳風亦自忙　칠월 빈풍에는 또한 저절로 바쁘네.
何日爲行田畯祭　전준제를 어느 날에 지낼 건가
村村籬落曬衣裳　마을마다 울타리에 빨래 널어 말리네.

• 운지(雲芝) 사공근(司空瑾)

(고종 24년 1887년 정해생, 본관 : 군위, 주소 : 대구시 중구 남산동)

달성청람

自古嶠南第一園　예로부터 영남에서 첫째가는 동산이라
前人遺躅至今存　옛 사람 남겨둔 자취 지금도 남아있네.
朝暉夕影晴嵐望　아침 햇빛 저녁 그림자 맑은 아지랑이 바라보며
彷彿遊仙過去痕　신선놀음 방불한 것이 지난날의 흔적이네.

남산춘색

爲愛春光眼欲窮　봄을 사랑하여 볼 것이 끝이 없는데
登高懷思與朋同　높은 곳 올라 회상하며 벗과 더불어 함께하네.
風和日暖晴雲靄　바람은 화창하고 날은 따뜻하여 아지랑이 맑은데
萬紫千紅自在中　천만 붉은 꽃이 그 가운데 절로 피었구나.

금호어적

短笛長音一縷如　짧은 피리에 긴 소리 한 오라기 실과 같고
萬端塵慮盡歸虛　세상의 많은 근심을 다 허공으로 보내네.
銀鱗數点三盃酒　은어 몇 마리에 몇 잔의 술 마시고
薄暮回程興有餘　저녁나절 돌아오니 취흥이 넉넉하네.

용산귀운

自去自來我不關　절로 가고 절로 오는 구름 나하고는 상관없는 것
但看朝暮異山顔　애오라지 아침저녁 변하는 산 모양 볼 뿐이로다.
無爲聚散誰能識　저절로 모였다 흩어지는 것 뉘라서 알랴마는
弄雨神龍隱此閒　구름을 희롱하는 신룡이 이 가운데 숨어있나.

신천제월

雲歸霧捲一輪清　구름도 가고 안개도 걷히니 저 달이 밝게 보이고

無價光明萬戶生　값없는 광명이야 만호에 비추어 주는 것.

如此良宵何所樂　이 같은 좋은 밤에 즐겨 할 바 무엇인가

酒觴醉後又詩情　술 마시고 취한 다음 또 시정을 읊으리라.

동사모종

天畔數聲脫世塵　허공으로 들려오는 종소리에 진세를 떨쳐보자

依然桐寺感懷新　의연한 동화사에 감회가 새롭구나.

知時報息從仙境　때때로 보은하고 선경으로 쫓아 볼까

囂市應多自恨人　시끄러운 시정(市井)에는 응당 스스로 한하는 사람 많겠지.

영지추연

惜矣芳姿水裏沈　애석과 아름다운 자태 물 가운데 잠겨있어

聊知多忌世人心　애오라지 알겠구나 세인들의 마음을 꺼려하는 것을.

古稱君子於斯足　옛날의 군자들은 여기에서 만족하니

醉後遙瞻更整襟　취한 다음 멀리 바라보고 옷깃 다시 여미네.

고야화서

古野從來擅穀鄉　고야는 종래부터 곡향으로 첫째가는데

不違農候幾人忙　농사철 어기지 않고 많은 사람 바빴겠지.

油油鬱態誰非羨　고요히 무성한 자태 뉘라서 부러워하지 않으리

拂盡西風玩客裳　가을바람 지나고 나면 손님맞이도 하겠네.

• 운포(雲圃) 최운삼(崔雲三)

(고종 24년 1887년 정해생, 본관 : 경주, 주소 : 대구시 서구 중리동)

달성청람

大都西近好開園	대도시 서쪽 가까이 좋은 동산 열었는데
佳景晴爐也自存	아름다운 경치와 맑은 아지랑이 또한 저절로 보존 되네.
不啻淸淡人所快	청담할 뿐 아니라 사람마저 쾌활한데
樹林花鳥亦含痕	수림과 화조 또한 그 자취를 머금었네.

남산춘색

脊山瘦容脫貧窮	수척한 산의 모습 가난함을 벗어난 듯
綠飾紅粧富態同	푸른 잎 붉은 꽃으로 장식하니 부유한 모습 같구나.
人誰不願長春色	사람이면 누구인들 긴 봄을 길이 원하지 않으리오
斂藏其奈四時中	어찌하여 사시 중에 거두어 감추는가.

금호어적

蘋風蘆月放舟如	마름에 바람 일고 갈대에 달 비춰일 때 배를 저어 나아가니
吹笛聲聲八太虛	피리 부는 소리마다 우주[太虛]로 들어가네.
餘興餘魚時換酒	흥도 듬뿍 고기도 듬뿍 술잔 서로 주고받고
一生眞樂此中餘	일생의 참 즐거움이 이 가운데 넉넉하네.

용산귀운

散合斷連摠不關	흩어졌다 모이고 끊어졌다 이어지니 무관한데
龍頭龍尾又龍顏	용의 머리, 용의 꼬리 또한 용의 얼굴이네.
沛然以下油然作	성대하고 유연히 비를 내리니
潤物功難視等閒	만물을 윤택하게 하는 공 어려움 없이 볼 수 있네.

신천제월

一天如洗一川淸	하늘을 깨끗이 씻은 듯 강물도 깨끗한데
今宵霽月倍光生	오늘 밤 밝은 달이 배나 더욱 빛이 나네.
也應多士停盃問	응당히 많은 선비들 술잔을 멈추고 물어보리라
遍照慇懃各盡情	은근히 두루 비추니 각기 진정을 다하리라.

동사모종

法界三千脫俗塵	삼천법계가 속세를 벗어나니
有時鳴鐘警心新	때로 종을 울려 마음의 경계 새롭게 하네.
聲聲遠落閒居榻	소리가 멀리 한가하게 거하는 책상에 이르니
吾亦還疑念佛人	나 또한 염불하는 사람인가 의심하네.

영지추연

靈仙不到水沈沈	신령한 신선이 이르지 않고 물에 잠기니
君子蓮栽倘慰心	군자인 연을 심어 마음을 위로하네.
直在亭亭香闡遠	꼿꼿하게 서서 향기를 멀리 보내니
人皆感賞整衣襟	사람마다 감상하고 옷깃을 바로 하네.

고야화서

土沃年豊擅嶺鄕	기름진 땅에 풍년드니 영남에 으뜸이라
莫非天惠人亦忙	하늘의 혜택이 아님이 없는데 사람 또한

분주하네.

晩秋回憶春耕穑　늦가을에 밭갈이 한 것을 회상하니
暮暮朝朝露幾裳　아침저녁으로 얼마나 많은 이슬 적시었는가.

• 만강(晩岡) 석일균(石一均)

(고종 24년 1887년 정해생, 본관 : 충주, 주소 : 달성군 옥포면 기세동)

달성청람

天作達城有樂園   하늘이 달성을 만들고 그 가운데 낙원을 두었는데
樓臺花木喜猶存   누대와 화목들이 있어 즐거움은 오히려 더하네.
氤氳嵐氣因時起   부드러운 아지랑이 기운이 때 따라 일어나니
朝暮詩人採妙痕   아침저녁 시인들이 묘한 자취를 글로 쓰네.

남산춘색

春到南山景不窮   봄기운 남산에 드니 그 경치 다함이 없고
青黃赤白一時同   푸르고 누르고 붉고 흰빛이 일시에 같이 하네.
若使天公無變色   만약 조물주로 하여금 그 빛깔 변치 않게 한다면
羣生長在泰和中   많은 백성 오래도록 태평한 가운데 살겠거늘.

금호어적

水滿琴湖鏡自如   금호강에 물 가득한데 거울과 같고
斜風細雨泛舟虛   바람 불고 이슬비 내리는데 배를 띄우네.
白蘋紅蓼翁何取   흰 마름 붉은 여뀌를 늙은이 어찌 따는가
一笛漁歌樂有餘   피리소리 어부의 노래 즐거움이 끝이 없네.

용산귀운

風驅陰雨破雲關   검은 구름을 바람이 몰아 구름문을 열어놓고
一林龍山漸露顔   용산을 깨끗이 하니 점점 이슬에 젖는구나.
遙看箇中奇絶處   멀리서 바라보니 그 가운데 기이한 곳이 있는데
樵歌隱隱有人閒   나무꾼의 노래 소리 은은하니 한가한 사람이네.

신천제월

雨霽新川水自淸 신천에 비 개이니 물은 절로 맑고
中天明月影初生 중천에 달 밝으니 그림자 처음 생긴다.
澄光上下無私累 맑은 빛이 상하로 가득하니 사사로운 생각 없고
一照能通萬古情 한번 비춤에 능히 만고의 정에 통하겠네.

동사모종

崔嵬公山絶俗塵 높이 솟은 팔공산 속세와는 단절되었는데
深藏古寺去維新 옛 절은 깊이 감추고 새것은 제거하였네.
浮圖玄理能知否 부도의 현묘한 이치를 능히 알겠는가
遙落寒聲亦警人 아득히 들리는 매서운 종소리 또한 사람들을 깨
우치네.

영지추연

地得靈池秋水沈 땅이 영지라는 이름을 얻어 마을 물이 깊은데
花中君子濯淸心 꽃 가운데 군자의 꽃 마음을 깨끗이 씻어주네.
於斯敬讀濂翁說 여기에서 염계옹의 글103)을 공경히 읽으며
能使書生可整襟 능히 서생으로 하여금 옷깃을 바로 할 수
있으리.

고야화서

一原古野有名鄕 고야의 한 들이 고을에서 유명한데
稼穡家家日日忙 농사짓는 집집마다 날마다 분주하네.
禾黍登豊人自足 벼농사 풍년들어 사람마다 풍족하니
奉親嘗祭製新裳 부모님 봉양하고 제사 드리고 새 옷을 장만하네.

---

103) 주렴계가 지은 <애련설(愛蓮說)>을 말함.

• 여재(麗材) 이종식(李鍾式)

(고종 25년 1888년 무자생, 본관 : 성주, 주소 : 달성군 월배면)

달성청람

羅麗咸稱達句圓　신라부터 고려까지 다 같이 달구원이라 하였는데
古來形勝尙遺存　고래로 좋은 경치는 지금까지 오히려 남아있다.
登樓府瞰千重樹　누각에 올라 굽어보니 천 겹으로 둘러친 숲
疑是晴光上世痕　이 맑은 광채는 상고 때의 흔적인가.

남산춘색

暖日山南興未窮　따뜻한 봄 산 남쪽에는 그 흥이 다함없고
聽看花鳥古今同　꽃과 새를 듣고 보는 것은 고금에 같은 것.
春風亦解尋師道　봄바람도 풀렸는데 스승을 찾아 배우려고
吹入龜庵一院中　귀암을 찾아드니 한절의 가운데 있었네.

금호어적

蘋風蓼月兩相如　마름 풀에 바람이 불고 여뀌 풀에 달이 뜨니
　　　　　　　　둘이 서로 같은 듯한데
款乃聲長萬念虛　뱃노래 가락 길게 들리니 만 가지 근심이
　　　　　　　　사라지는구나.
湖叟閒情同渭老　호수의 노인 한가한 정 강태공[104]과 같은데
周文聘後待三餘　주문왕이 초빙하여 삼공으로 삼으셨네.

용산귀운

龍岡晴日闢紫關　용산의 맑은 날 사립문을 여니

---

104) 원문의 위노(渭老)는 위수가의 노인이란 의미로 강태공(姜太公)을 말함.

一朵雲花似玉顏　한 덩어리 구름 꽃 옥안과 같구나.
洽是歸形飛白羽　떠가는 형상이 흡사 백우선(白羽扇)이 나는 듯
武侯遺蹟尚淸閒　제갈무후(諸葛武侯)105)의 남긴 자취 맑고
　　　　　　　　한가로움을 더하네.

신천제월

萬戶東頭玉宇淸　만호의 동쪽머리에 옥우(하늘)은 맑은데
一川雲霽月華生　이 내에 구름 개이니 달 꽃이 생긴다.
李公功績誰先識　이공의 공적을 누가 먼저 알리오
堤上徘徊若有情　강둑에 서성이니 그 정을 느끼는 듯.

동사모종

公山千疊淨無塵　팔공산이 천 겹이라 고요하여 티끌 없는 데
中有桐華法界新　그 가운데 동화의 법계가 새롭구나.
隱隱鍾聲風外落　은은한 종소리 바람 끝에 들려오는데
誰聽來道上方人　누가 듣고 이절을 찾아올거나.

영지추연

露滴荷明月色沈　이슬은 맺히고 연꽃은 밝은데 달빛이 잠기니
靈仙宛在水中心　신령한 신선이 마치 물 가운데 있는 듯 하구나.
當時若使濂翁樂　그때 만약 염계옹으로 하여금 즐기게 하였다면
厭浥何傷濕我襟　나의 옷이 물에 젖은 들 무엇이 상심하리오.

고야화서

萬川紅雨注江鄕　개울물에 꽃 떨어져 강촌에 흘러들면

---

105) 제갈량(諸葛亮)을 말함.

稼穡家家事倍忙　파종하는 집집마다 배나 일이 바쁘네.
禾黍西風秋正熟　벼농사 서풍에 가을 곡식 정히 익을 때면
薦新姑婦裂衣裳　조상에게 제사올리고 부녀들은 옷을 새로
　　　　　　　　짓겠네.

• 수헌(垂軒) 류재호(柳在昊)

(고종 25년 1888년 무자생, 본관 : 문화, 주소 : 대구시 서구 평리동)

달성청람

晴嵐浮動古城園　맑은 아지랑이 옛 성의 동산에 끼이면
朝暮淸光一樣存　아침저녁 맑은 빛이 한결같이 보존되네.
綠樹陰陰雲沒海　푸른 나무 그늘마다 구름바다 이룬다면
依然惟帶四時痕　의연하게 다만 사시의 자취를 띠고 있겠네.

남산춘색

千峯萬壑換無窮　천봉만학 찾아드니 그 끝이 없고
樹樹春光歲歲同　나무마다 봄빛은 해마다 같네.
卄四番風吹不盡　이십사절 부는 바람은 끝이 없고
杜鵑啼咽落花中　저 두견새는 꽃 떨어진 가운데 슬피 울고
　　　　　　　있구나.

금호어적

江天漠漠近何如　강 하늘이 아득한데 가까운 곳은 어떠하리오
細雨晴時水白虛　이슬비 개이니 물색이 희고 맑구나.
楊柳斜陽魚換酒　버들 숲에 석양이 비치면 고기주고 술 바꾸네
一聲風迥韻猶餘　피리소리 바람타고 저 멀리 그 운이 오히려
　　　　　　　여유롭다.

용산귀운

朝暮歸來意不關　아침저녁 왔다갔다 마음과는 상관없고
奇奇兀兀摠新顏　기기한 모양들이 모두가 새롭구나.
狂風吹捲靑天外　미친바람 걷어간 푸른 하늘 저 끝에는

淡淡高浮去自閑　맑고 맑은 저 달 높이 떠서 저절로 한가롭다.

신천제월

一輪霽月半空清　바퀴 같은 밝은 달 허공에 맑게 떠니
幾度盈虛魄再生　몇 번이나 차고 기울고 또다시 밝아왔나.
樂者快觀悲者感　즐거운 사람 상쾌하고 근심 있는 사람 감상하니
江山到處盡人情　강산 어느 곳인들 사람들의 정을 다하였네.

동사모종

逈落諸天不到塵　종소리 저 멀리 하늘에 날고 진세에 이르지
　　　　　　　　않건만
雲深山寂爾聲新　구름 깊어 산은 적막한데 너의 소리 새롭구나.
蓮花寶榻跏踟席　연꽃의 보탑에 앉은 저 부처님
幾聞觀心頓悟人　마음을 살펴 돈오한 사람 몇 번이나 들었던가.

영지추연

休言根節汚泥沈　뿌리가 진흙에 더럽혔다 말하지 말라
千古相知茂叔心　천고에 서로 아는 이는 무숙(茂叔)106)의
　　　　　　　　마음일 뿐.
露轉葉顔傾翠盖　연잎에 이슬 구르면 푸른 잎을 기울이고
風掀花朵舞紅襟　바람이 꽃송이 흔들면 붉은 옷깃 춤추는 듯.

고야화서

黃雲漠漠達西鄉　황운 막막한 곳 달서의 고을에
禾黍田家五月忙　농사짓는 집집마다 오월이라 바쁘네.

---

106) 무숙은 염계 주돈이의 자(字)임.

滿畝虫聲秋氣冷　들에 가득 벌레소리 가을기운이 찰 때에
荷鋤歸月露添裳　호미매고 달빛에 돌아오니 이슬이 옷에
　　　　　　　　　젖는구나.

• 춘호(春湖) 김병우(金炳釬)

(고종 25년 1888년 무자생, 본관 : 김해, 주소 : 대구시 서구 비산동)

달성청람

滑圓高城一大圍　확 트여 높은 성 일대가 동산 인 걸

蒼嵐佳色淡凝存　푸른 아지랑이 아름다운 빛 맑아 엉켜 있는 듯.

自浮自沒何時適　저절로 일어나고 저절로 사라지니 어느 때나
　　　　　　　　편안한 걸

暖日無風也露痕　날 따뜻하고 바람 없으면 이슬 자취 있겠거늘.

남산춘색

滿山春色搜難窮　산에 가득한 봄의 경치 찾아드니 끝이 없고

積翠芳香歲歲同　푸른 숲과 꽃향기는 해마다 같은 것을.

花不樂人人自樂　꽃이야 사람 즐기겠냐만 사람 스스로 즐기는 것

人情花態一般中　인정과 화태(花態)는 모두가 그대로네.

금호어적

漁翁淸趣事無如　고기 잡는 늙은이 취미 아무 일도 없는 듯

一笛聲中世念虛　피리소리 한 가닥에 세상근심 허허롭다.

落日斜風歸路晩　해지고 바람 스치면 돌아오는 길 늦어지고

蒼波江上興惟餘　푸른 물결 강위에 흥만을 남겨둔 채.

용산귀운

岳勢蜿蜿似塞關　산세는 꾸물꾸물 변방과 닮아 있고

白雲長在別開顔　흰 구름 멀리 뻗쳐 별스런 얼굴 드러낸다.

無心來去龍山路　무심하게 용산 길 오고 가니

朝暮隨時任自閒　아침저녁 때 따라 저절로 한가하네.

신천제월

新川霽景倍澄淸　신천에 비 개이면 경치 배나 맑고 맑은데
一隻玉輪鏡裡生　외로운 밝은 달이 거울 가운데 잠겨있네.
可愛明明來照色　밝고 밝은 달 비춰주는 경색(景色) 사랑하노니
慇懃如對故人情　은근히 고인의 정을 대한 듯 하구나.

동사모종

一落種聲洗㤼塵　종소리 한번 들으니 만년의 티끌 씻어낸 듯
蓮花香榻道心新　연꽃 향탑(香榻)의 도심이 새롭구나.
諸天慈筏三千界　하늘에 자애로운 떼는 삼천계를 건너는 데
法性普賢問幾人　법성보현을 묻는 이 몇 사람이나 있던가.

영지추연

冷淡秋光滴露沈　냉담한 가을빛에 이슬방울이 젖는데
紅粧翠盖一般心　붉은 꽃 푸른 잎 다 같은 마음이라.
西風欲慰遊人意　서풍은 유인의 마음 위로 하고저
吹送淸香八醉襟　맑은 향기를 취한 가슴에 불어 보낸다.

고야화서

古野元來占富鄕　고야들 원래부터 부자 고을이라 하였는데
田家時事每紛忙　농가의 시사는 언제나 바쁘네.
擊壤歌曲歸程晩　격양가 부르면서 돌아오는 길은 저물고
月滿豊天露浥裳　밝은 달 하늘에 가득하고 이슬은 옷자락 적시네.

• 호정(湖亭) 박채식(朴埰植)

(고종 25년 1888년 무자생, 본관 : 구성, 주소 : 대구시 중구 동성동)

달성청람

環山四面自成園	사면을 둘러친 산은 저절로 동산을 이루었고
樹老岩殘淑氣存	나무는 늙고 바위는 쇠잔한데 맑은 봄기운 서리어 있네.
朝暮觀風多少客	아침저녁 소풍하는 다소의 사람들
胸襟簫灑濕嵐痕	가슴을 깨끗이 씻어 습기어린 아지랑이 흔적이 있네.

남산춘색

南山三月少貧窮	삼월의 남산이 조금은 빈궁한 듯하지만
門柳庭花戶戶同	문 앞에 버드나무 뜨락에 꽃들은 집집마다 같구나.
若使青皇長駐躑	만약 청황으로 하여금 오래도록 머물게 한다면
四時常在太平中	사시 언제나 태평한 가운데 살게 되겠지.

금호어적

泛泛片舟一葉如	둥둥 뜨는 조각배 하나의 나뭇잎 같구나
漁歌唱斷大江虛	어부의 노래 소리 큰 강 저 멀리에 끊어지네.
柳橋人盡斜陽晚	나무다리로 사람들 모두 돌아가니 석양은 늦었고
秋水空磯白鷺餘	가을물 빈 낚시터에는 백로만이 여유롭구나.

용산귀운

來去隨風自不關	바람 따라 오고 감은 스스로에 상관없고
龍岑一碧露眞顏	용산은 푸르러 참 얼굴 드러내네.
雲師神秘誰能測	운사의 신비함을 누가 능히 헤아리겠나만

作雨時時送世閒　때때로 비를 내려 세간에 보내주네.

신천제월

上下天光日色淸　하늘빛은 아래위로 하나같이 푸른색인 데
雲間霽月水中生　맑은 구름 간간히 개이면 달은 물 가운데 잠긴다.
漁翁散盡漂砧斷　늙은 어부 다 흩어지고 바위 끝은 깨끗한데
獨步詩人不勝情　시인은 홀로 걸으며 그 정을 이기지 못하네.

동사모종

絃歌鳴吠雜囂塵　현가에 닭 울고 개 짖는 소리 뒤섞임은 세상의
　　　　　　　　　시끄러움인데
夕磬聲中萬籟新　저녁 경쇠소리에 만뢰(萬籟)107)가 새롭네.
超然六劫慈悲佛　육겁에 초연한 자비스러운 부처님이
警告人間醉夢人　꿈에 취한 사람들을 경고함이네.

영지추연

靈池秋水碧沈沈　영지의 가을 물이 푸른빛에 잠겨있어
知有源來玉井心　근원이 깨끗한 속에서 나온 것을 알겠네.
萬朶芙蓉高潔態　일만 송이 연꽃 고결한 자태를
佳人才子共題襟　재주 있고 아름다운 남자 여자 함께 가슴에
　　　　　　　　　새기겠네.

고야화서

一望平似水雲鄕　한번 바라보니 구름처럼 넓고
天地秋登歲事忙　대지에 가을 드니 하는 일이 바쁘구나.

---

107) 온갖 소리, 세상의 시끄러운 소리.

觀稼歸來西日暮　들일하고 돌아오니 석양은 저물고
稻花香露滿衣裳　도화의 향기가 옷 가득히 젖어있네.

• 가남(架南) 서영수(徐永洙)

(고종 25년 1888년 무자생, 본관 : 달성, 주소 : 대구시 중구 남산동)

달성청람

一抹孤山是樂園　한 줄기 외로운 산 여기가 낙원이니

遊人觀客四時存　놀이 나온 관객들 사시로 가득하네.

南岡雨過新添景　남산에 비 지나가면 새로운 경치 더하고

東角樓高感舊痕　동쪽 모퉁이 높은 누각에서 옛 흔적을 느끼네.

남산춘색

稚花軟柳景無窮　여린 꽃 여린 버들 경치는 무궁하고

携酒換春老少同　술병 들고 봄놀이 찾아감은 노소가 같은 것을.

盡日和風來拂面　종일토록 화풍은 불어 얼굴을 스치었고

萬像千態畫圖中　만상과 천태가 모두 화도 가운데 있었네.

금호어적

漁歌一曲玉簫如　어부의 노래 소리 한 곡조는 옥소와 닮은 듯

奇絶淸音盈復虛　기절한 맑은 소리 들렸다간 끊어지네.

晩釣蓑翁歸去後　저녁나절 낚시하는 늙은 이 돌아간 뒤에는

孤舟載月渡頭餘　외로운 배에 달빛 가득 싣고 여유롭게 뭍으로 가네.

용산귀운

白雲何事掩山關　흰 구름은 무슨 일로 산문(山門)을 닫았는가

雲欲守山每慰顔　구름은 산을 지키고 언제나 그 얼굴을 위안하네.

下有枝川芋日暮　그 아래 지천에는 낚시하다 해 저물고

此間漁父帶淸閒　이 사이에 어부들 한가함을 얻었네.

신천제월

東川皓月水如淸	동천에 밝은 달은 물과 함께 맑은 데
百板橋頭爽氣生	널판자 다리 머리에는 상쾌한 기운이 깃드네.
此夜無雲天萬里	이 밤에 구름 걷히고 하늘은 만리인데
眼前何物不關情	눈앞에 무슨 물상이든 내 정과는 상관없네.

동사모종

梵宮本是遠煙塵	절간은 원래부터 속세와는 멀리 있는 것
此寺山中第一新	이 절이 산중에 제일로 새롭구나.
殿閣踈鐘來夜半	전각에서 치는 종소리 한밤중에 들려오니
蓮臺老佛坐睡人	연좌대의 노불은 앉아 조는 사람인가.

영지추연

綠葉紅朶欲水沈	푸른 잎에 붉은 꽃송이는 물에 젖고저 하는데
滿空秋月到天心	하늘 가득한 가을 달빛이 하늘 가운데 이르렀다.
佳人才子爭換景	가인재자는 다투어 그 경치 구경하는데
香入西樓拂晩襟	그 향기 서쪽 누각에 들어와 늙은 가슴을 떨치네.

고야화서

禾黍登豊是穀鄕	가을 농사 풍년드니 여기가 곡향이니
前春播得倍紛忙	앞서 봄에 씨 뿌릴 땐 꽤나 분주히 바빴네.
田家最喜當秋節	농가에 가장 기쁜 것은 가을을 만나는 것
大野頻繁饁婦裳	큰 들엔 빈번하게 아낙네 들밥을 이고 오네.

• 회산(晦山) 이현식(李賢植)

(고종 25년 1888년 무자생, 본관 : 하빈, 주소 : 대구시 동구 구명동)

달성청람

外面如輪內面園　밝은 둥근 수레바퀴 같은데 안에는 공원인데

斯城名勝古今存　이 성의 명승은 예나 지금이나 동일하네.

金冠玉佩往來處　금관옥패108)들이 오고 간 자리에는

才子佳人吟咏痕　가인(佳人)과 재주 있는 사람들이 시를
　　　　　　　　 읊조리네.

남산춘색

暖律方和冷律窮　따뜻한 기운이 바야흐로 온화하고 찬 기운이
　　　　　　　　 다하니

羣生歡樂一時同　모든 생명체의 환락이 모두 다 같구나.

其間有客間來往　그 사이에 사람들이 오고 가니

幾費淸吟紫綠中　청아하게 읊으며 붉고 푸른 가운데 얼마나
　　　　　　　　 시간을 보내었던가.

금호어적

湖稱琴也是何如　호수를 거문고라 칭한 것 어떠한 연유인가

萬古傳來名不虛　만고에 전해온 그 이름 헛되지 아니하네.

湖若奏琴漁笛共　호수가 거문고를 연주하는 것이 어부의
　　　　　　　　 피리소리와 함께 하고

遊人詩客興多餘　유인과 시객들 흥은 많고도 남음이 있네.

---

108) 벼슬아치들을 말함.

용산귀운

郁郁英英出壑關 성대하고 가벼운 구름이 산골짝에서 나와

無心還似有情顔 무심한 것 같은데 또한 정이 나는 모습도 있네.

非徒騷客供奇觀 시인만이 기이한 광경을 함께 할 뿐만이 아니라

又使山僧取逸閒 또한 산승으로 하여금 한가함을 취하게 하네.

신천제월

風捲纖雲夜倍淸 바람이 옅은 구름을 거두어가니 밤이 배나
맑은데

姮娥官桂再枝生 항아궁의 계수나무에 다시 가지가 생겨나네.

爾胡能缺又能滿 너는 어찌하여 능히 이즈러졌다 다시 차는가

到處慇懃如有情 은근히 이르는 곳에 정을 두는 듯하구나.

동사모종

春容淸響卻囂塵 쇠북소리 맑은 울림에 시끄러운 속세 물리치고

祝日生宮萬歲新 왕궁에 비는 말씀 만세토록 새롭기를 바라네.

所聽法堂開樂世 법당에서 들은바 극락세계 연다하니

流來佛說學神人 흘러온 부처의 말씀이 신인을 배우게 한다.

영지추연

發池肥水幾浮沈 못 가운데 되어나 물 가운데 몇 번이나 부침했나

花立亭亭君子心 꽃은 꼿꼿이 서니 군자의 마음이요.

達士名賢來往處 달사와 명현들이 오고 간 곳에

天然華貌被仙襟 천연스러운 꽃 모양 신선의 옷을 입은 듯.

고야화서

播禾種黍野圍鄕 벼 심고 기장 심은 들 고을을 둘렀는데

五月於中人倍忙　오월의 한가운데 사람들은 배나 바빴네.
郊色靑黃覿白屋　교외의 청황색이 띠집과 어울린다
水中誰摘捲衣裳　물 가운데 그 누가 옷을 걷고 따올 건가.

● 장산(章山) 이장환(李章煥)

(고종 25년 1888년 무자생, 본관 : 인천, 주소 : 대구시 부구 무태동)

달성청람

山勢如城闢公園	산세는 성과 같아 공원을 열었구나
淡生空裏翠微存	허공 가운데 맑은 기운 생겨 푸른 기운 엷게 깔려 있네.
疑而不散多晴日	엉키어 흩어지지 않고 개인 날엔 많아진다
非霧非霞雨後痕	안개도 아닌 것이 노을도 아닌 것이 비온 뒤의 자취이다.

남산춘색

東君布德活無窮	봄이란 덕을 펴는 것 하도 넓어 끝이 없네
紅綠殊形受氣同	붉은 꽃 푸른 잎 모양은 다르다만 받은 기운 같은 것일세.
盡日賞春看不盡	날이 다하도록 봄 구경 보아도 끝이 없고
勻天雨露普施中	하늘은 고루 우로 내리어 널리 베푸는 데 맞는 것.

금호어적

不係漁舟縱所如	고기잡이 배 풀어두고 가는 데로 맡겨 보자
一聲淸笛出江虛	한 가닥 피리소리 빈 강에서 들려온다.
湖琴已古今波寂	호수를 금호라 함은 벌써 옛날인데 오늘 파도 고요하고
流水洋洋舊曲餘	흐르는 물 양양하니 옛날 곡조의 끝머리이네.

용산귀운

起於觸石鎭山關 찌를 듯한 바위 일어나 산문(山門)을 진압한대
靄靄溶溶幻態顔 구름이 피어나니 모습이 아름답네.
早晩何人同管領 아침저녁으로 어느 누가 함께 주관을 하는가
卻從深處做淸閒 도리어 깊은 곳에서 한가함을 누리네.

신천제월

溪川雨過夜來淸 개천에 비 지나가고 밤이 오니 맑은데
月色波心淡影生 달빛은 물 가운데 맑은 그림자 드리운다.
近水樓臺先得地 물가에 누대에 먼저 올라본 처지
幾人文酒做閒情 몇 사람이나 글 짓고 술잔 기울려 한가한 정을
　　　　　　　　지었던가.

동사모종

一鍾同落六根塵 종소리 한번 들리매 육근의 티끌도 함께 떨어지니
默聽羣山更靜新 모든 산이 다시 고요하여 새로워짐을 묵묵히
　　　　　　　　듣는다.
暗裡心機長夜曙 남모르는 사이 나의 심기 긴 밤이 새벽되도록
參禪誰是獨惺人 참선하니 누가 이 홀로 깨달은 사람인가.

영지추연

浮香不興水沈沈 향기는 떠서 물의 침침함을 상관 않고
淸淡誰非愛汝心 맑고 깨끗하니 누가 너의 마음을 사랑하지 않을까.
或恐芳菲添俗累 더러는 꽃향기에 속세의 더러움으로 더럽힐까
　　　　　　　　두렵구나
臨池新沐拂塵襟 못에 다 달아 새로 몸 씻고 마음의 티끌을
　　　　　　　　털어보자.

고야화서

濕禾燥黍近江鄕	습지의 벼 마른 땅의 기장 강 가까이에 있는데
百畝閒間幾閧忙	넓고 한가한 속에서 얼마나 분망하였나.
田事已終年大熟	농사일 이미 마치고 풍년이 드니
枌陰日夕會衣裳	고을에서 아침저녁으로 모여 바쁘게 수확하네.

• 시호(是湖) 박래욱(朴來旭)

(고종 26년 1889년 기축생, 본관 : 밀양, 주소 : 대구시 서구 대신동)

달성청람

達城從古擅名園　달성은 예로부터 이름난 동산이라 하였는데
長帶晴光自保存　길이 맑은 빛을 띠고서 스스로를 보존하네.
木落花開依舊態　낙엽 지고 꽃 피는 것 옛 모습 그대로인데
春風秋雨尙前痕　봄바람 가을비에도 오히려 옛날 자취 남아있네.

남산춘색

東君造化是無窮　봄의 신이 조화하는 것 무궁한 것이고
歲歲春光一色同　얼마나 많은 세월에 춘광의 일색이 같았는가.
十四番風能自力　이십사 번의 화신풍은 자력으로 마음대로 하며
萬紅開盡畵圖中　만 가지 꽃들이 화도 가운데 모두 되었네.

금호어적

蘆花敀帆畵圖如　갈대 꽃 속을 돌아가는 배 그림과 같구나
一笛吹來萬慮虛　한가락 피리소리 들려오니 일만 근심 사라진다.
響徹江天山日暮　그 메아리 강천에 스며들 때 해는 저물고
白鷗飛盡水聲餘　백구는 모두 날아가고 물소리만 남아있네.

용산귀운

崎嶇崔律是龍關　험하고도 높은 산 이것이 용산의 관문인데
輕似六銖易幻顔　가볍기는 육수(六銖)[109]와 같고 자주 모습이
　　　　　　　　　변하네.

---

109) 육수의(六銖衣)의 줄인 말로 가벼운 옷.

山氣雲光千古合 산 기운과 구름 빛은 천고에 어우러진대
無心無語各淸閑 무심히 고요하게 각기 한가함을 즐기네.

신천제월

碧落雲空一色淸 푸른 하늘 구름 없으니 온통 빛깔이 맑은데
山河影子鏡中生 산하의 그림자는 물 가운데 비치네.
無塵瀅澈光明處 티끌 없이 맑은 것은 광명한 곳이라
怳世初看太古情 억겁 세월에 처음으로 태고의 정을 보겠구나.

동사모종

梵宇淸聲盡洗塵 절간의 맑은 소리 세상티끌 모두 씻어
歸舟載月道機新 달빛 싣고 돌아가는 배 그 기미 새로움을
발하겠네.
諸天十二觀心佛 하늘에 계신 십이관심불을
一聞能惺是主人 한번 듣고 깨닫는 다면 이것이 바로 주인일세.

영지추연

亭亭特立不浮枕 꼿꼿하게 홀로 서서 부침하지 않으니
君子花如君子心 군자의 꽃 같고 또 군자의 마음 같다.
非是名花能解語 이것이 명화아니라면 어찌 능히 마주 말을 주고
받겠나
一看塵自不留襟 한번 봄에 저절로 티끌이 마음에 머물지 않겠네.

고야화서

大地黃雲覆一鄕 대지에 곡식이 익어 일향에 가득하니
東西成作摠紛忙 온 사방이 모두가 바쁘고 분망하네.
滿畦倒穗秋光熟 들에 가득 이삭을 숙이니 가을빛이 완연한데

凉露侵濡饁婦裳 서늘한 이슬이 점심밥을 나르는 아낙네 치마를
적시네.

• 소화(小華) 이종혁(李鍾赫)

(고종 26년 1889년 기축생, 본관 : 경주, 주소 : 대구시 중구 남산동)

달성청람

市橋邊有古城園　도시 변두리 옛 성에 동산이 있어
隱映樓臺翠氣存　은은히 비치는 누대에 푸른 기운이 어리었네.
一夜長風吹雨過　하룻밤에 긴 바람 불어 비를 걷어간 다음에
日高木末掃無痕　해는 높이 뜨고 나무 끝이 쓸어 흔적을 없게
　　　　　　　　하네.

남산춘색

艶陽淑氣景無窮　봄 깊은 맑은 기운 그 경치 무궁한데
萬樹花開各不同　만수에 꽃이 피니 각각이 같지 않네.
靑驢載酒尋別境　푸른 노새에 술을 싣고 별경을 찾아 들어
埰香傾盡醉歸中　향기 찾아 술잔 다 기울이고 취하여 돌아가자.

금호어적

江湖淸興近何如　강호에 맑은 흥취 요즈음 어떠한고
鷺立渡頭身自虛　백로는 나무머리에 서있어 나 자신은 허허하네.
細柳斜風長渚上　실버들 비긴 바람에 물가에 길게 서 있고
一聲吹能雨情餘　어부의 피리소리 비 그친 뒤에 정경일레라.

용산귀운

或作奇峯或作關　더러는 기봉을 이루고 더러는 관문을 이루어
油然作雨又山顔　유연히 비를 내리는 것 또한 산의 안색이라.
歸僧問寺斜陽外　돌아가는 중 절을 묻는 것 석양 저 멀리 있고
散聚無常自有閒　모였다 흩어지는 것 무상하니 스스로 한가롭다.

신천제월

雨洗長空玉宇淸	비가 저 하늘을 씻으니 옥우110)가 맑은데
無邊光景望中生	끝없는 광경이 바라보는 가운데 들어오네.
停盃欲問從來處	술잔을 멈추고 왔던 곳을 물어보자
何代文章認此情	어느 때의 문장이 이 정을 알았던가.

동사모종

欲破世情脫陋塵	세정을 깨트리고 더러운 티끌 벗으려 한데
慈悲有意漸加新	부처님에 뜻을 두니 점점 더 새롭구나.
轉落是疑寒山夜	한산사의 밤 종소리 아닌가 의심하니
誰家先報不寐人	그 누구 잠들지 못한 사람에게 먼저 전하여 주랴.

영지추연

水生先後或浮沈	물 가운데 앞뒤로 피어나 더러는 부침하고
向日漸長吐穩心	해를 향해 점점 자라나 평온한 마음 들어낸다.
朝露粉紅橋解語	아침 이슬 머금은 예쁜 꽃 교태(嬌態)가 해어화(解語花)로다
微風香動襲羅襟	미풍에 향기 움직여 비단 옷에 스며드네.

고야화서

居住水西農務鄕	수서에 거주하니 농사짓는 고을이라
自春一夏事多忙	봄부터 한여름은 일이 많아 바빴네.
四野平分無盡穀	사방들에 골고루 다함없는 곡식이라
家家饒給足衣裳	집집마다 풍요롭고 의상마저 만족하네.

---

110) 천제(天帝)의 궁(宮).

• 이헌(理軒) 양하갑(楊夏甲)

(고종 26년 1889년 기축생, 본관 : 중화, 주소 : 대구시 수성구 지산동)

달성청람

嶠南第一達城園	영남의 첫 번째인 달성의 동산
天造人功半雜存	하늘의 지음과 사람이 공이 반씩 섞여 있구나.
曙有清凉非雨露	둘러보니 청량한데 비와 이슬 때문만이 아니라
山嵐如滴又無痕	산 아지랑이는 싱그러운데 또한 흔적이 없구나.

남산춘색

南麓向陽異僻窮	남쪽산록에 봄이 돌아오니 궁벽하지 않은데
生生物物一般同	모든 생물들이 생기를 함께 하네.
春於四節仁爲主	봄은 사계절 중에 인(仁)에 해당하는데
和氣浮明萬戶中	따뜻하고 밝은 기운이 모든 가정에 함께 하네.

금호어적

琴江流水一斯如	금호강 흐르는 물 한결 같은데
清韻分明曲不虛	분명하고 맑은 곡조가 가득하네.
地擅名區多勝像	지역도 명승지요 뛰어난 곳이 많은데
數聲漁笛又今餘	몇 가락 어부의 피리소리 또한 지금도 들리네.

용산귀운

龍山西向獨無關	용산이 서쪽으로 향하여 있으나 유독 관문이 없는데
只見其高不見顔	다만 그 높은 것만 보이고 모습은 보이지 아니하네.
又是非情雲一物	또한 이 비정한 한 웅큼 구름
從何歸去莫知閒	어디를 쫓아 돌아가는지 알 수가 없구나.

신천제월

川日新川水亦清　내를 신천이라 이름 하였으니 물 또한 맑고
浣紗兒女態嬌生　빨래하는 아낙네들 모습이 아름답네.
時來霽月誰能識　때로 나타나는 청명한 달빛을 달을 누가 능히
　　　　　　　　알리요
適合爲仁君子情　어진 군자의 심정이라고 말하기에 적합하네.

동사모종

四八桐華香壓塵　사월 초팔일 동화사 향내음이 속세를 짓누르고
鳳門外浴佛身新　봉황문 밖에서 부처님을 목욕시키니 새롭구나.
鐘聲遙落靑山靜　종소리 아득히 들리니 푸른 산은 고요하고
惺喚僧房修道人　승방에 수도인의 마음을 환기시키네.

영지추연

一片靈池陸地沈　한 조각의 영선 못이 땅 속에 잠겼는데
世人倘識學仙心　세상 사람들은 아마도 신선의 마음을 배우리라.
逍遙散步時來往　산보하고 소요하며 때로 오고가니
淡淡花香襲我襟　맑고 깨끗한 꽃향기 옷깃에 스며드네.

고야화서

繁華設道達城鄕　번화한 것을 말한다면 달성에서 제일인데
産出殊多野老忙　산출이 특별히 많으니 늙은 농부들이 바쁘네.
去路難分禾黍畝　가는 길에 분간하기 어려움은 논길인데
行人往往提衣裳　행인들이 왕왕히 바짓가랑이 걷고 가네.

귀산(龜山) 홍태섭(洪泰燮)

(고종 26년 1889년 기축생, 본관 : 남양, 주소 : 대구시 동구 둔산동)

달성청람

外作環城內作園　밖은 둥근 성인데 안은 공원이니

暈成佳氣保長存　아름다운 정기모아서 길이길이 보존했네.

試看朝暮晴時景　시험 삼아 아침저녁으로 맑은 경치를 바라보니

碧樹叢林帶古痕　푸른 나무 숲속에는 옛날 자취 띠었구나.

남산춘색

東君布德化無窮　봄기운 덕을 펴니 조화가 무궁한데

草木群生自樂同　초목의 뭇 생명이 스스로 즐김은 동일하네.

萬紫千紅相映裡　천만가지 붉은 꽃이 서로 비치는 가운데

尋芳士女往來中　꽃향기 찾는 연인들 오고 가네.

금호어적

一葉片舟任所如　한 나뭇잎 같은 조각배 가는 데로 맡겨두고

偸間取適日無虛　틈을 내어 즐겨보니 하루가 헛되지 않네.

漁歌數曲斜陽晚　어부의 노랫소리 두어 곡에 석양은 저물고

不換三公此興餘　삼공과도 바꾸지 못할 이 흥취 여유롭다.

용산귀운

如綿如火出山關　비단 같이 불꽃같이 산관을 나온 것이

奇絶成峰鎖壑顏　기절하게 산봉을 이루어 골짜기를 가두었네.

時或從龍能致雨　때때로 용을 따라 마음대로 비 내리고

自來自去任安閒　절로 가고 절로 오는 것 편안하고 한가하네.

신천제월

風微雲捲夜全淸	바람은 잦아지고 구름은 걷혀 밤새도록 달은 밝은데
與子停盃問意生	그대와 마주 술잔 들고 그 뜻을 물어 본다.
流照明沙沙益白	명사에 흘러 비추니 모래 더욱 흰 빛 더하여
令人惹起故人情	사람으로 하여금 고인의 정을 일으킨다.

동사모종

寒鐘擊罷遠腥塵	한산(寒山)의 종소리 더러운 티끌을 깨뜨리니111)
塵世浮生聽去新	속세의 중생들 듣고 새로워지네.
非但僧侶能善念	비단 승려만이 선정(禪定)에 들 뿐만이 아니라
聞時俗客似禪人	속객들도 듣고 참선(參禪)하는 사람 되네.

영지추연

君子風儀玉井沈	군자의 풍의가 옥정에 잠겨 있어
天然綠柄保中心	천연의 푸른 줄기는 중심을 보전한다.
濂翁古社人誰設	염계옹의 옛 시를 누가 말해주리
千里淸香尙襲襟	십리의 맑은 향기 오히려 가슴을 적시네.

고야화서

古野油油是穀鄕	고야들이 기름지니 이 곡창의 고을인데
實功收得倍人忙	열매를 공들여 거둘 사람들이 배로 바쁘네.
民生生活如斯足	민생의 생활이 이와 같이 족하니
樂歲相歌月滿裳	풍년에 서로 노래 부르니 달빛도 가득하네.

---

111) 당(唐)의 장계(張繼)의 시 <풍교야박(楓橋夜泊)>에 '고소성외한산사(姑蘇城外寒山寺)'라는 구절이 있음.

• 구강(九岡) 채수기(蔡琇基)

(고종 26년 1889년 기축생, 본관 : 인천, 주소 : 대구시 북구 연경동)

달성청람

萬樹蒼蒼繞舊園　만수는 푸르고 푸르러 옛 동산 둘러있고

澹然成色半空存　담연한 푸른색이 반공에 사무친다.

風微日暖添佳氣　미풍에 날은 따뜻해 아름다운 정기 더하니

看取無妨別有痕　보아도 꺼릴 것 없는 것 남 다른 자취 있었네.

남산춘색

靄然生意正無窮　무성한 삶의 뜻은 정히 무궁하여

萬峀爭妍一樣同　일만 골짝이 한결같이 예쁨을 다투는구나.

我思悠悠還壯少　나의 생각 아득히 젊음으로 돌아가고

重添雨露太和中　비와 이슬 내리니 태평스럽구나.

금호어적

聲聲薺出鳳鳴如　소리소리 어울려 나오니 봉황새 울음인 듯

轉入微風橫太虛　미풍에 굴러들어 허공으로 비껴가네.

互答淸歌江上月　청가로 서로 화답하니 강상에는 밝은 달

愛君間想此中餘　그대를 사랑하여 때때로 생각하니 이 가운데
　　　　　　　　넉넉하네.

용산귀운

隱逸深林久掩關　깊은 숲속에 숨어살아 오래도록 사립문 닫았고

遙臨天末對龍顔　멀리 하늘 끝에 다다라 용산의 얼굴을 본다.

俄看去作人間雨　잠깐 사이 돌아가 인간에게 비를 내리다

奏楚何山歸去閒　진초의 어느 산에 한가하게 돌아가나.

신천제월

明雲薄暮上空淸　구름 걷히고 해질 무렵 하늘엔 달 밝은데
臨水還疑白雪生　물가에 임하여 도리어 백설인줄 의심하네.
安得衿期同爾去　어찌 남 몰래 너와 함께 돌아 갈고
瑤琴夜夜寄閒情　거문고 소리에 밤마다 한가한 정 부치네.

동사모종

空山法界淨無塵　팔공산의 절간은 청정하여 티끌이 없고
有是南陽霜降新　남양에 서리 내려 새로움이 있는듯하네.
誰識爾家惺寂理　누가 알아 너의 집에 적막의 이치 깨쳐줄까
一聲鳴破六根人　종소리 한번 울려 육근(六根)에 매인 인간을
　　　　　　　　깨트린다.

영지추연

千歲神龜上不沈　천세의 신귀가 물 위에 뜨고 잠기지 않는 듯
相扶兩兩弄波心　서로서로 붙들고 물 가운데 희롱하네.
最憐獨愛濂溪老　가장 가련하게 사랑하는 이 염계노인
鏡月蒼蒼君子襟　거울같이 밝은 달이 군자의 가슴에 비친다.

고야화서

平鋪十里綠烟鄕　평평하게 십리에 뻗혀 푸른 안개 덮인 고을
粒粒成功反不忙　알알이 영근 곡식 바빴던 일 보상하네.
獨有康衢耕食足　홀로 밭 갈아 먹음이 풍족하니 태평한 거리
信知王道暖衣裳　진실로 왕도를 아니 의상이 따뜻하네.

● 해초(解樵) 이문희(李文熙)

(고종 26년 1889년 기축생, 본관 : 인천, 주소 : 대구시 동구 봉무동)

달성청람

天塹達邱特設園　하늘이 만든 달구에 동산도 특설하니
萬千風景此間存　천만가지 풍경이 이 가운데 있었네.
朝來紅日登城樹　아침 해는 붉게 성의 숲에 떠오르고
殘堞惟餘上世痕　이즈러진 성가퀴에는 오히려 옛날 흔적
　　　　　　　　남아있네.

남산춘색

南山霽後景無窮　남산에 날 개이니 풍경이 무궁한데
異草奇花處處同　이름 모를 풀에 신기한 꽃 곳곳에 널려있네.
不勝春懷回首望　춘흥을 이기지 못하여 머리 들어 바라보니
一身如在畵圖中　이 몸도 또한 화도 가운데 있는듯하구나.

금호어적

一葉片舟任所如　풀잎 같은 조각배 가는 데로 맡겨두고
隨波掛帆若憑虛　물결 따라 돛대 걸고 허공에 의지하네.
漁歌吹送斜陽晩　어부의 노랫가락 들리니 석양이 비치고
江上生涯樂有餘　강위에 사는 인생 여유롭고 즐겁네.

용산귀운

雲鎖臥龍嶺上關　구름이 와룡 영상을 가리었는데
西天落照半開顔　서쪽하늘 낙조에 반쯤은 그 얼굴 보인다.
蒼松絶峽無心出　푸른 소나무 깎은 듯 산협은 무심히 나타나니
盡日俳徊伴鶴閒　온 종일 서성이면서 학을 짝하여 한가하네.

신천제월

四山中闢一川淸　사산 한가운데를 열어 한 내가 맑은데
月照波心水氣生　밝은 날은 물 가운데 비치어 수기가 살아있네.
如此良宵誰與共　이 같이 좋은 밤에 누구와 같이 할고
姮娥暗送慇懃情　항아는 남몰래 은근한 정을 보내오네.

동사모종

禪家從古寂無塵　선가는 예로부터 적막하여 티끌 없는데
六丈金身淨且新　육장의 금신은 청정하고도 신선하다.
日暮鍾聲天外落　저녁나절 종소리 하늘 끝에 들려오니
覺醒浮世夢中人　인간세상의 몽중인을 각성하게 하는구나.

영지추연

秋水澄澄見髮沈　가을물 맑고 맑아 밑바닥이 보이고
滿池蓮朶掃塵心　못에 가득 연꽃송이 티끌 마음 쓸어낸다.
回頭一誦漁翁說　머리 돌려 염계옹의 시를 한번 외우니
淸遠餘香尙在襟　청원의 넉넉한 향기 지금도 가슴을 적신다.

고야화서

達城平野著南鄕　달성의 넓은 평야 남향에 이름나고
力食家家事倍忙　힘써 농사 지어 먹는 일 집집마다 배나 바쁘네.
荷鋤老農歸月下　호미 맨 늙은 농부 달을 지고 돌아가니
稻花香臭滿衣裳　도화의 향기가 의상에 가득하네.

• 지산(芝山) 백동환(白東煥)

(고종 26년 1889년 기축생, 본관 : 수원, 주소 : 대구시 서구 중리동)

달성청람

大都勝景首斯園　대구의 아름다운 풍경 첫째는 이 동산
萬像森羅萬氣存　삼라만상의 모든 기운이 여기에 보존되었네.
翠滴淸凉難測態　푸른 물방울 떨어지듯 청량한 모습 측량하기
　　　　　　　　어렵고
忽消彌滿異常痕　홀연히 소멸하고 가득 차는 것 그 자취 이상하다.

남산춘색

氤氳一氣正無窮　한 기운이 왕성함은 정히 무궁하여
化被羣生樂自同　그 조화 만물이 입어 즐거움은 다 같은 것.
非但南山如畫幅　다만 남산이 화폭과 같을 뿐만 아니라
滿城全景亦然中　성에 가득한 전경도 또한 그러하구나.

금호어적

三公不與此江如　삼공인들 이와 같은 강을 같이 하지 못할 것
一笛聲中萬念虛　한 피리소리에 만념이 흩어진다.
滿載漁舟風又月　고기 배에 바람과 달빛을 가득 실었는데
箇中淸景曲中餘　그 가운데 맑은 풍경이 노래 속에 넉넉하다.

용산귀운

龍山千古抱江關　용산은 천고토록 강줄기를 끌어안고
一任雲從掩護顏　구름을 가는 데로 맡겨두고 그 얼굴 엄호한다.
出峀無心容易時　뫼뿌리는 무심히 쫓아 나와 보는 것이 아주 쉽고
知時去雨自歸閑　때를 따라 비를 내리고 스스로 돌아가 한가하네.

신천제월

鏡水無風也自淸 거울같이 맑은 물결 바람 불지 않으니 저절로
　　　　　　　맑고
姮娥如笑霽天生 항아의 웃음 같은 맑은 하늘은 나타나네.
不嫌冷薄人間態 인간의 모양을 냉박하다 미워하지 않고
是是非非照愛情 옳으면 옳고 그르면 그르고 애정으로 비춰주네.

동사모종

法界元來淨不塵 법계는 원래부터 맑아 티끌 없는 것을
警心鐘打每催新 경계하는 마음으로 종을 치며 언제나 새로움을
　　　　　　　재촉하네.
聲聲遠落沙門外 소리는 멀리 들려 사문밖에 이르는데
夢覺迷津有幾人 미진의 꿈을 깨닫는 이 몇 사람이나 있었던가.

영지추연

浮動淸香不水沈 청향은 떠돌아 물속에 잠기지 않고
深臟七竅聖人心 칠규의 성인 마음속에 깊이 감추고 있네.
愛蓮曾讀濂翁說 일찍 애련이란　염계옹의 시를 읽었더니
今日方觀灑我襟 오늘에야 바야흐로 나의 가슴을 씻어 보겠네.

고야화서

豊登禾黍古農鄕 곡식이 풍년드니 옛날부터 농사 고을이고
務本家家日日忙 농사 힘쓰는 집집마다 날마다 바쁘네.
煙月康衢非別處 태평한 세상이란 별 다른 곳이 아니라
暮歸男讀女裁裳 밤에는 돌아와 남자는 글을 읽고 여자는 옷을
　　　　　　　만드는 것.

• 후송(後松) 최주집(崔柱緝)

(고종 26년 1889년 기축생, 본관 : 경주, 주소 : 달성군 화원면 대곡동)

달성청람

山似圍城樹似園　산은 성같이 둘러싸고 숲은 동산 같은데
依山依樹翠嵐存　산에 의지하고 숲에 의지하여 푸른 아지랑이
　　　　　　　　덮여있다.
氣生空裡形生氣　기운은 허공에서 생기고 또 형상은 기운에서
　　　　　　　　생겨나니
霞色雲心淡泊痕　노을 빛깔 구름 마음 담박한 자취이네.

남산춘색

化工著物理無窮　조물주가 만물을 지음에 그 이치 무궁하여
萬類分形一氣同　만류가 그 형상은 다르지만 그 氣는 같은 것.
復有桂叢春四序　다시 계수나무 숲 있어 봄은 사계절을 펴는데
幾人城市隱林中　성시의 숲속에는 몇 사람이나 숨어 살까.

금호어적

一湖琴笛古今如　한 호수에 금적소리는 古今에 같은 것
月影波光夜不虛　달그림자 물결에 빛나 밤조차 허랑하지 않구나.
吹送風便江破寂　바람편에 불어 보내니 강의 적막을 깨뜨리고
洋洋流水韻猶餘　넓고 넓은 유수에는 그 운치 넉넉하네.

용산귀운

無心無事駐山關　생각 없고 일도 없어 산관에 살았는데
變化交生五色顏　변화하고 교생하는 것 오색의 얼굴이네.
靑白由來分出處　청백의 유래는 출처따라 나누어지는 것

出如忙遽處如閒　나가면 바쁜 것 같으나 여기 처하여는 한가롭네.

신천제월

川雨方晴夜境淸　내에 내리던 비 방금 개이니 밤의 경치가 맑은데
銀河落落玉輪生　은하수가 떨어지니 달빛이 떠오르네.
願將如許光明色　원컨대 광명한 빛을 비추어 주어
分破昏衢慰世情　어두운 세상 깨뜨리고 세정을 위로하기 바라네.

동사모종

山間不上世間塵　산중에는 세간의 티끌 들어오지 못해
一落鍾聲萬想新　한번 종소리 울리는데 만상이 새롭구나.
晨夕羣生惺俗耳　아침저녁으로 중생들 세속의 귀를 깨우치게 하니
機心如喚夢中人　마음속 깊이 몽중의 사람을 부르는 것 같네.

영지추연

春芳不與共浮沈　봄꽃들과는 함께 부침하지 않는 것
晚節方知君子心　늘그막에야 군자의 마음인 줄 처음 알겠네.
欲採殘紅花恐損　남은 꽃을 따고저 하나 꽃 상할까 두렵고
香風吹動立披襟　향풍은 불어 서있는 나의 마음을 움직인다.

고야화서

農家八月似仙鄕　농가의 팔월은 선향과도 같은데
禾黍登秋怡捨忙　화서가 풍년드니 기뻐 바빴던 일도 잊었네.
論野評年粉古社　느릅나무 아래 고사에서 등풍을 이야기 하며
間談日夕集冠裳　저녁나절 의관을 갖추고 한담을 즐기네.

• 소송(小松) 최주성(崔柱晟)

(고종 26년 1889년 기축생, 본관 : 경주, 주소 : 대구시 중구 남성로)

달성청람

天作高城城作園	하늘은 높은 성을 짓고 성은 또한 동산을 만드니
依山嵐氣護城存	산에 의지한 아지랑이 온 성을 호위하네.
卻嫌混濁塵烟市	혼탁한 티끌 도시를 꺼려하여 버리고서
浮在蒼空淡泊痕	창공에 들떠있어 담박한 흔적만 남아있네.

남산춘색

春陽運化獵陰窮	봄의 기운 돌아오니 겨울은 다하여 가고
布德東皇及物同	동황이 덕을 펴니 만물에 미침은 모두 같다.
節彼南山先得氣	이 계절에 저 남산이 제일 먼저 기운 받아
羣生所樂太和中	많은 사람 즐기는 바 태화 가운데 있었구나.

금호어적

琴水洋洋舊韻如	금호강물 넓고 넓어 운치는 옛 같은데
晚風漁笛上汀虛	저녁바람 어부의 피리소리 물가에 흩어지네.
遊魚出廳鷩鷗夢	고기 때는 나와 듣고 꿈꾸는 갈매기 놀라나니
疎雨初收月白餘	가는 비 처음 그치니 달이 밝아 더욱 좋다.

용산귀운

臥龍靈氣駐山關	와룡산의 신령한 기운 산관에 머무니
衆散非常變態顔	무리지어 흩어짐이 일정하지 않아 모습이 바뀌네.
出自無心如有意	나타나는 것이 무심한데 뜻이 있는 것 같고
每從深處任清閒	매양 깊은 곳을 쫓아 맑고 한가하게 임하네.

신천제월

雨後溪川曲曲清　비 개인 내는 굽이굽이 맑은데
波精桂魄幷哉生　물결의 정미함과 달빛 밝아짐이 함께 생기네.
滿天風月誰爲主　천지에 가득한 풍월 그 누가 주인인가
樂在江州不世情　즐거움은 강주에 있어 세정은 아니었네.

동사모종

雲林深鎖隔風塵　구름과 숲이 깊이 가두어 풍진과 멀리 하였는데
晨夕鐘聲舊界新　아침저녁 종소리에 오래된 세상이 새로워진다.
默應羣山還自靜　모든 산도 가만히 듣고 도리어 고요한데
惺氣先動養心人　깨쳐주는 기운은 먼저 마음 닦는 사람을 움직인다.

영지추연

秋波淸淨淡香沈　가을 물결 청정하여 맑은 향기는 잠겨있어
晩節方和獨保心　늙그막에 홀로 마음 보전함을 이제야 알겠다.
萬世遺芳君子說　온 세상에 아름다운 향기 물려준 군자의 시를
行尋濟濟會靑襟　찾아가는 많은 사람 선비들이 모였네.

고야화서

農家無事似仙鄉　농가에 일 없으니 신선 고을 같은데
禾黍離離出自忙　곡식 익어 고개 숙임 바쁨에서 나온 것.
大野紛紛傾白日　넓은 들이 분주하여 해가 기우니
千村散入幾人裳　마을마다 많은 사람들이 집으로 들어가네.

• 금포(琴浦) 이춘우(李春雨)

(고종 26년 1889년 기축생, 본관 : 경주, 주소 : 대구시 동구 검사동)

달성청람

繞如屛嶂美如園　둘러쌓인 병풍산 같고 아름답긴 동산 같아

隱隱精華一氣存　은은한 광채는 일기로 존재한다.

東望南山相助景　동쪽을 바라보니 남산이 풍경을 서로 돕고

潛看物色去來痕　굽혀서 살펴보니 오고 간 자취 있구나.

남산춘색

煙霞三月興無窮　안개 낀 삼월달은 흥미가 무궁하니

萬態千光一見同　만 가지 자태 천 가지 빛깔이 한눈에 들어온다.

達城西北許多景　달성의 서북에는 허다한 풍경 있어

盡入南山春色中　남산의 춘색 가운데 모두가 들어있네.

금호어적

不絶淸音一縷如　맑은 거문고 소리 끊어지지가 않기는 한 줄의
　　　　　　　　실 끝 같아

江風吹曲入城虛　강바람은 불어 성의 빈 곳까지 들려오네.

緩步携樽斜日下　천천히 걸으면서 저녁나절 술병을 들고 가니

悠然興復遶醒餘　아득한 흥취 술이 깰 때 다시 일어나네.

용산귀운

山門無事晝常關　산중에 하는 일 없어 낮에도 언제나 닫혀있고

上有奇雲別別顔　위로는 기이한 구름 다양한 모습 떠다니네.

須更或作人間雨　혹은 갑자기 인간에게 비를 내리고

能使農民八月閒　농민으로 하여금 팔월을 한가하게도 하네.

신천제월

呑吐金蟾腹滿淸　　달을 머금었다 토하였다 하여 맑음이 배 속에 가득

時與閒鷗誓一生　　때로는 한가한 갈매기와 함께 일생을 맹세하네.

詩歌漁笛風流處　　시가와 어적의 풍류 있는 곳에

喚起江村寂寞情　　강촌의 적막한 정을 불러일으킨다.

동사모종

鐘聲隱隱到城塵　　종소리 은은하게 성안 속진에 들려오니

警入千家耳界新　　천가에 깨달음 들리어 듣는 바가 새롭구나.

聽者于時心爽活　　듣는 사람 이때에 마음이 상쾌하여

偸間작得靜中人　　잠간이라도 틈을 타 정중의 사람 되겠네.

영지추연

蓮花爭發午陰沈　　연화들 다투어 되는데 오음이 길고

秀立亭亭君子心　　우뚝 서서 꼿꼿함이 군자의 마음이다.

且看池頭秋月白　　연못가에 나아가 바라보니 가을 달 밝고

風流多處摠淸襟　　풍류 많은 곳에는 청금들이 모여든다.

고야화서

此野名高遠近鄕　　이들은 원근의 고을에서는 이름이 높아

吟風玩客日來忙　　풍월 읊고 완상하는 사람 날마다 바쁘게
　　　　　　　　　모여 온다.

油油黃熟斜陽裡　　누른 곡식 저녁나절 햇빛에 유유한데

摘去村娥數幅裳　　촌락의 아가씨들 수폭의 치마폭 안에 따서 가네.

• 우창(又蒼) 이경희(李景熙)

(고종 27년 1890년 경인생, 본관 : 인천, 주소 : 대구시 북구 무태동)

달성청람

平地孤城起一圍　평지에 외로운 성이 동산을 만들었네

翠嵐黴滴淡中存　푸른 아지랑이 작은 물방울 맑은 가운데 있구나.

溶溶不是雲霞氣　용용한 것이 운하의 기운이 아니던가

靄靄無非水土痕　애애한 것이 수토의 흔적이 아니던가.

남산춘색

竟日賞春眼力窮　온종일 봄을 감상하니 눈이 피로하고

東皇布德萬和同　봄이 덕을 펴니 만물의 화한 기운이 동일하네.

氤氳所及無寒谷　천지의 기운이 미치니 서늘한 골짝이가 없고

滿地靑紅畫圖中　세상이 푸른빛 붉은 꽃으로 그림 속에 있구나.

금호어적

江湖淡趣近何如　강호에 사는 맑은 취미 요즈음은 어떠한가

萬想塵愁付太虛　천만가지 속세의 근심을 허공에 부치네.

漁笛一聲琴韻動　어부의 피리소리 한가락에 거문고를 소리 울리니

至今流水古洲餘　지금도 옛날의 유수곡(流水曲) 들리는 듯하네.

용산귀운

從龍來護此山關　용이 쫓아와 이 산을 지키는 관문이 되어

被住居人已慣顔　주거하는 사람들에게 이미 익숙한 모양이
되었네.

聚散行藏非所役　구름이 모였다 흩어지고 나아가고 감추는 것
누가 시키는바 아니고

由於無事自然閒　일없음에 연유하여 저절로 한가하다.

신천제월

霽夜溪川倍廓淸　비 개인 밤 신천의 물이 배나 맑은데
波精應月魄初生　물결은 고요한데 초생달이 떠오르네.112)
開簾下拜停盃問　주렴을 걷고 나와 술잔을 멈추고 물어보니
騷客佳人各一情　소객과 가인113)의 정감 모두 한가지일세.

동사모종

沙門自來膈浮塵　사문은 예로부터 속세와는 떨어져 있었는데
鍾後心神意更新　종소리 들은 후에 생각이 다시 새로워지네.
多少浮生昏夜界　다소의 부생들이 어두운 세계에서 몽매한데
一時同驚夢中人　일시에 꿈속에 있는 사람들을 함께 깨우치겠네.

영지추연

春芳已謝小池沈　봄꽃 이미 떨어지고 작은 연못은 깊은데
君子花名不愧心　군자란 꽃 이름이 마음에 부끄럽지 않구나.
交錯香葩秋露重　꽃과 향기 서로 섞여 가을 이슬에 무거우니
採來何惜濕塵襟　따서 옴에 옷자락 적신들 무엇을 애석하리.

고야화서

四野平濶接江鄕　사방의 들판 평평하고 넓어 강가에 인접하니
禾黍經來幾月忙　곡식을 경작함에 몇 달이나 바빴는가.
歲物豊功田祖報　풍년들어 토지신에게 보답을 하고
賽朝全社潔衣裳　의상을 깨끗이 하여 농사신에게 제사 드리네.

---

112) 원문의 파정(波精)의 '정(精)' 자(字)는 '정(靜)' 자의 오자(誤字)로 보임.
113) 소객과 가인은 모두 시인을 말한 것임.

• 소파(小坡) 김종기(金鍾其)

(고종 27년 1890년 경인생, 본관 : 김해, 주소 : 대구시 서구 원대동)

달성청람

暖嘘蒼翠繞城園	봄바람에 푸른빛이 달성의 공원을 둘렀는데
近看如無遠卻存	가까이 바라보면 없는 듯 한데 멀리 보면 보이네.
苒苒寥寥還香香	점점 쓸쓸하고 고요한데 도리어 향기가 나니
非雲非霧是何痕	구름도 아닌 것이 안개도 아닌 것이 이 무슨 흔적인가.

남산춘색

南山佳景浩無窮	남산 아름다운 풍경 끝없이 넓은데
谷谷春遊日夜同	골골이 봄놀이 객 밤낮이 없구나.
安寺不知何處在	안일사114)가 어디에 있는지 알 수는 없으나
有時鍾落畫圖中	때때로 종소리가 그림 속에 들리네.

금호어적

琴湖風景近何如	금호강 풍경 요즈음에 어떠한가
秋水連天淨若虛	가을 물빛이 하늘에 이어져 깨끗하고 맑구나.
凉笛一聲生遠渚	처량한 피리소리 한가락 먼 물가에서 들리니
白鷗飛去夕陽餘	물새는 날아가고 석양빛이 비치네.

용산귀운

任空來往也無關	오고 가는 것을 무심히 허공에 맡겨두고

---

114) 안사(安寺)는 안일사(安逸寺)를 말함.

變態非常現是顔　변화무상하게 그 모습이 나타나네.
絶奇一片龍山頂　기이한 한조각 구름 와룡산 정상에 나타나
背日悠悠獨去閒　해를 등지고 아득히 홀로 가네.

신천제월

新川霽色不勝清　신천에 비 개이면 그 물 맑음 더할 수 없는데
況復葭洲秋月生　하물며 다시 모래톱 갈대 위로 가을 달이 생겨나네.
掃卻塵寰多少債　진세의 다소 생각일랑 쓸어버리고
此間聊寄老年情　이 사이에 애오라지 노년의 정을 붙여볼까.

동사모종

桐寺踈鍾逈出塵　동화사 종소리 때때로 멀리 속세에 들려오니
洞天如洗鐘中新　한 골짝은 씻은 듯 거울 같이 새롭구나.
遙知慈佛遺玄韻　멀리 자애로운 부처님이 현운(玄韻)을 보내오는데
唄過迷津覺幾人　범패소리는 미혹한 나루에 몇 사람이나 깨달았나.

영지추연

任他風浪鷺浮沈　백로는 저 풍랑에 떠있는데
取看芙蓉笑鏡心　부용을 바라보며 거울 속에서 웃고 있네.
高擧天然無俗態　본래 고상하여 속세의 모습이 없으니
千秋君子可論襟　천추의 군자들 금회(襟懷)115)를 논하네.

고야화서

古野秋成饒一鄕　고야에 가을드니 한 고을이 풍요로워
豊謠處處不知忙　곳곳에 풍년노래 분주함을 모르네.

---

115) 깨끗한 마음, 군자의 마음.

可怪隣家勤農叟　괴이하다 이웃집 부지런히 농사짓던 늙은이
收臟簑笠覓冠裳　도롱이와 삿갓 걷어 감추고 의관을 갖추네.

• 송오(松塢) 김성곤(金聲坤)

(건양 1년 1890년 경인생, 본관 : 김해, 주소 : 대구시 서구 원대동)

달성청람

古蹟名區已作園	옛날의 고적 이름난 곳에 공원을 여니
浮光淸景四時存	떠있는 빛 맑은 경치 사계절 존재하네.
煙霞濕氣全晴後	노을 속 습한 기운 모두 다 개인 후에
冷滴蒼苔自在痕	푸른 이끼에 찬물방울 떨어지니 저절로 흔적이 생기네.

남산춘색

年年春色景無窮	매년 오는 봄 경치가 무궁한데
化被群生各不同	뭇 생명에 미치는 것이 각기 다르네.
士女踏靑遊賞日	남녀가 답청116)하며 노닐고 감상하는 날
百花爛漫鳥聲中	백화가 만발하고 새소리 들리네.

금호어적

身興間鷗泛自如	몸을 일으키니 물새는 한가롭게 날아다니고
頃忘塵世事盈虛	잠깐 세상사의 영허117)를 잊었네.
數聲風笛歸來後	몇 가락의 피리소리 바람결에 들리고
明月蒼波一艐餘	달은 밝은데 푸른 물결 일으키며 노 저어오네.

용산귀운

無心出岫我無關	무심히 산봉우리에서 나타나

---

116) 음력 3월 3일 삼짇날 봄놀이 하는 것. 여기서는 봄놀이를 말함.
117) 부귀영화와 어려움. 성공과 실패 등.

消起時時改舊顔　사라졌다 생겨 때때로 모습을 바꾸네.
衆鳥紛忙飛去盡　뭇 새들은 분주하게 날아다니는데
碧天孤往獨淸閑　푸른 하늘을 한가롭게 외로이 떠다니네.

신천제월

淡淡波光一鏡淸　맑고 밝게 비치는 물결 거울같이 깨끗하니
秀明精彩自然生　밝고 정미로운 광채가 자연히 생겨나네.
萬愁鬱積難除夜　일만 가지 근심과 답답함 제거하기 어려웠는데
來照胸襟尉我情　흉금을 밝게 비추며 나의 정을 위로하네.

동사모종

搖落諸天遠俗塵　온 하늘에 종소리 울려 속세를 멀리하니
三千世界復生新　삼천세계가 다시 새롭게 생겨나네.
跏趺坐上觀心釋　가부좌한 곳에서 부처님의 마음을 볼 수 있으니
盡是聲中頓悟人　모두 다 이 종소리 듣고 진리를 돈오118)하세.

영지추연

蕭蕭秋雨日沈沈　쓸쓸한 가을비에 날로 잠기고
翠葉傾風藥吐心　푸른 잎이 바람에 뒤집히니 꽃술을 토해내네.
追憶昔年周氏愛　옛날 주렴계119) 연꽃 사랑함을 생각하며
於今玩賞灑胸襟　지금 완미하고 감상하니 흉금이 깨끗하네.

고야화서

禾黍油油富一鄕　곡식이 잘 되니 한 고을이 풍요롭고

---

118) 돈오(頓悟)는 불교에서 진리를 깨닫는 방법을 말함.
119) 주씨(周氏)는 북송(北宋)의 성리학자 주렴계(周濂溪: 이름은 敦頤)를 말함.
　　〈애련설(愛蓮說)〉을 지었음.

春耕秋穫每紛忙　봄에는 밭 갈고 가을에 수확하니 매양 분주하고
西疇事畢收鋤耒　서쪽 밭에 일을 마치고 호미와 쟁기를 거두어
帶月歸來露浥裳　초생달 보며 돌아오니 이슬에 옷이 젖네.120)

---

120) 도연명(陶淵明)의 <귀전원거(歸田園去)>라는 시에 "帶月荷鋤歸⋯夕露霑我衣"라는 구절이 있음.

대구팔경시집 발문

대구는 영남 제일의 웅도(雄都)이다. 산수는 아름답고 사람들이 많이 살고 물산은 풍부하다. 좋은 물건과 아름다운 경치를 그림으로 그리고 시로 읊을 만한 것이 많은데, 그 중에서 빼어난 경치 8곳을 선정하니 '달성의 맑은 남기(嵐氣)', '앞산의 봄 경치', '금호강 어부의 피리소리', '와룡산의 뜬구름', '신천의 밝은 달', '동화사의 저녁 종소리', '영선 못의 가을 연꽃', '고야 들판의 벼'가 이것이다. 그런데 서사가(徐四佳) 선생께서 <달성십경(達城拾景)>을 읊은 후 지금에 이르기까지 계승하여 읊은 사람이 없었다.

지난 기축년(1949년) 봄에 몇 몇 인사들이 협의하여 운자(韻字)를 내니 뜻이 있는 분들이 차례로 투고하여 백 수십 수(首)에 이르렀다. 내가 보내오는 대로 모아 편집을 하니 자연히 1권의 책이 되었다. 책머리에 먼저 춘호(春湖) 씨가 그린 <팔경도(八景圖)>를 붙이고 『대구팔경시집(大邱八景詩集)』이라고 이름하였다. 투고한 분들이 서로 논의하지 아니하였는데도 다들 말하기를 "감히 발행하여 세상에 전하고자 하는 것이 아니라, 다만 투고한 사람들 각자 1부씩 가지기를 원한다."라고 하였다. 비단 여러 지역의 좋은 구슬을 꿰어서 완미할 뿐만이 아니라 면식(面識)이 없는 사람도 혹 이로 인하여 서로 알게 되고, 정의(情誼) 또한 이로 인하여 사귈 수 있다면, 어찌 능히 후일에 왕희지(王羲之)의 난정고사(蘭亭古事)와 향산구로(香山九老)의 유적을 잇지 않으리오. 이에 이와 같은 뜻으로 이 책을 발행하게 되었다.

1951년(신묘) 수요월(蓁葽月: 4월) 하순

김해(金海) 김성곤(金聲坤) 발문(跋文)을 쓰다.

주석(註釋)

1. 왕희지(王羲之)의 난정고사(蘭亭古事): 난정(蘭亭)은 중국 진(晉)나라 때에 왕희지가 사안(謝安), 손작(孫綽) 등 41명과 연회를 베풀고 노닌 정자. 이때 지은 시를 모은 시집에 왕희지가 서문인 난정집서(蘭亭集序)를 지었음.
2. 향산구로(香山九老)의 유적 : 당나라 백거이(白居易)가 향산에서 아홉 노인과 더불어 시회(詩會)를 한 일. 모두 나이가 많고 덕이 있었음.

大邱八景詩集跋

大邱, 卽嶺南第一雄都也. 山明水麗, 居民稠密, 物産豊
富. 艶華之物, 佳麗之景, 可畵可詩者, 多而個中拔萃絶勝
之景有八, 達城之晴嵐也, 南山之春色也, 琴湖之漁笛也,
龍山之歸雲也, 新川之霽月也, 桐寺之暮鍾也, 靈池之秋
蓮也, 古野之禾黍, 是也. 故, 徐四佳先生, 詠達城拾景
後, 至今無繼詠者矣. 去己丑春, 某某諸氏, 協意(議)呼
韻, 有意諸士, 稍稍投稿, 多至百數十首. 余敢隨入收輯,
自然成集. 編首, 先附春湖八景圖, 名之曰, 大邱八景詩
集. 投稿諸士, 不謀而咸曰, 非敢欲公諸世發刊, 而但投稿
諸家各持一帙. 非但如散地明珠一貫, 可翫, 未面諸氏, 或
可因此相面, 情誼亦因此交結, 則安知後日不武蘭亭古事
香山遺蹟也. 遂因其意而刊行焉.

辛卯 蕤葍月 下浣 金海 金聲坤 跋

『대구팔경시집』을 번역하고

　이 책은 『대구팔경시집』을 국역한 것이다. 이 한시집(漢詩集)은 광복 4년 후 1949년(기축) 봄에 대구향교를 출입하던 유림들이 당시 대구지역의 명승지(名勝地) 8곳을 선정하여, 지역의 유림들에게 통문(通文)을 보내어 투고한 분들의 한시를 모은 것이다. 이 시집은 2년 후 1951년(신묘) 4월에 발행되었는데, 아마 1950년 6·25 이전까지 원고의 수합은 완료되었으나 전쟁으로 인하여 발행이 늦어진 듯하다.

　지난해 팔공산 문화포럼 홍종흠 회장께서 한적 고서인 『대구팔경시집』을 발굴하여 번역 출간할 것을 요청하였다. 시집을 살펴보니, 조선의 사직(社稷)이 종말을 고(告)한 후 일제강점기를 거치면서 새롭게 형성된 대구의 명승지 8곳을 선정하여 지은 시로 당시 대구의 지식인이 거의 망라되어 있었다.

　특히 나의 고조부 금우부군(琴愚府君 : 具然雨, 1843~1914)의 〈금우당학계(琴愚堂學契)〉에 등재되어 있는 경당(耕堂) 홍찬섭(洪贊燮), 귀산(龜山) 홍태섭(洪泰燮), 이헌(理軒) 양하갑(楊夏甲)의 시(詩)가 있었고, 금우당(琴愚堂)에 차운(次韻)을 한 취헌(翠軒) 이영호(李榮浩) 그리고 증조부 돈와부군(遯窩府

君 : 具泰書, 1864~1943)의 문인인 회산(晦山) 이현식(李賢植),
『돈와공 위문록(慰問錄)』에 보이는 서파(西坡) 하동만(河東萬),
호남(湖南) 하동달(河東達)의 시(詩)도 보였다.

시집은 모두 200쪽으로 한 면에 한 분의 팔경시(八景詩) 8
수, 모두 182명의 1,456수(首)의 시(詩)가 수록되어 있었다.
그래서 분량이 너무 많아 상·하로 나누어서 번역하기로 하였
다. 상하권은 각 100쪽으로 상권은 서문과 팔경도(八景圖), 그
리고 87명의 시 696수, 하권은 나머지 95명의 시 760수로 나
누었다. 발문은 상권에도 수록하였고, 편집 겸 발문을 한 김성
곤의 시는 하권에 있으나 상권 끝으로 옮겨 수록하였다.

이 시집은 연령순으로 편집되었는데 북구 무태(無怠)에 거주
하였던 가동(可東) 이해춘(李海春 : 1865~1950)이 85세(통문
을 보낸 1949년 기준)로 가장 나이가 많았고, 농은(農隱) 백
남석(白南錫)이 35세로 가장 적었다. 지역은 대구의 유림이 대
다수였고 성주, 고령, 칠곡의 유림도 있었다. 작자의 주소는
현재의 대구시를 기준으로 표기하였고, 말미에 부록으로 시
작자의 인적사항 일람표(상·하)를 첨부하였다.

수록된 시는 이 시집의 서문에서 서건수 선생이 지적한 바
와 같이 수작(秀作)이 별로 눈에 띄지는 아니하였다. 그래서
번역 역시 운율에 맞추기 보다는 의미에 더 치중하여 번역하
였다. 팔경(八景) 중에서 '달성청람(達城晴嵐)'의 청람은 직역
하면 '맑은 남기(嵐氣)'이다. '남기'는 해질녘에 보이는 푸르스
름한 기운을 말하는데 현대인이 이해하기 어려운 용어이므로
'아름다운 정경'으로 의역하였다. '용산귀운(龍山歸雲)'의 '귀운
(歸雲)'은 '떠가는 구름' 또는 '흘러가는 구름'의 모습을 형용

한 말인데 '뜬구름'으로, 신천제월(新川霽月)의 제월(霽月)은 비가 개인 후에 뜬 맑고 깨끗한 달을 의미하는데 '밝은 달'이라고 번역하였다.

이 책의 의의에 대하여는 홍종흠 회장님의 서문에 잘 나타나 있으므로 군말을 붙이지 아니한다. 이 책의 발행에 관심과 격려를 아끼지 않으신 팔공산 문화포럼의 조명희 회장님, 박규홍 교수님, 전영권 교수님, 홍원식 교수님, 김태락 고문님, 김종협 이사님, 달구벌 얼 찾는 모임 이정웅 회장님, 그리고 학이사 신중현 사장님께 감사드린다.

또한 바쁜 일정에도 이 시집의 번역을 함께 해 주신 3분의 번역자께 감사드리며, 번역자와 번역의 범위는 다음과 같다.

구본욱(具本旭) : 서문과 팔경도, 발문. 한시 이해춘에서
　　　　　　　　　　배원식, 말미의 김성곤 시.
최오현(崔午鉉) : 서건수에서 이상구.
전일주(田日周) : 최규환에서 서상기.
조　순(曺　錞) : 곽　방에서 김종기.

끝으로 이 책의 번역에 심혈을 기울였으나 오류와 미흡함이 있을 것으로 사료된다. 강호제현(江湖諸賢)의 깊은 이해와 질정(叱正)을 바란다.

2013년 12월　일
대구가톨릭대 역사교육과 산학협력교수
구 본 욱　근지(謹識)

대구팔경시집(상)에 수록된 시 작자 인적사항 일람표

	성 명	호(號)	생 년	본관	거주지
1	이 해 춘 (李海春)	가동(可東)	1865년(을축) 고종 2년	인천	무태동
2	여 욱 연 (呂郁淵)	경독헌 (耕讀軒)	1875년(을해) 고종 12	성주	비산동
3	김 경 환 (金璟煥)	부강(傅岡)	1875년(을해)	김녕	노곡동
4	김 용 욱 (金容旭)	호은(湖隱)	1876년(병자) 고종 13	김해	논공면 삼리동
5	윤 영 식 (尹永植)	소은(小隱)	1878년(무인) 고종 15	파평	비산동
6	김 교 유 (金敎有)	회산(晦山)	1878년(무인)	경주	비산동
7	이 종 희 (李宗熙)	청고(晴皐)	1878년(무인)	인천	무태동
8	김 태 화 (金泰化)	괴암(槐庵)	1878년(무인)	김해	중리동
9	정 언 기 (鄭彦淇)	초산(樵汕)	1878년(무인)	김해	중리동
10	손 진 곤 (孫鎭坤)	모운(慕雲)	1878년(무인)	일직	도동
11	배 원 식 (裵元植)	경은(耕隱)	1878년(무인)	달성	비산동
12	서 건 수 (徐健洙)	성암(性庵)	1879년(기묘) 고종 16	달성	비산동
13	최 광 윤 (催光潤)	춘전(春田)	1879년(기묘)	완산	달성동

14	구 선 회 (具善會)	묵호(默湖)	1879년(기묘)	능성	무태동
15	이 병 호 (李柄浩)	연당(然堂)	1879년(기묘)	인천	무태동
16	곽 수 곤 (郭壽坤)	동석(東石)	1879년(기묘)	현풍	입석동
17	김 봉 한 (金鳳漢)	삼호(三乎)	1879년(기묘)	안동	복현동
18	조 임 환 (曺任煥)	국사(菊史)	1879년(기묘)	창녕	구덕동
19	전 병 곤 (全柄坤)	눌산(訥山)	1880년(경진) 고종 17	옥천	만촌동
20	우 성 현 (禹成鉉)	동운(東雲)	1880년(경진)	단양	광리
21	오 치 목 (吳致穆)	우석(友石)	1880년(경진)	해주	남산동
22	서 도 수 (徐道洙)	달하(達下)	1880년(경진)	달성	평리동
23	김 재 영 (金在永)	계산(桂山)	1880년(경진)	김해	도원동
24	권 숙 우 (權肅羽)	학전(鶴田)	1881년(신사) 고종 18	안동	교동
25	윤 상 열 (尹相烈)	초산(樵山)	1881년(신사)	파평	원대동
26	김 순 호 (金淳鎬)	계은(溪隱)	1881년(신사)	김해	도원동
27	오 주 백 (吳周儂)	동농(東儂)	1881년(신사)	해주	천내동
28	손 상 헌 (孫相憲)	송재(松齋)	1881년(신사)	일직	황청동

29	최 종 벽 (崔鍾璧)	야창(野倉)	1882년(임오) 고종 19	경주	수창동
30	양 재 호 (楊在湖)	혜재(蕙齋)	1882년(임오)	중화	지산동
31	이 승 영 (李承永)	위사(渭簑)	1882년(임오)	연안	서문로
32	남 상 락 (南相洛)	후연(後淵)	1882년(임오)	영양	둔산동
33	백 찬 기 (白燦基)	월노(月蘆)	1882년(임오)	수원	노이동
34	장 락 상 (張洛相)	우초(友樵)	1882년(임오)	인동	인교동
35	이 균 희 (李勻熙)	해사(海史)	1882년(임오)	성산	성주군 대포동
36	이 상 구 (李相龜)	우전(又田)	1882년(임오)	성산	구덕동
37	최 규 환 (崔奎煥)	금와(錦窩)	1883년(계미) 고종 20	경주	봉무동
38	김 연 석 (金淵錫)	오정(梧亭)	1883년(계미)	김녕	태평로
39	이 석 흠 (李錫欽)	설롱(雪聾)	1883년(계미)	여주	원대동
40	이 승 수 (李承須)	가은(架隱)	1883년(계미)	벽진	금암
41	홍 찬 섭 (洪贊燮)	경당(耕堂)	1883년(계미)	남양	둔산동
42	이 종 률 (李鍾律)	송파(松坡)	1883년(계미)	경주	덕산동
43	곽 정 곤 (郭正坤)	무아(無我)	1884년(갑신) 고종 21	현풍	삼덕동

44	송 겸 달 (宋謙達)	묵산(默山)	1884년(갑신)	여산	평리동
45	신 승 균 (申升均)	문재(文齋)	1884년(갑신)	평산	내당동
46	김 기 병 (金其秉)	취당(翠堂)	1885년(을유) 고종 22	의성	서성로
47	김 여 곤 (金汝坤)	혜정(蕙汀)	1885년(을유)	김해	달성동
48	도 상 달 (都相達)	국산(菊山)	1885년(을유)	성주	인교동
49	이 영 호 (李榮浩)	취헌(翠軒)	1885년(을유)	성주	동변동
50	표 정 홍 (表正洪)	화강(花岡)	1885년(을유)	신창	성삼동
51	문 정 술 (文正述)	증재(甑齋)	1885년(을유)	남평	봉암동
52	도 상 호 (都相浩)	아산(峨山)	1885년(을유)	성주	비산동
53	남 상 진 (南相鎭)	우석(友石)	1885년(을유)	영양	방촌동
54	정 택 수 (鄭宅洙)	남해(南海)	1885년(을유)	진양	원대동
55	최 동 희 (崔東熙)	석강(石岡)	1886년(병술) 고종 23	경주	상리동
56	서 석 헌 (徐錫憲)	달산(達山)	1886년(병술)	달성	평리동
57	배 양 환 (裵良煥)	구당(龜堂)	1886년(병술)	성산	연화동
58	이 종 오 (李鍾五)	근와(謹窩)	1886년(병술)	경주	둔산동

59	배 기 환 (裵基煥)	지재(止齋)	1886년(병술)	성주	황천동
60	이 주 영 (李周榮)	소송(小松)	1886년(병술)	경주	노곡동
61	서 상 기 (徐祥基)	국포(菊圃)	1886년(병술)	달성	만촌동
62	곽 방 (郭 蚌)	우석(愚石)	1887년(정해) 고종 24	현풍	인교동
63	배 병 표 (裵炳杓)	서정(西汀)	1887년(정해)	달성	서변동
64	송 원 기 (宋源夔)	제산(霽汕)	1887년(정해)	여산	오평동
65	사 공 근 (司空瑾)	운지(雲芝)	1887년(정해)	군위	남산동
66	최 운 삼 (崔雲三)	운포(雲圃)	1887년(정해)	경주	중리동
67	석 일 균 (石一均)	만강(晚岡)	1887년(정해)	충주	기세동
68	이 종 식 (李鍾式)	여재(麗材)	1888년(무자) 고종 25	성주	월배면
69	류 재 호 (柳在昊)	수헌(垂軒)	1888년(무자)	문화	평리동
70	김 병 우 (金炳釪)	춘호(春湖)	1888년(무자)	김해	비산동
71	박 채 식 (朴埰植)	호정(湖亭)	1888년(무자)	구성	동성동
72	서 영 수 (徐永洙)	가남(架南)	1888년(무자)	달성	남산동
73	이 현 식 (李賢植)	회산(晦山)	1888년(무자)	하빈	구명동

74	이 장 환 (李章煥)	장산(章山)	1888년(무자)	인천	무태동
75	박 래 욱 (朴來旭)	시호(是湖)	1889년(기축) 고종 26	밀양	대신동
76	이 종 혁 (李鍾赫)	소화(小華)	1889년(기축)	경주	남산동
77	양 하 갑 (楊夏甲)	이헌(理軒)	1889년(기축)	중화	지산동
78	홍 태 섭 (洪泰爕)	귀산(龜山)	1889년(기축)	남양	둔산동
79	채 수 기 (蔡琇基)	구강(九岡)	1889년(기축)	인천	연경동
80	이 문 희 (李文熙)	해초(解樵)	1889년(기축)	인천	봉무동
81	백 동 환 (白東煥)	지산(芝山)	1889년(기축)	수원	중리동
82	최 주 집 (崔柱緝)	후송(後松)	1889년(기축)	경주	화원면 대곡동
83	최 주 성 (崔柱晟)	소송(小松)	1889년(기축)	경주	남성로
84	이 춘 우 (李春雨)	금포(琴浦)	1889년(기축)	경주	검사동
85	이 경 희 (李景熙)	우창(又蒼)	1890년(경인) 고종 27	인천	무태동
86	김 종 기 (金鍾基)	소파(小坡)	1890년(경인)	김해	원대동
126	김 성 곤 (金聲坤)	송오(松塢)	1896년(병신) 건양 1	김해	비산동

대구팔경시집(하) 수록 시 작자 인적사항

	성 명	호(號)	생 년	본관	거주지
87	이 영 석 (李英錫)	서산(曙山)	1890년(경인) 고종 27	성주	대신동
88	김 달 홍 (金達洪)	소암(小庵)	1890년(경인)	김해	옥포면 강림동
89	우 기 창 (禹基昌)	구은(九隱)	1890년(경인)	단양	동명면 구덕동
90	우 봉 상 (禹鳳相)	송강(松岡)	1890년(경인)	단양	옥포면 반송동
91	나 정 희 (羅貞熙)	관해(觀海)	1890년(경인)	안정	충남 대전시
92	신 탁 균 (申倬均)	소포(小圃)	1890년(경인)	평산	문화동
93	배 병 헌 (裵炳憲)	죽헌(竹軒)	1890년(경인)	성산	남산동
94	배 병 환 (裵炳寰)	청고(靑皐)	1890년(경인)	성산	남산동
95	이 태 래 (李泰來)	근당(勤堂)	1891년(신묘) 고종 28	인천	무태동
96	배 한 규 (裵漢奎)	지재(止齋)	1891년(신묘)	달성	비산동
97	박 인 환 (朴仁煥)	만송(晩松)	1891년(신묘)	무안	중리동
98	변 해 옥 (卞海玉)	석정(石亭)	1891년(신묘)	초계	시장북로
99	이 병 량 (李柄亮)	가은(稼隱)	1891년(신묘)	성주	동명면 송산동

100	이 흥 우 (李興雨)	일포(逸圃)	1891년(신묘)	경주	고령군 호촌동
101	백 류 진 (白琉鎭)	죽청(竹靑)	1891년(신묘)	수원	중리동
102	강 대 호 (姜大浩)	도은(桃隱)	1891년(신묘)	진주	상리동
103	박 주 동 (朴柱東)	서암(西庵)	1891년(신묘)	밀양	고령군 벌지동
104	이 종 숙 (李鍾淑)	송강(松岡)	1891년(신묘)	경주	덕산동
105	김 영 화 (金永華)	취헌(翠軒)	1891년(신묘)	김해	원대동
106	김 윤 호 (金潤浩)	야은(野隱)	1888년(무자) 고종 25	김해	중리동
107	권 승 열 (權承烈)	만성(晩醒)	1892년(임진) 고종 29	안동	달성동
108	이 진 후 (李璡厚)	석천(石泉)	1892년(임진)	벽진	동명면 금암동
109	은 희 도 (殷熙道)	태운(怠雲)	1892년(임진)	행주	중리동
110	하 동 만 (夏東萬)	서파(西坡)	1892년(임진)	달성	만촌동
111	석 만 균 (石萬均)	송재(松齋)	1892년(임진)	충주	옥포면 반송동
122	배 갑 동 (裵甲東)	소은(小隱)	1892년(임진)	성산	검사동
113	이 근 형 (李根烱)	용포(龍浦)	1893년(계사) 고종 30	경주	다사면 서재동
114	이 종 호 (李鍾浩)	지산(志山)	1893년(계사)	경주	당정동

115	배 병 현 (裵炳玄)	차송(次松)	1893년(계사)	달성	무태동
116	하 동 달 (夏東達)	호남(湖南)	1893년(계사)	달성	만촌동
117	최 운 환 (崔雲煥)	학산(學山)	1893년(계사)	경주	중리동
118	진 병 길 (陣丙吉)	금계(錦溪)	1893년(계사)	여양	상덕동
119	서 상 우 (徐相瑀)	우송(雨松)	1894년(갑오) 고종 31	달성	봉산동
120	박 영 희 (朴榮熙)	농암(農庵)	1894년(갑오)	밀양	내당동
121	최 운 칠 (崔雲七)	시은(市隱)	1895년(을미) 고종 32	경주	덕산동
122	백 동 주 (白東周)	학송(鶴松)	1895년(을미)	수원	중리동
123	한 재 하 (韓在夏)	달천(達川)	1895년(을미)	곡산	신천동
124	표 정 준 (表正準)	소강(小岡)	1895년(을미)	신창	내당동
125	이 종 연 (李鍾演)	만산(晩山)	1895년(을미)	경주	당정동
126	김 성 곤 (金聲坤)	송오(松塢)	1896년(병신) 건양 1	김해	비산동
127	유 근 도 (柳根道)	경은(耕隱)	1896년(병신)	문화	방촌동
128	김 경 래 (金炅來)	송강(松岡)	1896년(병신)	강릉	상리
129	김 정 근 (金正根)	해정(海亭)	1896년(병신)	김해	서문로

130	박 준 봉 (朴埈鳳)	일송(日松)	1896년(병신)	상산	서문로
131	윤 종 명 (尹鍾鳴)	창산(蒼山)	1896년(병신)	파평	월천동
132	조 용 언 (趙鏞彦)	우헌(愚軒)	1896년(병신)	함안	내당동
133	강 대 훈 (姜大勳)	금재(琴齋)	1896년(병신)	진주	덕산동
134	석 상 균 (石祥均)	수재(收齋)	1896년(병신)	충주	옥포면 기세동
135	신 인 철 (申仁澈)	옥담(玉潭)	1897년(정유) 광무 1	평산	계산동
136	문 동 호 (文東浩)	양헌(養軒)	1897년(정유)	남평	남산동
137	서 영 주 (徐永周)	성재(惺齋)	1897년(정유)	달성	불로동
138	이 장 우 (李章雨)	만청(晩靑)	1897년(정유)	경주	지저동
139	허 수 용 (許水龍)	연포(蓮浦)	1897년(정유)	김해	선원동
140	이 만 기 (李萬基)	지산(止山)	1897년(정유)	성산	비산동
141	조 현 휘 (趙顯輝)	금포(錦圃)	1897년(정유)	함안	원대동
142	정 재 종 (鄭在宗)	만오(晩悟)	1897년(정유)	동래	도덕동
143	김 윤 호 (金胤鎬)	항산(恒山)	1898년(무술) 광무 2	김해	불로동
144	홍 종 률 (洪鍾律)	성와(惺窩)	1898년(무술)	남양	방촌동

145	이 경 희 (李敬熙)	야헌(野軒)	1898년(무술)	인천	봉무동
146	배 태 환 (裵泰煥)	청암(淸庵)	1898년(무술)	성산	내당동
147	남 정 기 (南廷夔)	초구(椒邱)	1898년(무술)	의령	칠성동
148	허　　방 (許　枋)	춘재(春齋)	1899년(기해) 광무 3	김해	남산동
149	서 석 주 (徐錫冑)	만파(晩坡)	1899년(기해)	달성	만촌동
150	이 지 환 (李枝煥)	야은(野隱)	1900년(경자) 광무 4	인천	무태동
151	허 노 학 (許魯學)	겸산(謙山)	1900년(경자)	김해	선원동
152	이 재 간 (李在幹)	양은(兩隱)	1900년(경자)	경주	신당동
153	김 영 달 (金英達)	일봉(一峰)	1900년(경자)	경주	경산 덕천동
154	김 형 섭 (金瑩燮)	일창(一滄)	1901년(신축) 광무 5	옥천	시장북로
155	성 수 근 (成秀根)	만송(晩松)	1901년(신축)	창녕	덕산동
156	박 성 배 (朴性培)	남강(南岡)	1902년(임인) 광무 6	밀양	계산동
157	김 종 한 (金鍾漢)	석농(石儂)	1902년(임인)	김해	원대동
158	채 병 근 (蔡炳根)	동헌(東軒)	1902년(임인)	인천	방촌동
159	곽 영 학 (郭永鶴)	태정(台汀)	1902년(임인)	포산	부동

160	김 두 악 (金斗岳)	염운(念雲)	1903년(계묘) 광무 7	김해	서울시 종로
161	홍 순 문 (洪淳文)	죽헌(竹軒)	1903년(계묘)	남양	죽전동
162	서 석 우 (徐錫禹)	운포(芸圃)	1903년(계묘)	달성	만촌동
163	전 병 하 (全炳夏)	우봉(又峯)	1904년(갑진) 광무 8	정선	비산동
164	유 근 수 (柳根守)	춘강(春江)	1904년(갑진)	문화	방촌동
165	최 운 구 (崔雲九)	행은(杏隱)	1904년(갑진)	경주	중리동
166	우 종 태 (禹鍾台)	월재(月齋)	1904년(갑진)	단양	월촌동
167	김 덕 곤 (金悳坤)	치암(痴巖)	1905년(을사) 광무 9	김해	원대동
168	권 혁 기 (權赫琪)	춘포(春圃)	1905년(을사)	안동	옥포면 강림동
169	박 익 동 (朴翊東)	소재(韶齋)	1905년(을사)	순천	덕산동
170	우 하 정 (禹夏楨)	송강(松岡)	1905년(을사)	단양	광리동
171	서 도 수 (徐道洙)	도오(道吾)	1906년(병오) 광무 10	달성	방촌동
172	황 의 선 (黃義璇)	송암(松庵)	1906년(병오)	장수	비산동
173	김 희 환 (金熙煥)	진호(珍湖)	1906년(병오)	김녕	노곡동
174	김 진 호 (金鎮皓)	금농(琴農)	1907년(정미) 융희 1	의성	무태동

175	구 자 덕 (具滋德)	창강(菖岡)	1909년(기유) 융희 3	능성	무태동
176	배 진 규 (裵振奎)	송석(松石)	1910년(경술) 융희 4	달성	무태동
177	최 준 교 (崔俊敎)	만당(晚堂)	1910년(경술)	경주	중리
178	조 인 환 (趙仁煥)	성재(省齋)	1911년(신해)	함안	상리
179	나 채 연 (羅彩淵)	신암(愼庵)	1912년(임자)	수성	북성로
180	곽 영 원 (郭永遠)	수곡(壽谷)	1912년(임자)	포산	방촌동
181	류 능 열 (柳能烈)	금은(琴隱)	1912년(임자)	문화	방촌동
182	백 남 석 (白南錫)	농은(農隱)	1915년(을묘)	수원	장기동

大邱八景詩集

大邱八景　可東李海春

乙丑生 仁川人 居天邱市外 居無憂洞

達城晴嵐

繞山佳氣護林園
色相空空淡若存
不離清靜界鄰近
瀰浮世混塵痕留往

南山春色

南先陽復剝陰窮
一氣昷萬物同梅柳
早榮松桂晚春光
不盡四時中

琴湖漁笛

漁笛蕭條出日暮
淡淡江潮寂寂如
磯臺捲釣餘
牧笛虛數聲

龍山歸雲

一出無心兩有閒
歸山靜富如將青
白各分顏倚
辥生靄雲

新川霽月

塵雨新收夜氣清
水陸先得月
有溪天不世情
牽生靄雲復新大呂

桐寺暮鍾

洪雲鍾今寂寞
聲落寞乾將塵馱
餘韵聲時人
聽心神感復新大呂

靈池秋蓮

晚紅孤字碧玆沈
春名歛仰地尋芳
濟濟幾青樣
一鑑心君子

古野禾黍

古野由來擅穀
羣下偏侵黍來草
形人揖笠裳
豐成歲物頓
動心啄禽

耕讀軒呂郁淵　乙亥生　星州人　居飛山洞

達城晴嵐
散步相尋齊上圓晴嵐氣盡安存元來
經歷星霜幾吸盡塵間淡泊痕

南山春色
欲問青春春不窮登臨載酒與君同花筯
世界南山屹飛上高峯一中

琴湖漁笛
萬萬波波在取適漁歌幾曲餘
寒火終宵有趣味如御風遺響浩憑虛義磯

龍山歸雲
山扉無事盡常閑一點歸雲每襲顏影倒
虛靈來達眺有人淡處獨誘岐間吾生來時

新川霽月
莫照江南屹或恐青蓮棄爾情
月上新川淡復清流光活月初新隨風

祠寺暮鍾
坐讀鍾聲滌世塵岩雲方寂一人
抵暮鍾聲如來史我亦臨時僧一人

靈池秋蓮
相錯蓮莖水畔泥一秋天細兩攙花心棄想
衣裳開別界靈仙一帶卽仙

古野禾黍
古野廻回鎮此鄉想應耕種倍多必欲燦
滋味因停展禾黍芳香轉八裳

傳岡金璟煥　金寧人　居大邱市外　乙亥生　居魯谷洞

達城晴嵐
天回大陸是公園，風淸如此地名賢。
經歲經年萬代存，達士往遊痕月白生。

南山春色
東風三月景無窮，萬物伊誰力盡是。
柳絲花紅各不同，天翁變化中長生。

琴湖漁笛
湖水洋洋樂自如，漁笛楓林下。
銀鱗日有餘，王尺興無虛數聲。

龍山歸雲
天然屈曲化無關，此間藏遠飛騰他日大人間。
雲去雲來太平顏蟄伏。

新川霽月
無雲萬里夜光淸，步踏新川上王鈞。
覺氷輪少爲生從容，有情。

桐寺暮鍾
千年桐寺淨無塵，大悲多法度佛身。
卻異世間人，聽罷鍾聲日又新。

靈池秋蓮
始淸池水幾年池，江南兒女映天然。
特立實骨髓，七穀能通君子心莫唱。

古野禾黍
春耕秋獲滿吾鄉，油油無彼此。
萬民活動沸衰裳，古野務農事事必禾黍。

達城郡論工

湖隱金容旭　丙子生　居達城郡論工
金海人　面三狸洞

達城晴嵐
達城從古闕名圍
地氣蘶晴四節存
萬樹蕭森魚翠密
遺傳百世景明痕

南山春色
南山碨磧鎮無窮
春日登臨四望同
生態發揮人與物
自然和氣在其中

琴湖漁笛
空洲簑笠弄舂鹹
琴湖江水逝斯如
細雨漁笛歌不絕
虛垂釣作奇峯倡

龍山歸雲
龍山一脉抱江關
雲作奇峯倡舊顏
如綿何處去常時
敞合暫無間如火

新川霽月
新川兩霽月偏清
詩人吟弄處各從
其類盡其情萬戶
城中倍色生歌者

桐寺暮鍾
桐華寺刹淨無塵
林泉開別界此間
應有養眞人朝暮
鍾聲意恩新窒遷

靈池秋蓮
靈池秋節露泥泥
佳歲剪剪節伐如
何不惜濕衣裌萬
朵千苞總笑心採採

古野禾黍
古野長狹大鄉春
耕秋獲事忙忙鴇
鴇嗁出中天平狹
處處農家耔耡裳

小隱 尹永植 戊寅生 居大邱市飛山洞 坡平人居

達城晴嵐
天有達城城有圍　分明古蹟至今存
晴嵐每起煙霞後　朝暮山容見露痕

南山春色
長對南山眼不窮　至今春色昔年同紅花
綠草溪前從幾登　臨畫中照顧虛兩眺

琴湖漁笛
晴沙風笛後蘆花飛盡白鷗餘
琴湖全景問何如　江日遲遲晚露顏幾作

龍山歸雲
龍山名蹟滿鄉關一去浮雲更露顏幾作
青林朝暮雨無心出出使人間

新川霽月
萬里來幾夜千秋一輪明月水中生問爾
青天來幾夜千秋惟有故人情

桐寺暮鍾
一聲清撤世間塵暗覺間鍾佛界新幾警
千秋花鳥夢曉來寒聞讀書人

靈池秋蓮
秋蓮出水住浮沈不改平生七竅心花葉
青紅根實美清香暗襲釣翁傑

古野禾黍
秋聲瑟瑟起南鄉古野稻黃田事畔襁褓
寒梢相送罷歸來凉露泥衣裳

達城十景詩

晦山 金教有
戊寅生 慶州人 居大邱市 霜山洞

達城晴嵐
萬樹蒼蒼萬古圍
晴春朝暮每留痕
來霧清凉氣只是
浮光不礙痕來雲

南山春色
山無窮日春無窮
山與春光處處同
花開三月餝幾人
來往畵圖中

琴湖漁笛
水色天光鏡面如
鸞聞鳳傳響不撲
孤舟載月八清虛歸來
三公樂有餘

龍山歸雲
陰靈淡淡不相關
湧空飛靄慈非心
朝暮歸來舊顏象鳥
獨去間去自然間

新川霽月
遍面無塵慈非是假容是本情
滿面清光洗肯塵間漸入新默坐

桐寺暮鍾
一聲清聞夜惺惺間主幾
尋半明燭間主幾禪人

靈池秋蓮
紅粧翠盖蘦濾翁千載想宵葉
亭亭秋氣蘦不浮沈根幹中藏七竅心特立

古野禾黍
琴湖江上達西鄉五月田家人信似垂穗
油油秋正熟一樽相醉舞衣裳

晴皐李宗熙　戊寅生居大邱市外　仁川人居無怠洞

達城晴嵐
似烟來雨繞公園近視若無遠若存
靄靄霏霏明朗氣滿城林木總含痕

南山春色
花紅草綠散無窮一樣春心色不同
色形形皆自樂太和元理玩斯中

琴湖漁笛
弄笛漁舟故所如百端塵累一時虛
逸趣人誰識七里灘風抵此餘清音

龍山歸雲
宛作陶公景或似英雄愛國情
嶺上陶然一樣清

新川霽月
夜色川流一樣清
霽天和水月初生明光

桐寺暮鐘
博愛皆由是不二法門超世塵
編照無南北體鐘聲理意還新慈航

靈池秋蓮
大地花葉任浮沈今古人多愛爾心
行吟還有感靈均何故製衣裳澤畔

古野禾黍
歲熟平郊化穀鄉田家寶穡在紛紜村村
藥圃收藏後夫饋饁婦女織裳

槐庵金泰化 戊寅生 金海人 居 大邱市 里洞

達城晴嵐
景中樓郭畫中圓嵐氣騰空淑氣存無限
風光收自詠至今不改舊時痕

南山春色
陽春布德永無窮萬彙于林被化同畏老
无爲人愛惜三三作伴上山中

琴湖漁笛
江湖趣味問何如取適年來世念虛泛彼
中流歌一曲終宵互答興

龍山歸雲
鏘石起時致兩閑綿頃刻過山嶺無心
出發照融氣浮影護來隱逸間

新川霽月
氷輪轉出水精清當時寶復生天道
無私處處滿照臨下界洗塵情

桐寺暮鐘
凱意終貞曜存法誰能五戒人
佛界清聞達世塵鐘聲一落道心新元來

靈池秋蓮
蓮房鳳起粉紅泡十丈藕舾麗水心澤畔
秋淡開畫幅清香浮動襲人襟

古野禾黍
無邊古野挾江鄕灌水禾田事事忱勤務
於農爲上策早朝巡視露霑農

부록 283

樵汕鄭彦淇 戌寅生 居達城郡王蒲面江、林洞 東萊人

達城晴嵐
嵐氣層層綠樹圍
歌燕舞此中存由來
景物云佳麗
南國天晴月印痕

南山春色
陰陽一氣運無窮
物理生生化被同竹窓
幽戶總和氣斷續
禽聲滿院餘

琴湖漁笛
簑笠漁翁收釣如
江風弄笛泛中虛萬事
無心多逸興
黃昏歸路月陰餘

龍山歸雲
雲去雲來自縈關
東亭亭一蓋間
出岫徘徊散陰日
東風何夜夢天顔無心

新川霽月
兒女長溪浣八
詩人萬古情新光銀界生照明
一天如水夜陰清皎皎

桐寺暮鍾
諸天花雨不梁塵
日暮鍾聲遠聞新山形
依舊流風景猶有佛身覺世人

靈池秋蓮
生在靈地半卸泥秋風秋日動花心人稱
愛好賢君子芳藕朱華綠水襟

古野禾黍
油油禾黍滿疇稼穡隨時人倍似沃土
豐肥長茂盛籬之南剏其衣裳

慕雲孫鎮坤戊寅生居　達城郡東
一直人面道洞

達城晴嵐
天作達城一局圓
長松垂柳四邊散
散無痕中
妍柳帶春同醉客
孝詞客

南山春色
佳人來去地岩雲嶬嶬
妍柳帶春同醉客

琴湖漁笛
騷人舊友席百番和氣一般中
琴湖佳景問何如白鷺高飛示遠虛漁笛

龍山歸雲
江干來不絕清間歲月太平餘
卧龍山勢正白雲獨自去來間
巍峨關嶽徒然北走顏磋磋

新川霽月
高峯朝暮景全清智者方知妙理生況復
東山霽月夜波心來到別殿情

桐寺暮鍾
桐峯古刹境無塵極樂憁山人
樓前風俗舊如來一簍鍾聲暮景新半月

靈池秋蓮
靈池一體自清沈大葉如盤覆水心滿汀
誠莫爭多採時愛清香君子牒

古野禾黍
開川拓土是晨鄉日出田家事事似禾黍
連阡豐歲樂閭絨又復製衣裳

耕隱　裵元植　戌寅生　達城人　居大邱市　飛山洞

達城晴嵐
天借佳山作大圍，蒼嵐翠滴繞常存。
難撥雨非時露本痕，難畫登清氣風。

南山春色
滿山春色玩無窮，紫白青紅一氣同。
此是東君和養德，登臨日日醉醒中。

琴湖漁笛
十里湖光鏡面如，數聲漁笛落清虛。
個中閒趣誰堪識，烟月斜風興自餘。

龍山歸雲
龍岳蜿蜒似塞關，歸雲一帶覆山顏。
不知多小人間事，自起自消任自閒。

新川霽月
珍重王輪平分色，長伴乾坤萬古情。
一重王輪露後清，新川透月特新生昏衢。

桐寺·暮鍾
隱隱鍾聲遠塵，公山凈處法天新誰知。
仙境斯中在白眼，看他世累人。

靈池秋蓮
身出泥中不染，洸淺淀水獨開心勿論。
色且香尤愛，莫惜遊人折插襟。

古野未黍
菼菼古野点農鄉，雨露當時事倍必鋤舞。
壞歌相樂地，霜風秋月滿衣裳。

性庵徐健洙　己卯生　達城人　居大邱市飛山洞

達城晴嵐
落日蒼蒼萬樹圍　翻雲不與自靖存卻穢
清淡和濕靄雨來時不露痕

南山春色
相看不厭意無窮　山與春光藏歲同東燭
夜遊吟賞容枕壺長醉落花中

琴湖漁笛
一片孤蓬任自如　蕭蕭戒管餘
回處千波頭許與盟鷗細雨八江虛數聲

龍山歸雲
朝消暮起任無關　搜白爲青幾改顏萬點
隨風歸去後山容自在舊時間

新川霽月
正字迢迢鏡面清　銀輪一隻水中生虛明
洞澈無塵累遍眠靈臺露七情

桐寺暮鍾
日暮空山淨不塵　一聲清落萬機新紅袈
洞納跏趺釋幾作諸天頓悟人

靈池秋蓮
秋容淡泊露華濃　萬朵紅生七窗心一線
微風中夜起香輸明月八宵倈

古野利黍
茲茲大野水雲鄉　東作西成日倍怭黃穗
滿畦秋正熟家家相醉舞衣裳

春田崔光潤 己卯生 完山人 居大邱府達城洞

達城晴嵐

萬木葱籠一古園
青嵐淑氣四時存
如烟如霧靜還合
暮暮朝朝自翠痕

南山春色

春光裊裊化無窮
萬物生生一理同
不獨南山晴景美
乾坤盡在太和中

琴湖漁笛

蘆荻蒼蒼水練如
一聲漁笛轉清虛
忘機眠鷺翻驚夢
拳立烟波細雨餘

龍山歸雲

無心來去本無關
朶朶重重兜露顔
我欲長年相伴任
不求浮滅但求閒

新川霽月

霽景森羅四境清
碧天如水月初生
精光可愛那能寢
坐到中宵未盡情

桐寺暮鍾

撞罷空山刹刹塵
六根愁滯一時新
聽來頻忘迷津事
悟得禪家幾個人

靈池秋蓮

田田大葉任浮沈
萬朶蓮花半吐心
却有騷人題品坐
清香來處爽胷襟

古野禾黍

油油禾黍擅吾鄕
耕鑿生涯事倍忙
秋熟田翁收穗立
莖霜葉露墮衣裳

默湖具善會 　己卯生居大邱市外達城入居無怠洞

達城晴嵐
一片名區達句圍清光淑氣四時存如濃如薄邊無像莫不玄機造化痕

南山春色
雖巧詩手繪難窮白白紅紅描自平江接太虛也藏

琴湖漁笛
漁翁吹一笛遺音不絕餘曉嘵薗叢洞簫如歸客詠處處同散在

龍山歸雲
起望清晨觸石關魚鱗鳥翼遍山顏無常

新川霽月
散聚其誰識暮朝朝自得間

桐寺暮鐘
靜几迎新喜滌卻宵烟樹欲曉晚景新水月
一聲鳴處萬綠塵界聞來執不悟空人

靈池秋蓮
烟霞清淨界任風平動或浮泛外直中通七孔心續出
絲絲機上織令人可愛子青樣

古野禾黍
黃花黑黍有年穰入盡念前業務必爲此
春膠何所介壽親堂下綵衣裳

然堂李柄浩 己卯生 大邱市外 居無意洞 仁川人

達城晴嵐

融和凝結滴林園　着眷無形氣尚存
佳人爭玩賞千枝　萬葉菪留痕詞客老

南山春色

芳菲爛熳散無窮　春興遊人意思同
當年和氣潤此山　光景最鄉中意思同臨老

琴湖漁笛

弄笛垂竽樂自樂　聲曲曲出清虛此間
當年和氣潤水漁磯尚有餘

龍山歸雲

如峯如朶又如關　稱道四時間
浮來還自去古人　淡淡濛濛懶出顏任意

新川霽月

文章豪傑客心　神怳惚各論情
新川此夜倍泓清　霽後天空皓月生多少

桐寺暮鐘

佛界元來遠世塵　鐘聲落日意還新吾
聽君農家鼓自謂空門驚萬人

靈池秋蓮

靈沼廣潤水泓泓　八月芙蓉君子心玩賞
鍬徊還有感知應昔日老青襟

古野禾黍

此郊禾黍擅南鄉　歲熟年豐藜藿圓必秋獲
冬藏新釀酒手告其日整衣裳

東石郭壽坤　己卯生　玄風人　居　達城郡東村面立石洞

達城晴嵐
江南昨夜雨過圖淨洗塵烟一氣存落花
嗜鳥相尋地返照流霞己去痕

南山春色
陽谷陰崖己脫窮芳華物物畫圖同風和
日暖天機動間世亂餘南山春色中

琴湖漁笛
風微夜靜水眠如鴟夢半醒月碧虛城洋
細斷滄浪紬曲間世亂餘

龍山歸雲
卧龍山起兩獨自功成然後間
去作人間雨獨自功成然後間

新川霽月
一天光景鏡中清割斷城塵爽氣生借問
敲人何處去白嘹無事獨關情

桐寺暮鍾
僧枝清淨遠紅塵擊警千庵法意新如來
不死慈悲性日送餘音戒世人

靈池秋蓮
君子亭亭立與月同浮浩潔樣
靈池秋夜月難洮蓮葉盤盤滿水心何來

古野禾黍
禾黍連阡是樂鄉農家幾日事忪忪滿眼
黃河秋色裏稻花仙子振霞裳

達城晴嵐　南山春色　琴湖漁笛　龍山歸雲　新川霽月　桐寺暮鍾　靈池秋蓮　古野禾黍

三子金鳳漢 己卯生
大邱市 安東人 居 伏賢洞

達城晴嵐
天豐達城別置圖
遊人不絶四時存勝地
云云英傑地千秋古蹟免然痕

南山春色
南山光景活無窮
萬戶千門次第同
由來古今幾許詩人詠去餘
江月色舊時顏左右
基地名高處偉大英雄老此間有盈虛沙明

琴湖漁笛
水碧春和節
漂泊漁舟機所知
幾許詩人詠去餘

龍山歸雲
峯巒來助擁
雨黑龍山雲鎖關日晴
充露時靜而不動
一間開開

新川霽月
洗濁新川流水清
物我紛孥慾四海之間見弟情
仁性籽相生心無

桐寺暮鍾
寺門寂寂達城塵
易俗今知此修道爲僧問幾人
佛法工夫日日新移嵐

靈池秋蓮
慇懃防藥水儲沈分灌時期合一心觀賞
蓮花君子愛中通外直
滿香樣

古野禾黍
古野大邱殼粭鄕
荒荒多景致南前鹼婦喬襄裳
時當農節各入此禾黍

古野禾黍	靈池秋蓮	桐寺暮鐘	新川霽月	龍山歸雲	琴湖漁笛	南山春色	達城晴嵐	菊史 曺任煥
								乙卯生 居漆谷耶東明面九德洞
野色憑高望稻穗	圓葉田田半水沈	拖紅聲更遠靑山影裡	新川月色倍新淸	龍山洞口白雲關	漁翁閒趣間何如	南山春到景無窮	公山南畔好公圍天作名	別有存回首
耕無水旱特玆鄕	長歌秋月夕金颺	返樵人遇味新夕照	濯錦砆聲徹夜生影到	淡泊溶溶幾態顏無心	弄笛斜風餘	萬絲千紅各不同	中峰奇絕處蒼凉淑氣兩餘痕	生生
五穀登穰話倍怅連天	玉露細沾襟	兩三鍾落絕烟塵惹起高僧	中天無限景人人浸樂總關情	出岫綠何事散聚風頭瞽未間	江聲還寂寞山罌水哑細樓餘泛㞢虛十里	物理開新面可識乾坤造化中		
蒿花錦一簑	瀜翁去俊小知心採抹							

訥山全柄坤 庚辰生居 晩村洞 沃川人 大邱市

達城晴嵐
城圍特地幷林圍晴際嵐如畫裏存又是
朝雲藏彼勢古蹟傳來的歷餘痕

南山春色
岡巒藏彼勢無窮物物皆春色異同即見
悠然推識得叡螽一理在其中

琴湖漁笛
一帶潮流碧鍊如漁人弄笛倚舟虛俄而
聲斷收竿去釣得銀鱗幾尺餘

龍山歸雲
心興澤泥本不關出歸龍岦近天顏頂更
洽作人間兩豈使其功視視等間

新川霽月
逝者川斯也自清一圓其月霽先生幾時
來約憑欄問永在靑天不盡情

桐寺暮鐘
法界日沈隔俗塵鐘聲忽動耳聽新未知
邢處空空裡悟通精神幾上人

靈池秋蓮
靈以名池水滿泚秋蓮濯出吐花心爐翁
沒說層層欽贊尚有餘香襲我樣

古野禾黍
此野瑞宜調毅鄉農功稜得不空必人歌
擧壤昇平日禾黍盈倉補衰裳

東雲禹成鉉 庚辰生 達城郡公
母陽人 居山面廣里

達城晴嵐
山如空澤樹成圍　曉氣濃澄近午存
翠漲飛流惟潤物　全無細沫濕生痕

南山春色
東風潤物物無窮　南山如玉立百花
遍挿太和中西圍　一色同最是

琴湖漁笛
弄笛因風送後暄　清琴八潮中靜自如
漁舟一葉獨漉虛收竿　清月又餘

龍山歸雲
雲是神龍造化關　何人掃地露山顏不成
雷雨無心去只在　岩間管者間

新川霽月
活川雨後塵圍須似好明情　一年多此夜
雷雨後中月共生迎得　波中月共生迎得

桐寺暮鍾
寺在山中遠俗塵　一聲清淨暮來新靜
夏聽生仙味知是雲間　一聲清淨暮來新靜

靈池秋蓮
池臺瀁老貌清香　一襲滌煩襟
不爭春草故長洲　秋來君子心愛闋

古野禾黍
大野平平接列鄉禾初熟暫休心中通
農路雙邊儞八月行人揔捲裳

友石吳致穆〔海州人居南山洞〕

達城晴嵐
南州淑氣華西圍
別有晴嵐步障存
去國登臨客不惜
衣巾半帶痕遠鄉

南山春色
誰憐南阮素貧寠
繁華爭爛漫香飄
十里艷陽中富貴
同桃李落汀渚何處

琴湖漁笛
一葦扁舟任所如
曲終人不見磯驚鷺
數聲漁笛落汀渚
何處月空餘

龍山歸雲
雲從龍後本相關
變態非常觸石顏
油然優作甘霖雨
出似無心豈等閒

新川霽月
金沒不動玉輪清
宛轉觀音幻世生
千里轉觀音幻
世生千里

桐寺暮鍾
桐華月上淨香塵
一落鐘聲世界新
羣邪皆舜跡
鳴來不語是何入百鬼

靈池秋蓮
亭亭柄柄碧沈沈
七竅洞見聖心千歲
靈龜長喘息有時
噓氣爽衣襟

古野禾黍
吾壇爾圍足豐鄉
百穀穰穰秋穫低青秧
随右童牛後饁婦
生短布裳

達下徐道洙　達城人　居　坪里洞　庚辰生　大邱市

達城晴嵐
晚晴嵐氣貯名圍　淡淡依依隱映存多少

南山春色
遊人晴雨後幾貪　眞像點微痕
滿山春色洽無窮　萬緣千紅歲同解情

琴湖漁笛
蒼波時弄一竿知漁趣自豐饒
江湖遊蹟古今如　坐鎭平沙漠漠虛垂釣

龍山歸雲
雲護臥龍數擁關緣歸忽出如山顏古岳
精神雁此物尋常來去致清間

新川霽月
新川霽月倍澄清夜色蒼蒼鏡面生遍照
長流聲裡滿蹣跚遊倦解縕情

桐寺暮鍾
桐峯淡解索無塵況又喧鍾別有新薄暮
諸天聲達到一時齊兼生人

靈池秋蓮
道生池水老根泥靜省來太古心葉底
抽花花底藥天然態度洗朗樣

古野禾黍
以耕爲業是巖鄉朝出暮歸日月心禾黍
滿坪歌大有家家成廩足衣裳

古野禾黍	靈池秋蓮	桐寺暮鐘	新川霽月	龍山歸雲	琴湖漁笛	南山春色	達城晴嵐	桂山金在永 庚辰生 大邱府人 居桃源洞
油油秋色滿州鄉	芳朶滿池態晩吐清香	淨落鐘聲御世塵遠	水舍編寥寥夜色清	來獨山浚處暮八寒	蘆花透瑟淡秋如清	浦山光景轉無窮淺	嵐出平臨自作團蒸	
饒田歌藥歲歸家	爛飾西施態晩吐清香	煙火寒山寺淺到客	天地鐘聲御世塵遠	出岫無心世不關漫	停空眠鷺起知應變	暗透山容淨綠樹繞	成翠氣清存朝陽	
帶月露添裳	襲客襟	艇夜半人	聞雲外洗心新依佈	成八寒江任自間	興餘釣叟蒼黛絶塵	佈痕不同猶有		
收獲猶多九月必饁婦	一根七竅比干心瓊姿		朗明新影其情一輪生昏衢	破使俗精无朗明新影	顏浮踪	喜眸蜂舞蝶花名	轉無窮淺綠淺紅各不同	

達城十景詩 − 鶴田 權翮羽（安東人，居大邱市校洞，辛巳生）

達城晴嵐
南州首府有名園
物換星移獨爾存
雨洗晨窓

南山春色
塵埃添夏好
朝霞夕霧去無痕
大地春光散不窮
陰谷一時同

琴湖漁笛
捲箔悠然見
白鷺青紅八望中
一時同晨窓

龍山歸雲
朝聚龍山勢作
閣溶溶淡淡
晨靄來何處
遠客愁腸寸斷餘

新川霽月
虹消日下碧山清
野樹汀花
欲貿雨因風起
出無心去去間

桐寺暮鍾
桐寺古寺淨無塵
夕氣蒼蒼
雞頭聲遠落前江
誰是渡艇入

靈池秋蓮
藕葉奔抽泛不沈
世眼無多愛千古
紅圓綠映池心
滔滔

古野禾黍
平連大野關農鄉
耕稼曾經五月
登秋同樂夫攜
百穀

達城晴嵐

南州名勝達城圍　縹緲晴嵐繞　齊後露浮痕

南山春色

春到南山景不窮　紅花綠草一情同佳人

琴湖漁笛

芝彼中流任所如　漁翁獨　飛散碧空虛琴湖

龍山歸雲

爲愛龍山每護關　朝雲暮雨爽相顏欲知

新川霽月

紛紛貪利子不知中夜好風情詩人興自生璀璨

桐寺暮鍾

一落鐘聲尨市塵始知蘭若佛心新纖纖

靈池秋蓮

清香浮動水泚泊紅　幾留幽賞客漁翁遺趣襲人襟獨守心秋夜

古野禾黍

古野元來是穀鄉嘉禾肥泰又時心欲知
稼穡艱難事須彼南疇見婦裳

溪隱金淳鎬　辛巳生　金海人　居大邱市桃源洞　育存晴朝

達城晴嵐
坐對山蒸氣　非霧非烟翠滴痕　同形形

南山春色
紅白青黃畫未窮　是東皇布德中　同形形

琴湖漁笛
琴湖湖上莞何如　吹笛漁舟日不虛　一曲中餘

龍山歸雲
出岫無心懶任意　浮遊剌自間　之北能聚散

新川霽月
霽天明月倍全清　影八新川鏡面生　此夜謙酒寫真情

桐寺暮鍾
詩人性不孅　同僧坐曳瑧聲　每驚人夜新頹從

靈池秋蓮
一塹出水一根　淸泉亭滿澤心禪嬋　度春客如對佳人共執

古野禾黍
元來古野勝地鄉　耕鑿田家事自此未泰　油油成熟日蒼生腹緩衣裳

東儇吳周伯　魯氏生　海州人居面川內洞　達城郡花園面川內洞

達城晴嵐

天開達府天名園
危樓千萬外新林
古樹帶嵐痕
極日晴光幾處存畫閣
四望同淺綠

南山春色

郭南山勢本無窮
潑紅峯上下人聲半
魚鞭島聲中
夜月幾盈虛右巔

琴湖漁笛

紅蓼空洲上
湖水連天一色如
漁村歸宿驚朝
釣絲變同龍時日
想侯顏暮朝

龍山歸雲

變態人誰識不關
往跡來痕猶有
雲峯去等閒
朝日龍時日想侯
顏暮朝

新川霽月

山岳無雲王字清
霽月同人意何惠
當時變世情
萬邦曙色一輪生若令

桐寺暮鐘

桐華千載小無處
聲空烟雨暗寒鍾
警起上方人
一抹公山倍色新禽鳥

靈池秋蓮

王露垂垂月色池
古蹟誰能識葉葉
清香襲我襟
蓮花不語解人心靈仙

古野禾黍

天低野曠把江鄉
西風秋正熟田村
饁婦共襄裳
古蹟稼穡家家逐日禾黍

松齋孫相憲 辛巳生 居大邱市 一直人 黃青洞

達城晴嵐
吾鄉昏黲此庭圍　事去時移蹟自存　晴嵐朝暮理至今　猶有太初痕

南山春色
瑤卉奇花不盡藏　形形相同又色相同如何　一樣中呈顏時時

琴湖漁笛
靜夜波光山㗻出　數聲漁笛泛空虛金門　物外番音復餘

龍山歸雲
朝暮無心尙依舊　悠悠自在閒　去作人間雨

新川霽月
兩斷橋頭桂影清　溪村歷歷曙光輝娟　偏向懷中照　除是無情却有情

桐寺暮鐘
招提遠隔世間塵　鐘落雲端夕景新也識　山前芳草夜無人見

靈池秋蓮
露冷無人見噓送清香襲我襟　數畝方塘夜洗亭亭君子立波心月明

古野禾黍
一色油油遍水鄉　栽培耕耨日奔汃衰章　今世無前制粉未終誰繡袞裳

野偖崔鍾璧　壬午生　慶州人　尾大卿市壽昌洞

達城晴嵐
非雨非煙漲一團　看林無力假形存　浮雲

南山春色
化物天公智力窮　浦山紅綵一時同形　形

琴潮漁笛
浪花筬靐畫圖扣一畜初烏水面盧日落

龍山歸雲
濃雲氣似重關不辭龍山舊日顏　興雨

新川霽月
霽月初升萬像清　兩三漁火隔林生長空　時時能潤物有形無跡去來間

桐寺暮鍾
古寺鍾唥淨玉塵秖林菁翠　佛門新香衢　蜿蜒無私照僾倒喜桓城不世情

靈地秋蓮
雨初收水面沱高稿萬柄存潭心周翁　大地慈長夜何不聲聲警俗入

古野禾黍
十里郊擺稑鄉家家不作甿間秋高芊　去後無入愛獨有餘香襲我襟

慧齋楊在湖中和人居大邱市池山洞壬午生

達城晴嵐	南山春色	琴湖漁笛	龍山歸雲	新川霽月	桐寺暮鍾	靈地秋蓮	古野禾黍

達城晴嵐
小山環四一名園　遠裏噓嵐爽尚存
咫尺其氣未辭痕

南山春色
陽是隨生陰漸閒藏還爲發揚同鵠然
和暖氤氳氣盡在乾坤造化中

琴湖漁笛
歸去斜陽晚一片漁舟笛聲餘
碧水連天鏡面如白鷗飛下兩梁虛遊入

龍山歸雲
怱起催雲雨驕彼狂風未戒間
出君無心歟不關時時來去續山顔臥龍

新川霽月
塵埃洗盡夜偏清響後東天皓月生誰識
箇中盈虛理入銓善惡各殊清

桐寺暮鍾
落日時將晚如低江橋遠渡人
古寺幽淡不世塵鍾聲一落碧山新西天

靈地秋蓮
萍葉鯉浮柳縷泠秋蓮獨立淡如心仁入
愛物君和否富貴還善與此藕

古野禾黍
西風凉入幕收來早熟換衣裳
有名古野達城鄉二月農家種此忙秋入

渭簑李承永　壬午生　安人　居西門市路　大邱市

達城晴嵐
晴嵐溜滴苑林圍眼界澄虛無吾存窗裡

南山春色
珎瓏靈異氣卻疑龍子弄珠痕
尋常招隱操叢桂樹逈凡中
南山居士豈終歲春色千秋無異同不是

琴湖漁笛
晚風漁笛韻何如鏡裡澄江映太虛縹緲
淵魚無限意天機動活自由餘

龍山歸雲
雲陣飛揚造化關閑臥龍珎重好容顏何時
復得治安手風雨東兮不暫間

新川霽月
極目新川淨太清千秋霽月爲誰生漁翁
但識茶首興才子徒勞詩酒情

桐寺暮鍾
天畔鍾聲逈俗塵桐華十里客愁新爾來
病脚無仙分不見經燈導法人

靈池秋蓮
漁翁偏獨愛眞珠香露灑靈祺
秋蓮柄柄紫煙池上間吟拍我心千載

古野禾黍
坡瓏知濤盡水鄕鋤頸事業幾紛忙黍禾
己熟田功歇八月仙遊動霓裳

後淵南相洛　壬午生　居　達城郡東村　英陽人　面屯山洞

達城晴嵐
百丈煙霞數幅圍　一天爽氣古今存夜靜
人間松子落鶴鳴曉月杳無痕

南山春色
悠然見處景無窮萬態風光八眼中
甘棠花影重餘香嬲送笛聲中

琴湖漁笛
佳娥先得耳搖頭起舞一聲餘
十里琴湖得耳搖頭起舞風引八北城虛蕩子

龍山歸雲
臥龍山膔大如關產出奇形各色顏一紫
一青歸向化慶雲淡處處各色顏一紫

新川霽月
隱雨鳴鳴欲夢任他江上自然情
時鳴鳴益清一天精氣盡收生澗鳥

桐寺暮鐘
聲落蒼山耳著塵千家禪境一時新琴江
又送斜陽笛極樂乾坤隱道人

靈池秋蓮
春花爭富貴獨孚霜天皎潔秋水心不與
誰知君子泥中濯秋月精神秋水心不與

古野禾黍
名產明畦盡此鄉野遂草辰日來泚油油
溪處桑麻文爲織蒼生萬幅裳

達城晴嵐

達城千古有公園　遺後傳言
朝煙消霽際　清光淡泊似無痕

南山春色

名花啼鳥賞春容　盡在東風造化中
士女同長歌

琴湖漁笛

明月清江上　聲溶如間翁
獨坐小舟虛身遊　顔斷爾

龍山歸雲

無心出沒復斷佇彼斷連　萬事間
腰顔斷爾

新川霽月

東畔稀星宿照入霄中　使性情
是月生明來　收雨散

桐寺暮鐘

罷衾聲聲脫塵世　隨時聽意
新新餘音

靈池秋蓮

亭亭獨立不浮　仙人封作酒
七穀之中有直心爲壽

古野禾黍

是野名稱達近鄉　田翁飄鶴髮
攜筐籚掃捲羈裳　摠人必帶月

達城晴嵐　南山春色　琴湖漁笛　龍山歸雲　新川霽月　桐寺暮鐘　靈池秋蓮　古野禾黍

友樵張洛相　仁同人
壬午生
居大邱府
仁橋洞

達城晴嵐
南州一帶擅名園
磧礴孤城上世存
雨後乾坤萬事虛
若使

南山春色
清光難盡得求來
震菲霧暫雷痕
化翁元氣不此爐
雪白紅紅一樣同君使

琴湖漁笛
太和元氣不此爐
江干寂寞世
費歌當此聲如
搖落國恨無餘

龍山歸雲
日夜無心任意關
莫近陽臺夢神女
行裝一半間
明朗川光接太清
掩山顏歸時

新川霽月
明朗川光接太清
餘魄還來否一點無瑕
乾坤靜寂畫圖
生瀘溪

桐寺暮鐘
搖落沙門遠世塵
百載聲常振
想是其工造化人
僧合掌誦經新數千

靈池秋蓮
愛惜其容質
堂識亭亭楚國臣
瀲濫池中通外直
可製裸丈夫心象人

古野禾黍
十里平原作一鄉
芃芃禾黍使人忙
從役誰收穫
日夜難聞動羽裳
使人忙家家

達城晴嵐　南山春色　琴湖漁笛　龍山歸雲　新川霽月　桐寺暮鍾　靈池秋蓮　古野禾黍

海史李勾熙　壬午生　星山人居
星州郡月恒　面大浦洞

達城晴嵐
一城圍立自成圍　非霧非烟遠裡存天際
浮凉蒼洇晚山斜日氣蒸痕

南山春色
山不陵夷春不窮　年年閏物古今同千紅
萬翠分色盡是東皇造化中

琴湖漁笛
平湖水活鏡光如　寥亮何聲新太虛想像
苔磯垂釣老漁風一賦餘吹

龍山歸雲
一世炎凉摠不關隨風捲舒暮山顏油然
作下知時雨歸宿龍巒幾日間

新川霽月
霽後新川夜色清東山輪月少馬生徘徊
斗牛中間宿不思婦征人一般情

桐寺暮鍾
遙憐湖瀼世黃昏鳴送警人人
鍾聲忽地新靈佛
乾坤如宿不飛塵隱隱

靈池秋蓮
當時同解語添妃子灩紅襟
秋菜百穀大登鄉辛苦同經五月
遶池上下天光底水心尊可

古野禾黍
交居依依將吉熟秋成他日搜衣裳

又田李相龜　壬午生居漆谷郡東明　星山人面九德洞

達城晴嵐

崍靄新新色朝日射明忽莫痕
萬戶生光特此圍巋然北角曾俯羣存非烟

南山春色

南山一麓散無窮屋層曾碧嶂同街兒
惣笛東西路萬紫千紅暖日中

琴湖漁笛

琴湖知何處散落風聲聽有餘
弄笛斜日錦紋如漁子間鳴有若虛煙波

龍山歸雲

歸去龍山朶朶泛彼長空晝夜間
爲愛龍山不掩開羣峯浮碧靄巓顏歸來

新川霽月

月在新川橋上清宵光卷起
南飛星宿氣小隨時吟容一般情遊生烏鵲

桐寺暮鍾

諸下山光暮只有鐘聲不見人
爭天寂寂絕點塵斷聲殘林面新達樵

靈池秋蓮

峨嵋山色映池沼彼紅絲似聯襟萬朶心蕗照
偏多奇絕處泛

古野禾黍

觀此無非稱毅鄉登豐禾黍冷衣裳
平齊秋氣動晚天農笠在勤惰黃穗

錦窩崔奎煥〔癸未生〕
慶州人居
達城郡東村
面鳳舞洞

達城晴嵐

扶桑曙色上卯圍
始覺心骨爽氣祛
默坐無私

南山春色

普及羣生藥安得
歸之肺腑中
春到年年示不窮
氤氳天地一時同無私

琴湖漁笛

出聽應知曲
許借西岩藥有餘
笛末江天夏
魚龍

龍山歸雲

飛騰上天日
擬從其後至今聞
臥龍山有卧龍閣
朝暮歸雲鎖本顏畢竟

新川霽月

滿川新月盡心清
霧釋雲消自態生做去
工夫如此可誰能
料得時時意

桐寺暮鐘

暮鐘聲落水淨
無塵想遙起鉤魚入
般歸寒夜猩猩喚
起鉤魚入夏新載月

靈池秋蓮

稠疊蕖花浮且泛
為汝蘯池濯我襟
君子超塵衆
愛蓮心譬如

古野禾黍

雛雛彼泰是南鄉
不棄農時應倍怅有事
西疇其婦饁知賓
相對整衣裳

達城晴嵐　南山春色　琴湖漁笛　龍山歸雲　新川霽月　桐寺暮鐘　靈池秋蓮　古野禾黍

梧亭金淵錫　金寧人　居太平路　癸未生　太卸市

達城晴嵐
如烟和霧滿城圍　光影最宜雨後存從古
人稱名勝地千秋　不變古來痕

南山春色
春到年年春華色　不窮吉人名
李白繁華散八媚山淡霧中　與時同桃紅

琴湖漁笛
聲聲歸浪且晚漁湖山抵太虛數曲餘
江中風浪近何如笛裡興猶餘

龍山歸雲
悠悠如接正臺十里
隨風連復散滿山歸跡暫無間

新川霽月
雲散雨收夜色清新川照影倍先生樓臺
近水誰先得橋上行人各盡情

桐寺暮鐘
抵暮一聲遠俗塵沙門念佛人
傳鉢玲玲斷老始覺公山歸路客愁新居僧

靈池秋蓮
一朵長莖水幸洗濯遊人夏拂襟花心發蓮
誰似漁叟老此地秋七月露

古野禾黍
達句百里有斷鄉野老種收各自似居卜
名區惟此地生涯豐富足衣裳

古野禾黍	靈池秋蓮	桐寺暮鐘	新川霽月	龍山歸雲	琴湖漁笛	南山春色	達城晴嵐	雪聾李錫欽
負郭煙郊是載鄉	田田藥葉不浮沉	一聲撓落罷世間	千街歌舞罷塵塵	青山元不白雲関	引風漁笛夏雲如	富貴春光不涌窮	舊國風流將御圍	慶州人 居院盎洞
笑指離離熟金氣	真仙何處在驅入	桐寺蒼蒼夕氣新著使	自少是來人	雲自從山半掩顏	攪盡江天遠渡虛	倚然紅綠萬家同	蒼藤古木至今存	
噓來鹽婦裳	招悵晚披襟	慈悲如響應處處	長天活水共晴月	時有青山歸碧落	門爾孤舟何許子	東君未解山河亂	非煙非霧凝何氣	
庚炎日日事還㳂西風	七竅心太乙	王関情	色無邊上下生如畫	青山無憑	喊洋煙月曲中餘	蝶舞鸎歌一夢中餘	但見其形不見痕	

架隱李承厦　癸未生居漆谷郡東明　碧珍入居　面錦岩洞

達城晴嵐
来煙非霧繞城圍
近著無形遠著存
明花濃淡裡依然
疑作霽餘痕

南山春色
南山佳氣望無窮
圍柳墻花色同紫閣
朱欄呈別態
九旬風景畫圖中

琴湖漁笛
片舟舵欖涆何如
漁父生涯江國虛數曲
笛聲全作人間雨
我關蒼自任間

龍山歸雲
舒卷全無物我關
兩留彼蒼自任間
霧罷沙明玉鏡清
一川爽集影中生滿城

新川霽月
霧罷沙明玉鏡清
一川爽集影中生滿城

桐寺暮鍾
鍾聲隱隱砕囂塵
落日隨風客耳新頓悟
禪門能驚駭俗無心
聽者是聲人

靈池秋蓮
王井移根碧沼池
田田浮葉額中心鮮明
達態雜根愛吟上
瀟溪水月樣

古野禾黍
一野全農飽幾鄉
動勞稼穡倍多恤田家
老婦鎗新稔上下
稻畦花滿裳

耕臺洪贊燮
癸未生
南陽人
居達城郡東村面屯山洞

達城晴嵐

大嶺以南第一圍
先賢遺蹟口碑存
雖知達裡晴嵐氣
樹木蒼蒼處處痕

南山春色

東君布德歲無窮
草綠花紅彼此同
獨坐閒看春景譜
一山都在畫圖中

琴湖漁笛

琴湖清景問何如
漁笛三聲入太虛
荻花秋色帒悠然
來去與惟餘楓葉

龍山歸雲

自起自消我不關
有時歸後露天顏
聚島高飛空去間
紛紛

新川霽月

萬山雪後一川清
明月遍照靈臺淨
人情十二諸天淨
意生下界新夜靜

桐寺暮鍾

一聲遙落遠山罷
山空梵語罷闌珊
結夏闌珊詞林客
君子心秋氣

靈池秋蓮

浮於水面久無沱
清凉明月夜令人
一看爽宵襟君子
心秋氣

古野禾黍

雍秦沃野間隣鄉
禾黍離離己倍怵
耕男秋事晚歸來
涼露浥衣裳

松坡李鍾律　癸未生　慶州人　居大邱市公山面德山洞

達城晴嵐
半月城形第一圍
千年老木至今存
達士多生長從古
地靈是有痕名賢

南山春色
陟彼南山自庭憂
春物色酒同清談
一席風流日吟弄
古今披藥中

琴湖漁笛
江水潭潭對鏡如
漁翁心志賢清虛契魚
弄笛平生事養登
衍裝四亭餘

龍山歸雲
龍雲相賴兩為關
一慰三農喜萬顏天氣
清明由此占浮生
休汨事報間

新川霽月
故首水月我心清
吟弄詩懷一倍生相對
至寶無限藥再難
今夕百年情

桐寺暮鐘
覺聽鐘聲不染塵
天眞固守日知新寶中
虛且虛中實顏
作平生第一人

靈池秋蓮
秋日蓮艷不浪紅顏
如蘸我中心水清
特矢天然像君子之懷
君子襟

古野禾黍
春秋耕獲活吾鄉
培養給衣裳
家家倉廩實資材
首生民日倍必從古

無我 郭正坤 甲申生 居 大邱市
玄風人 三德洞

達城晴嵐
一片孤城萬戶圍晴嵐朝暮古空存龜翁
古蹟今難撥千古留名不滅痕

南山春色
南來山色無窮綠碧青小異同萬戶
千門皆顧祖顧言壽上一心中

琴湖漁笛
琴湖束北挑弓如漁笛一聲盡八虛物外
聞翁清楚意吟風弄月興無餘

龍山歸雲
龍山何事員城閞点点歸雲故顧顧向背
東西雖地勢風兩順不等間

新川霽月
霽後新川逝水清天有月幾時生風微
吹浪浮金躍無意識中憨俗情

桐寺暮鍾
盡日城中汨没塵鍾鳴桐寺報昏新聊知
八夜皆清淨步月吟詩自有人

靈池秋蓮
靈仙池水可浮洗蓮葉蓮花直立心太乙
眞人遊處處使人不覺整衣樣

古野禾黍
古野西開近古鄉禾稔豊作幾何此須知
來日多收穫草露無疑是農

默山宋謙達 礪山人 居坪里洞

達城晴嵐
晚挹餘晴任勝遊 如濃如滴翠微存
彩筆添新格起寫眞圖續眼痕

南山春色
襲積春光任所如 芳菲吹來錦繡中
佳適誰能解盡日 栗蘿花是韻餘八清虛兩三

琴湖漁笛
短笛斜陽外 蘆花是韻餘八清虛兩三

龍山歸雲
重疊雲峯日夕卻脫塵喧獨自閒
來去幾緣何事 每因風便好開顏無心

新川霽月
水村虛白玉輪清處處達含情
風微如此夜幾人停酒含情

桐寺暮鍾
梵宮飯灑淨元來清
中堂飯序了元來清餉是人人

靈池秋蓮
秋態非雕飾影池紅苞點點拂襟帶黃心天然
外態非波裳君子之風穩拂襟

古野禾黍
昇平知日力歧香猶愛接衣裳
玆區從古檀南鄉滿岾稻粱眼界此逸樂

古野禾黍	靈池秋蓮	桐寺暮鍾	新川霽月	龍山歸雲	琴湖漁笛	南山春色	達城晴嵐	文齋申升均 甲申生居大卯市 平山人 内唐洞
古野離離連天碧　應民逸食又多農　曾無旱澇農無恤禾黍	荷葉重重浮半沈　秋水何青色　一陣香風送襲襟　阿青色陣陣香風送襲襟	頌唄重重浮半沈　古刹依岩獨不塵　一香坐餐笑世間風榮利入八爲新鳴鍾　吐丹心靈池	樵風十里　此物無錢買　一川清籌得真間月又生世間豪客騷人摠是情八爲新鳴鍾	暮雲陣陣過間關　一朶歸何處終落狂風應不間時時讓露顏即今	琴湖光景裏　十里斜陽襄　一笛清閒趣何如細雨微風應不間有餘	紛紜何世界飛禽走獸渾然中　南山春色正無窮紅白蒼黄各不同衆古不壹晴沙	吾邦絶出此公園　有樓歷歷事至今可觀古人痕樹裏　風雨千年一樣存	

翠堂金麒秉 乙酉生人居大邱府襄城人居西城路

達城晴嵐
茂楢長松太古園　森然一氣兩餘存
非霧輕盦影近視　適有痕　求霞
今古同葉翠

南山春色
漢家三月獨嶂窮覽物人情
花紅春寂寂　天翁造化不言中
顏馳南

琴湖漁笛
取適生涯莫我如竿頭秋水碧潿虛
橋柳穿歸路一曲清音又有餘
斜陽

龍山歸雲
偏愛山光不掩關無心一物過處
今与宙緣何爾獨任情間
顏馳南

薪川霽月
九天如洗一川清上下晴光得月生石白
沙明時夜靜珠鄉孤客最牽情
中新一聲

桐寺暮鍾
蒲麗瓊林遠俗塵蒼蒼夕氣淨中新一聲
搖落三千界只見青山不見人

靈池秋蓮
靈池秋水襪洸洸花菓葉人謙澤心集可
爲裳衣可製至今不朽葵人

古野禾黍
隴秦郊禾似我鄉歸心日夜倍忡忡斜陽
讀罷殷墟賦不覺西風動客裳

達城晴嵐

蕙汀金汝坤　乙酉生　金海人　居達城洞　大邱市

林梢翠氣轉圓瀾
蒼苔輕露濕靄清
知去夜嵐歸痕
各不同回憶
自存石面

南山春色

昔年歌舞地
南山依舊畵圖中
蒼苔碧樹青蒼
各不同回憶

琴湖漁笛

輕風獵獵兩絲如
孤舟來泊處白鷗飛
盡荻花餘碧虛吹罷
曲隨時落

龍山歸雲

人間無心散合本無
饒雨澤田家春事
故安間

新川霽月

露滴沙明天氣清
剡得盈虛理遍照山河
太古情峰初破
一輪生從來

桐寺晨鐘

撞破迷津萬劫塵
頻撼諸空想法界
如今悟幾人
花凌亂谷風新聽來天

靈池秋蓮

亭亭朶朶水浮池
六娘歸去後世人酒得
灑曾橅生
七竅心千載

古野禾黍

古野名聲振此鄉
分戴田家婦炊飯爲供坐
油油禾黍幾人似饁筐

菊山都相達　乙酉生　星州人　居大邱市橋洞　居仁

達城晴嵐
山環樹密一區圖　淑氣朦朧影若存
如雲如霧起　濃淡霽光痕　翻然

南山春色
萬綠千紅景不窮　今年春色去年同
留得東皇駕　三十六宮中　如何

琴湖漁笛
一葉扁舟任所如　斷續風煙外
水月無窮景有餘

龍山歸雲
出岫無心似有閑　影影歸深處
疑是仙人自在間　桑桑點山顏奇峰

新川霽月
萬峰蒼翠一川清　晴雲忽捲天心
自洗塵痕　素影　爽氣生遠林

桐寺暮鍾
三千佛界靜無塵　間鍾當暮聞
隨時警起　修道誠　覺醒日復新曉已

靈池秋蓮
翠蓋青錢影半池　引酒香浮酌葉裡
東風不惹未開心花間

古野禾黍
從古南州是穀鄉　滿地皆天賜
雨露霑　農時耕作倍人心油油
籬婦裳

翠軒李榮浩 乙酉生 星州人 居達城郡公山面東邊洞

達城晴嵐
四圍山色達城圓
靈區凝不散靄天
靆靆蒼嵐淡影存覆護
斜日夏生痕
一時同發榮

南山春色
盡日看春不窮無邊光景中
均被陰寒谷俱天公造化中

琴湖漁笛
泛泛漁舟任自如
斜月蘆花岻互答
歌幾曲餘
一聲清笛出江座晚風

龍山歸雲
龍山鎖谷似重關不與塵煙接物顏留住
飛揚隨任意一生無事自清間

新川霽月
霽天光景夜來清流照澈心月魄生近水
樓臺遊賞地風流好借幾人情

桐寺暮鍾
鍾聲和警衆參禪離是自程人
山門灑落本無塵靈雨方收慧月新靜裡

靈池秋蓮
達香浮動水中泚君子花存晚節心白露
頗珠紅爛熳滿塘清氣八虛襟

古野禾黍
達城古野是農鄉禾黍離離幾閱心社老
招隣軒歲熟粉陰日夕會冠裳

花岡裵正洪〔乙酉生〕新昌人 居達城郡花園面城山洞

達城晴嵐
千秋無恙一公園
古木危樓尚保存八景
箇中居首任後來
入道此時襲

南山春色
陰崖從此少遊人
坐盡千紅一樣同漸看
世事虛上下

琴湖漁笛
天光青一色
延襄兩笠月邊餘
石顏飛下

龍山歸雲
入間能作雨
西疇有事暫無情
天生滿川

新川霽月
月色明如畫
客琴朋各盡情
清山河圓影半

桐寺暮鍾
操幽皆抄境
一落鐘聲萬應新選勝

靈池秋蓮
浮水田田性不泥
相閬君子是
花心靈池

古野禾黍
禾黍遠郊擅穀
郷春耕秋獲幾多沁西風

達城晴嵐

一片孤城萬樹圍晴嵐佳景恒浮存
復散成蒸氣近看無痕遠看痕凝而

南山春色

東君布德正無窮和風暖日醉醒中
登臨時賞客世念虗無酒壺垂釣

琴湖漁笛

斜風歸去晚蒼波煙月藥猶餘
琴湖漁事近何如吹笛聲中掩山顏忽然

龍山歸雲

出出人間雨幾到龍鸞任自間
去作人間雨幾到峯如火掩山顏忽然

新川霽月

霽後玉輪鏡圖青天
千里相思地透八懷諜解幾情
光川色信新生吳州

桐寺暮鍾

雲樹淡淡達世塵一聲鐘落道場新聞來
鬱鬱徹神爽今古幾多頻悟人

靈池秋蓮

玉幹亭亭不水況如君子保丹心靈池
祐覺秋風晚泛清香吹滿襟

古野禾黍

油油禾黍滿一鄉農家時事每紛紜金
王露黃波路村婦羅移秒又帛裳

峨山都相浩　乙酉生居大卭市飛山洞入　星州入嘉木長松永護存牙蘇

達城晴嵐
靈區天作一名圜
嘉木長松尚有痕
筬歌和夢地顚晴
嵐色尚有前痕

南山春色
雄州環立勢無窮
萬古蒼然一色同
漱泉吟賞日東弸
香送百花中同踢石

琴潮漁笛
一帶長江似練如
波碣浩湯舊山顏
達笛長嘯木楓洲
歎里餘夕陽虛恖傳

龍山歸雲
鎮立南方似定關
節然無改舊山顏
興雨祁祁後古洞
龍歸雲自閒有時

新川霽月
川光月色兩宜清
圓影登波霽後生休笑
世間淸濁久瞳瞳
一掃見新情

桐寺暮鍾
禪家圓覺廻法
桐華古利迴慈悲
能濟世間入
暮鍾聲出洞新聞有

靈池秋蓮
泥中能出污埿摩
賞蓮池上蘚泡泡
細想瀺翁獨愛
艷許眞檥心根托

古野禾黍
油油禾黍野入鄉
桑民誰是極簞闍
賴爾田家佇
他日振衣裳載粒我

友石南相鎭 乙酉生 英陽人 居 東村面 芳村洞

達城晴嵐
天地天開自作圍中眞景不求存中渙
外繞相應氣輪廓散看造化痕

南山春色
春到南山摠免窮紅樓白屋一般同無私
靑帝均施德花柳風光萬戶中

琴湖漁笛
漁笛相和處終曲如鳴過淺灘水聲虛棹歌
如新淸音又悉曲徘徊落照餘

龍山歸雲
無心出岫自無關片片奇奇不一顏更與
朝煙相合勢隨風任意去來間

新川霽月
石白月明水轉淸一川羣景一時生停盃
濯足觀魚躍江漢風流萬古情

桐寺暮鍾
聲聲蹴去遠山塵靜後乾坤物物新莫使
曉鍾傳客耳旅燈甘睡夢鄉人

靈池秋蓮
淸香不厭泥汚沲外直中通故潔心亭亭
秀立秋霜白君子精神隱士傑

古野禾黍
地輿名物風擅鄉停車坐愛步難吥大道
中通南北闊農壇時到別衣裳

南海鄭宅沫 乙酉生 晉陽人 居院塢洞 大卿市

達城晴嵐	南山春色	琴湖漁笛	龍山歸雲	新川霽月	桐寺暮鐘	靈池秋蓮	古野禾黍
風浦喬樓樹滿圍晴光翠滴中常存清凉	縮環物理永無窮花事年年處處同畫圖長不滅幾人老醉中世念虚塵城	棹歌歸去從斜陽山影白鷗餘天光水色兩相如長笛聲中萬古間四時不改迎顏城	雲去雲來山面清靈臺來照活氣生橫奔箇中萬古間	霽月東天水面清靈臺來照活氣生橫奔氛氳紛際一度氷輪淨我情	野馬紛紛鍾落一聲洗塵滿殿眞機有瓮人是是如春夢頻悟眞機光新來非	千莖秋氣晚香風灑落滿衣襟君子心萬朶亭亭玉立不浮沈淡泊花容	大地秋淺黃滿鄉人生終老此紛心荷鋤帶月歸來路垂穗露添籬婦農

石岡崔東熙　慶州人　丙戌生　居大邱市上里洞

達城晴嵐	南山春色	琴湖漁笛	龍山歸雲	新川霽月	桐寺暮鍾	靈池秋蓮	古野禾黍

達城晴嵐
達如城體此公園
看盡奇萬世存淺藏

南山春色
神鹿千年跡遠隔仙蹟六布痕
清風明月用無窮千士萬豪各取同春滿

琴湖漁笛
萬頃蒼波何阼如聲漁笛動江虛百事
乾坤圖繡處山高蜂蝶弄豪餘

龍山歸雲
雲氣籠山宣不閉無心出出續顏飛過
停峰孤盡冷歸來擁樹半宵間

新川霽月
雲捲初天鏡水清一輪明月兩空生幔使
達客多攘患故往騷人倍喜情

桐寺暮鍾
山高夜絕浮塵間雅聲聲八耳新靜閣
清風齊老佛滿天明月坐幽人

靈池秋蓮
水間淨影池蓮荷佳景滿池心詩徒
豪爾爭列市賞賓遊客共連襟

古野禾黍
天野如天眞穀鄉農人收種一生此東南
揮電耘夫鋤上下飄風饁婦裳

達山徐錫憲 丙戌生 達城人 居坪里洞 大卯雨

達城晴嵐
東國何園與此園晚晴嵐氣尚遺存不隨
炎熱同來往朝暮清時必露痕

南山春色
葉榮遊賞客風流日日詠歌中
南山佳景渚無窮春到年年物色同花爛

琴湖漁笛
琴笛斜陽晚不世間情自有餘
風笛如綿如絮灘山關自起自消幾變顏歸去

龍山歸雲
進音窓外日夕龍高臥一生閒
如綿如絮灘山關自起自消幾變顏歸去

新川霽月
煙塵無日人此地獨幽情
煙塵受月盡楊清流影浮光拜眼生近市

桐寺暮鍾
桐華萬家逈超塵畫出雲林錦繡新月上
轄天梵唱罷一聲鍾警觀心人

靈池秋蓮
秋蓮老天古池沼七竅瓷藏一直心芳芳
桃亭雜多種愛爾瀛翁獨斂襟

古野禾黍
從古野農在里鄉日生田事自紛紛禾黍
咸長秋農正熟桑陰處處舞衣裳

古野禾黍	靈池秋蓮	桐寺暮鍾	新川霽月	龍山歸雲	琴湖漁笛	南山春色	達城晴嵐
沃野平平是穀鄉	靈仙秋水碧藍	修道禪房遠	把郭新川一帶清	高卧江頭閑往來	琴湖流水古今如	萬綠千紅景不窮	周圍天作此公園瞻彼
雨順秋陽熟事在收場	紅苞香氣滴可為君子	落落凝寒樹瀝落	問處來相照長使	如火騰騰勢致雨	聲中無盡趣萬綠徒夢	春回山色古今同	城角露痕新光自古存疑是
油油氣像日長松風調	沈千柄綠衣出澤心露濕	精神閒幾入	世塵山間喝送客愁新其聲	桑林不等閑浮跡点山顏如峯	弄笛間翁日不虛短長	香煙風打散樹頭	古今同姿芳
捲布農					一竿餘	遊客常時步杖往東城爛嫚中	

謹窩李鍾五　丙戌生居達城郡東村面走山洞　至今存蕗茂

達城晴嵐
三里周環中有圍前賢遺蹟至今存蕗茂
佳氣清而靜誰識精靈寂寂痕

南山春色
南先陽暢北陰早晚春光各不同和氣
繞山山衛富千紅萬綠色新中

琴湖漁笛
潮水平平一帶加白嶺紅蓼滿汀蘆葦東風
西日漁歌聽互答聲與有餘

龍山歸雲
嵌㟨兀尺臥山關尺焉農民睇悅顏出岫
有時能致兩誰云孤影做做間

新川霽月
數里青山篩篩清落來餘風衝復新日落
雨歇無塵界圖月新明別世情一川主雲空

桐寺暮鍾
精微法界淡無塵古寺餘脉入心中流
雲床鍾落院枯僧坐笑利謀入

靈池秋蓮
別有蓮花發秋氣浮香襲滿襟
白藻青萍水色㴱淡㴱無味玩入心中流

古野禾黍
夫耕妻饁地如實相對整衣裳
沃稱此野現降鄉食士黎民盡力必暖日

止驚喪基煥 丙戌生 居 大卯東耶
星州人 黃青洞

古野禾黍	靈池秋蓮	桐寺暮鐘	新川霽月	龍山歸雲	琴湖漁笛	南山春色	達城晴嵐
田家歌樂歲如逢堯舜世垂裳	池蓮的歷夕懷君子德顏言歲暮托魯㦂獨愛心我聞	暮鐘寺中閣梨子莫爲飯後打㪺入	心法須如此莫把千紛攪我情	自消自起我無關爲白爲青累累間	最乃同時出總是漁人捲釣餘	東皇布德正無窮春色南山盡天地雖非化育中	城上青山城下圍借得龍眠手一幅模來活畫痕
霜前秋色滿江鄉禾熟黍肥節序似自是	爾懷君子德顏言歲暮托魯㦂	一落千塵萬像沈淺意更新寄語想得瀘翁	一曲新川復清霽天遙廓月初生吾人	如人多幻否隨風翻疊不常間撥顏堪笑	短笛西風裂石如蘆花汀畔夕陽虛數聲	物物同莫言	長時翠嵐積常存如何

小松李周榮　慶州人　丙戌生　居大邱市外魯谷洞

達城晴嵐	南山春色	琴湖漁笛	龍山歸雲	新川霽月	桐寺暮鐘	靈池秋蓮	古野禾黍
遙遙想望達城圍 眷看千年古木存世世 封君徐氏地晴嵐 其下有前痕 日日同蹈草	湄春士女眼之窮 拾花豪侠氣行歌 載酒在斯中 三月東風日日和穿	臨水垂竿日日和 不撥湖磯上嚴子清 魚弄笛樂無虞三公 風萬古餘	龍臥雲歸兩大關 是賴伊誰力無心 兩恩乾坤活民顏是生 來去暫徘間	新川月白夜重清 高皎稀世事百年 萬戶分看樂我生滿座 雲樹與君情	古刹千年遠世塵 說經牢尼道還生 暮日鳴鐘聽義新講法 脫卻日誰人	挺出秋風葉不沈 無塵花蘂紫濊翁 聖人同有七竅心淡泊 于古愛青燐	滿郊耕作吾鄉 陽名人遺在百 教育英材爲倍忙 斗其中給衣裳　立身

古野禾黍	靈池秋蓮	桐寺暮鍾	新川霽月	龍山歸雲	琴湖漁笛	南山春色	達城晴嵐	菊圃徐祥基　達城人 居

禾黍盈畦是穀鄉隨時省事優多必穫餘　惟識如實敬千影紅收籃帰裳

凜翁今復住宜將愛說許期禳　秋晴池畔氷泷池自發蓮花淡洗心若使

覺得賞緣重我倘綺今求俗界人　沙門淨寂不生塵鍾忽聲鳴萬俵新遺聞

雖崙巒復滿古今誰不見多情　川流凌凌凌境全消

山兹雲後氣相關合處方知有色顔歸作　人間農喜雨霽無事任機間

湖色浮清鏡面如聲聲幾隻　沙畔間眠驚一一驚飛漁笛動舟虛未知

山兮藏彼勢無窮物色當春各不同推識　生生微妙理從惟一自然中

是城亦是擅名衰光嵐的歷存第屆　夕陰傾倒地依俙斂盡了無痕

丙戌生　大邱市　居晚村洞

達城晴嵐　　南山春色　　琴湖漁笛　　龍山歸雲　　新川霽月　　桐寺暮鍾　　靈池秋蓮　　古野禾黍

愚石 郭蚌玄 風人 居　丁亥生　大邱市　仁橋洞

達城晴嵐
地催形勝別開圍
滴滴青嵐氣尚存
霽雨跡速溟裏
淡煙疑似亦有痕
疎林迷溟裏

南山春色
乘興賞春路不窮
帶晴景物四山同滿城
花柳迷遊伴感在
光陰變換中

琴湖漁笛
漁笛聲何煩惱
銳不和沙晴潮落夕陽臺一生
恩怨何煩
銳不搜三公藥有餘

龍山歸雲
出岫無心護我閑
時常來去可怡顏油然
曳雨渡溪藏鶴殼
瘦鶴孤松夢不閒

新川霽月
天晴風捲玉輪清
驚驚平沙夢一生獨坐
幽篁閒舘裏
聲禮照流照情免留情

桐寺暮鍾
暮山鍾落不飛塵
驚甘夢未醒人
餘聲傳下界幾
驚佛禪音悟道新揚出

靈池秋蓮
亭亭水回不泥沈
幾許脩人特愛心明月
江南歌妹女望夫
綠眼溪露樣

古野禾黍
蒲地黃雲是穀功德載績
玄黃亦製裳
西疇農功德載績
玄黃亦製裳
七月事休似女功

西汀褒炳杓 達城人居
達城郡公山
面西邊洞

達城晴嵐	南山春色	琴湖漁笛	龍山歸雲	新川霽月	桐寺暮鍾	靈池秋蓮	古野禾黍
一片孤城萬樹圓	東君布德化無窮	十里平沙雪色如	上震仙樓下俗閒	林雨初晴夜色清	袛林從古遠城塵	靈池秋水綠泷泷	高秋黃色滿江鄉
牛日取風散珀纖	桃紅添錦色依然	和出武陵櫂取通渠	出出無心散依舊	一輪明月水中生己分	老僧懸念打山家	莫言無好景	橫行平壠裡風枝
乾坤造化痕	如坐畫圖中	翁樂有餘	青山獨自間	光影懸戀照此物	爾獨太平人	晚花香襲採襪傑	露德撲入裳
着林無露濕形存	山北山南春意同	斜風細雨大江虛	袛不恐靄眞自間	無情若有情	日落西峯月色新	是本心春後	功在耕耘五月似
晚因	李白	聲聲	員聲		無念		晚步

達城晴嵐
七十南州擅勝圓　鬼輸神鑿古形存
蒼中自不同漢文

南山春色
妍紅淺綠畫難窮　覽物興懷自不同
吾人亦在大和中

琴湖漁笛
世事茫茫一夢如　蒼葭白露曉光虛
短笛聲聲動漁燈載點餘　何來

龍山歸雲
山靜雲飛本不關　幽人相對兩怡顏
罷睡能神兩甫間　爾應三農

新川霽月
新川一派雨餘清　況復明輝玉宇生
剛川何足說　吟吾亦百玻情尚矣

桐寺暮鍾
伽藍蕭灑隔煙塵　何必梵宮人
吾身成此悟偷間　一味新優覺梵宮人

靈池秋蓮
一生不厭泥滄沱兮子猶在
亭亭難近眠滄翁偏愛濯清襟　君子心遠看

古野禾黍
吾州以野擅農鄉　七月盈盈風亦自必何日
爲行田畯祭村村籬落朧衣農

雲迳 司空瑾　軍威人　丁亥生 居大邱市南山洞

達城晴嵐
自古爐南第一圜
前人遺躅至今存
朝暉夕影晴嵐望
彷彿遊仙過去痕

南山春色
爲愛春光眼欲窮
登高懷息與朋同
日暖晴雲靄萬端
紅紫千程興有餘
自任中　風和　無爲

琴湖漁笛
短笛長音一縷如
數点三盃酒薄回
暮端興有餘
歸虛銀鱗

龍山歸雲
自去自來我不關
但看朝暮異山顏
聚散難能藏弄雨
神龍隱此間
無爲

新川霽月
雲歸霧捲一輪淸
霄何所樂酒觴
歸醉後光明萬戶生
如此持情
知此

桐寺暮鍾
天畔數聲脫世塵
俗然桐寺感懷新
良宵何所樂置市
應多自恨人
新知時

靈池秋蓮
報息從仙境
君子於斷足醉後
惜矣芳姿水裏沱
聊知多忌世人心
古稱

古野禾黍
蠻態難裁羨
古野從來擅穀鄉
不違農候幾人心
油油客裳

雲圃崔雲三　慶州人　居大卯巾里洞　丁亥生

達城晴嵐	南山春色	琴湖漁笛	龍山歸雲	新川霽月	桐寺暮鍾	靈池秋蓮	古野禾黍

達城晴嵐
大都西近好
園圃佳景晴嵐也
自存不曆

南山春色
脊山慶谷腕
貧窮絲飾紅
粧富態同人誰

琴湖漁笛
藾風蘆月歘
舟如吹笛聲
八太虛餘興

龍山歸雲
巖合斷連惣
作潤物功難視
龍頭龍尾又
龍顏沛然

新川霽月
一天如洗一川清
多士停盃問遍照懸
居欄吾亦還疑念佛
今宵霽月倍先生也應

桐寺暮鍾
法界三千脫俗塵
居欄吾亦還疑念佛人
鍾警心直在
新聲聲

靈池秋蓮
靈仙不到水池池
君子蓮裁備慰心直在
亭亭香闌遠
落閒居欄人皆感賞整衣裳

古野禾黍
土沃年豐檀
嶺鄉莫非天惠
入亦必晩秋
回憶春耕橋
暮暮朝朝露幾裳

晩阿石一均　丁亥生　忠州人

居

達城郡王浦
西奇世洞

達城晴嵐

天慳達城有藥圍樓塵花木喜猶存其盒
嵐氣因時起朝暮詩人捉妙痕

南山春色

天公無變色暈生長在泰和中
春到南山景不窮靑黃赤白一時同著使

琴湖漁笛

紅蓼翁何取一笛漁歌樂有餘
永浦琴湖自如斜風細雨泛舟虛白蘋

龍山歸雲

菌中奇絕忘樵歌隱隱有人間
風驅陰雨破雲関一抹龍山漸露顏遠看

新川霽月

兩霽新川水自淸中天明月影初生澄光
上下無私果一照能通萬古情

桐寺暮鍾

崖岑公山絕俗塵茂藏古寺去雜新浮圖
玄理能知否遙落寒聲亦警人

靈池秋蓮

地得靈池秋水泛花中君子濯淸心於斯
敬讀瀛翁說能使書生可整襟

古野禾黍

一原古野有名鄉稼穡家家日日似禾黍
登豐入肖足奉親嘗祭製新甞

麗材李鍾式　戊子生　星州人居達城郡月背面

達城晴嵐
麗麗咸稱達句圍　古來形勝尚遺存府登樓光世痕

南山春色
乔解尋師道吹八龜庵一院中　煖日山南興未窮聽着花鳥古今同春風

琴湖漁笛
間情情同渭聘後待三餘　嶺風藜月兩相如歕乃聲長萬念盧湖变

龍山歸雲
歸形形飛白羽武俟遺蹟尚清間　嶺岡晴日闢柴關一朵雲花似玉顏洽是

新川霽月
功績雜先織無塵中有桐華法界新隱隱　龍戶東頭玉堤上徙徊若清一川雲霽月華生李公

桐寺暮鍾
公山千疊淨　鍾聲風外落誰聽來道上方人

靈池秋蓮
露滴荷明月色泡仙宛在水中心當時　若使瀟翁樂厭我慄濕傷

古野禾黍
萬川紅雨注江鄉稼穡家家事倍忙禾黍　西風秋正熟篇新姑婦襃衣裳

垂軒柳在昊　戌子生　居大邱市坪里洞

達城晴嵐

晴嵐浮動古城園　朝暮清光一樣存綠樹
陰陰雲沒海依然帶四時痕

南山春色

千峯萬壑投無窮樹春光歲歲同
番風吹不盡杜鵑啼咽落花中水白虛楊柳

琴湖漁笛

江天漠漠近何如　斜陽漁撥酒一聲風
細雨晴時新顏狂風

龍山歸雲

朝暮歸來意不關奇奇元兀摠
吹捲青天外淡淡高浮去自間

新川霽月

一輪霽月羊空清幾度盡人情
倐觀遂者感江山到處盈虛皜再生藥者

桐寺暮鍾

過落諸天不到塵雲淺山寂爾聲新蓮花
寶欄跏趺席幾聞觀心頓悟入

靈池秋蓮

休言根節污泥池千古相和淺取心露轉
菜顏傾翠蓋風掀花朶舞紅襪

古野禾黍

黃雲漠漠連西鄉禾黍田家五月粃滿訐
虫聲秋氣冷荷鋤歸月露沾裳

달성 칠경 / 시

春湖金炳釺　戊子生　居大邱市　本籍慶南　金海人　飛山洞

達城晴嵐

滑圓高城一大圓
蒼嵐佳色淡凝自浮
也露痕

南山春色

滿山春色授難窮
翠芳香歲歲同花不
自沒何時過暖日無風

琴湖漁笛

漁翁清趣晚事無如
一笛聲中世念虛落日
斜風歸路晚蒼波江上輿餘

龍山歸雲

岳勢蜿蜒色似塞關
白雲長在別開顏無心
來去龍山路朝暮隨時任自閒

新川霽月

新川霽景倍澄清
一隻玉輪鏡裡生可愛
明明來照色懸懸如對故人情

桐寺暮鍾

一落鍾聲洗御塵
蓮花香楊道心新諸天
懸筇三千界法性晉賢問幾人

靈池秋蓮

冷淡秋光潤露泥
紅粧翠盖一般心西風
欲慰遊人意唤送清香八醉傑

古野禾黍

古野禾來点富鄉
田家時事每紛心擊壤
歌曲歸程曉月滿豐天露淝裳

湖亭 朴埰植　龜城人　戊子生　居 大邱市 東城洞

達城晴嵐

譯山四回自成圍　樹老岩殘菁濃濃　嵐痕淑氣存朝暮　觀風多少客曾從樵

南山春色

南山三月少貪門　柳庭花戶同善使　青皇長駐曄四時　常在太平中

琴湖漁笛

泛泛斜陽晚秋水　空磯白鷺餘　人盡片舟一策如　漁歌唱斷大江虛　眞顏雲師

龍山歸雲

來去隨風能測作　神秘難能測　雨時時送世間

新川霽月

上下天光一色清　散盡漂砧斷獨步　詩人不勝情　霽月水中生漁翁

桐寺暮鐘

絃歌嗚咽雜置塵　六翅慈悲　磬聲中萬籟新超然　人間醉夢人

靈池秋蓮

靈池秋水碧沱沱　芙蓉蔦潔態佳人　才子共題襟來　王井心萬泉

古野禾黍

一望平似永雲鄉　歸來西日暮稻花香露滿衣裳　天地秋登歲事必觀稼

架南徐永洙戊子生
達城人
居大邱市
南山洞

達城晴嵐

一採孤山是縈圓遊人觀音頭慰少同盡日
雨過新添景是東角樓高感舊痕四時存南岡

南山春色

和風來拂面萬像千態畫圖中春老少同盡日
稚花較柳舊景無窮像千態畫圖中

琴湖漁笛

漁歌一曲王簫如奇絕清音復虛晚釣餘
簑翁歸去後孤舟載月渡頭餘

龍山歸雲

白雲何事掩山間雲欲存山每慰顏下有
枝川萃日暮沈沈雲間漁父帶清閑

新川霽月

東川皓月水如清百板橋頭爽氣生妙夜
無雲天萬里眼前何物不關情

桐寺暮鍾

踈鍾來夜半蓮臺老佛坐睡入市第一新殿閣
梵宮本是遠煙臺老佛坐睡入

靈池秋蓮

子子爭挨景香八面樓拂晩㸃到天心佳人
雜葉紅朶欲水洸滿樓拂晩㸃到天心佳人

古野禾黍

禾黍登豐是穀鄉前春播得倍於必田家
最喜當秋節大野頭繁穭歸裳

晦山亭賢植戊子生居
達城郡東村面九明洞
河濱人

達城晴嵐

外面如輪內面圓
斯城名勝古今存
金冠王佩徃來處
才子佳人吟咏痕

南山春色

暖律方和令律窮
有客閒來往幾貴
清吟紫絲中
一時同其間

琴湖漁笛

湖稱琴漁笛共遊人
婁琴漁笛是何如
萬古傳來名不虛
湖若

龍山歸雲

郁郁英英出窦間
客供奇觀又使山僧
取逸間還似有情顏
來徒

新川霽月

能鏟又能滿到處懸
風捲纖雲夜倍清
桂再枝生爾胡
歲新所聽

桐寺暮鐘

法堂開欵世流來佛說學神人
春容清響卻囂塵
祝日主官萬歲新所聽

靈池秋蓮

發池肥水幾浮沱
名賢來徃處天然華鎮被仙樣
花立亭亭
君子心達士

古野禾黍

播禾種黍野圍鄉
五月於中人倍此郊色
青黃顆白屋水中
誰摘捲衣裳

章山李章燠　戊子生居仁川入居大邱市外無息洞

達城晴嵐
山勢如城闢公園
淡生空裏翠微存
凝而不散多晴日
來霧來霞雨悔痕

南山春色
東君布德浩無窮
紅綠殊形受氣同
賞春者看不盡匀
天雨露普施中

琴湖漁笛
不係漁舟縱流水
如洋洋一聲清笛出江
湖古今波舊曲餘

龍山歸雲
起於觸石鎖山間
露靄溶溶却清閒
入同管領却從滾
滾慈顏早晚

新川霽月
樓臺同落六根塵
溪川南過夜來清
先得地淺人文酒
月色波心做閒情
影生近水

桐寺暮鍾
一鍾長夜曙參禪
心機不與水池池
誰是獨惺人夏靜
新暗裡

靈池秋蓮
浮香不與水池新
芳菲淤俗累臨池
沐拂塵襟來愛汝
心或恐

古野禾黍
濕禾燥黍近江鄉
已終年大熟秋
陰日夕會衣裳
百卧閒閒幾閱沁田事

是湖朴來旭　己丑生　陽人　居大邱府新洞

達城晴嵐
達城從古擅名園
長帶晴光自保存
花開依舊態春風
秋雨尚前痕

南山春色
東君造化是無窮
歲歲春光一色同
番風能自力
萬紅開盡畫圖中

琴湖漁笛
蘆花敗帆畫圖
江天山日暮白鷗飛
餘水辭萬慮
虛響澈

龍山歸雲
崎嶇崔嵂舉是龍
關輕似六銖易幻顏山氣
雲光千古合無心
無語各清間

新川霽月
碧落雲空一色清
澄澈光明盡洗塵
每載月道機新諸天

桐寺暮鐘
梵字清心候一聞能惺惺是主人
十二觀心

靈池秋蓮
亭亭特立不浮沈
君子花如君子心
名花能解語一聲塵自不留
君子花如君子心非是

古野禾黍
大地黃雲覆一鄉
東西成作摠紛紛滿畦
倒穗秋光熟涼露便濡鹺婦慶

小華李鍾赫　己丑生　大邱市　居南山洞

達城晴嵐
市橋邊有古城圍隱映樓臺攀氣杵一夜
長風吹雨曉日高木末掃無痕各不同青野

南山春色
艷陽淑氣無竆景戴酒尋芳別境振香頌中
身自虛細柳

琴湖漁笛
江潮清渚上一聲喚起罷綾兩情餘
斜風細雨渡頭又山顏故僧

龍山歸雲
或作奇峯或作關油汰作雨又山顏故僧
間寺斜陽外散聚無常自有間

新川霽月
欲問從來處何代史章認此情
雨洗長空王字清無邊光望中生停盃

桐寺暮鐘
是疑寒山夜誰家先報不寐人
欲破世情凘陋塵慈悲有意漸如新轉落

靈池秋蓮
水生先俗或微風香動襲羅襪
粉紅嬌解語微風香動襲羅襪向日斬長吐穩心朗露

石田禾黍
居任水雨農務鄉自春一夏事多必四野
平分無盡穀家鄉饒給足欠裳

부록　351

達城晴嵐　南山春色　琴湖漁笛　龍山歸雲　新川霽月　桐寺暮鐘　靈池秋蓮　古野禾黍

理軒楊夏甲　己丑生　居　大邱市　中和人　池山洞

達城晴嵐
嶠南第一達城園
天造人功半難捋
畧有
清涼非雨露山嵐如滴
又無痕

南山春色
南麓向陽異僻窮
生生物物一般同春於
四節仁馬至和氣浮明萬戶中

琴湖漁笛
琴江流水一斯如清韻分明曲不虛
名區多勝像數聲漁笛又今餘地撞

龍山歸雲
龍山西向獨無關尺見其高不見顏又是
非情雲一物從何敢去莫知間

新川霽月
川曰新川水亦清浣兒女慮嬌生時來
霽月難能纖適合為紗君子情

桐寺暮鐘
四八桐華香歷塵鳳門外俗人
遙落青山靜惺喚僧房修道人身新鐘辭

靈池秋蓮
一片靈池陸地池世人倘識學仙心逍遙
散步時來往淡淡花香襲我襟

古野禾黍
繁華說道達城鄉龍出殊多野老此去路
難分禾黍計行人往往攝衰裳

龜山洪泰燮（己丑生 南陽人 居 達城郡東村面屯山洞）

達城晴嵐
外作環城内作圍嵐成佳氣保長存試看
朝暮晴時景蒼樹蓊林帶古痕

南山春色
東君布德化無窮草木羣生自藥同萬紫
千紅相映裡尋芳士女往來中

琴湖漁笛
一葉片舟任所如偸閒取適日無虛漁歌
數曲斜陽晚不撤三公此興餘

龍山歸雲
如綿如火出山關奇絕峰巒鎖靄顏時或
從龍能致雨自來自去任安閒

新川霽月
明沙沙底盡全清與子停盃問意生流照
風微雲捲夜腥塵

桐寺暮鍾
寒鍾擊罷達腥塵世浮生聽去新來但
僧侶能善念聞時俗客似禪人

靈池秋蓮
古社人誰說十里清香尚氤氳
君子風儀是穀保中心濊翁

古野禾黍
古野油油是穀鄉實功收得信人必民生
生活如斷足樂藏相歌月滿裳

九阿蔡璐基 己丑生 居達城郡公山 仁川人 硏經洞

達城晴嵐
萬樹蒼蒼曉圍澹然成色半空存風微
日暖添佳氣看取無妨別有痕

南山春色
靄然生意正無窮萬峀爭姸一樣同我愚
悠悠還壯少重添兩露天和中

琴湖漁笛
辭辭齊出嵐風閑遍滿天末對龍顏俄看
清歌江上月愛君間想此中餘

龍山歸雲
隱逸滾滾林間久秦楚何山故去
去作人間雨寄閒情

新川霽月
明雲薄暮上空清臨水還疑白雪生安得
衿期同爾去瑤琴夜夜

桐寺暮鍾
空山法界淨無塵勞驚破六根人
爾家煙理寂一聲有是南陽霜降新誰識

靈池秋蓮
千巖神龜上不沈相扶兩兩美渡心最淸
獨愛瀍溪老鏡月蒼蒼君子襟

古野禾黍
平鋪十里綠烟鄉粒粒成功反不似獨有
屢饟耕食足信知王道暖衣裳

解携李文熙　己丑生仁川人居達城郡東村百鳳舞洞

達城晴嵐
天塹達城卻特設圍　萬千風景此間存
朝來紅日登城樹　殘堞惟餘上世痕　此間存朝不勝

南山春色
南山霽後景無窮　異草奇花處處同
春壤回看望一身　如在畫圖中吾憑虛漁歌

琴湖漁笛
一葉片舟任所如　隨波逐浪掛帆西
吹送斜陽晚江上　生涯樂有餘

龍山歸雲
雲鎖卧龍嶺上關　西天落照豊問顔蒼松
絶峽無心出　盡日徘徊伴鶴閒

新川霽月
四山中關一川清　月照波心水氣生如此
良宵誰與共　迴城暗送慇情

桐寺暮鐘
鐘聲天外落　覺浮世夢中人
禪家從古寂無塵　六丈金身淨且新日暮

靈池秋蓮
秋水澄澄見髮沈　滿池蓮葉掃塵心回頭
一聒漁翁說清遠　餘香尚在襪

古野禾黍
達城平野著南鄉　力食家家事俗似荷鋤
老農敀月下稻花香臭滿衣裳

古野禾黍	靈池秋蓮	桐寺暮鐘	新川霽月	龍山歸雲	琴湖漁笛	南山春色	達城晴嵐	芝山白束煥 己丑生 居 大邱市 水原人 中里洞
豐登禾黍古農鄉務本家家日日沁煙月	浮動清香不水池淡藏七竅聖人心愛蓮	法界元來淨不塵警心鐘打每催新鮮鮮	鏡水無風態也自清徘徊如笑霽天生不縟	龍山千古抱江關一任雲從掩護顔出出	三公不與此江一笛曲中清	南山如畫幅滿城全景亦然中	大都勝景有斷闔萬像森羅萬氣存	
康衢非別處暮男讀女裁裳	曾讀瀘翁說今日兮觀瀧我饌	達落沙門外夢緫迷津有幾人	冷薄人間是非非照曖情	無心容易視時去兩自歸間	漁舟風月簫中餘萬念虛滿載	氤氳一氣正無窮化被羣生樂自同來但	清凉難測態忽消彌漫異常痕翠滴	

後松崔柱緯　己丑生　居達城郡花園　慶州人　畵大谷洞

達城晴嵐
山似圍城樹似圍
翠嵐存氣生
化工窮物理
霞色雲心淡泊痕
市隱林中
一氣同復有

南山春色
化工窮物理無窮
桂叢春四序
幾人城市隱
林中分形
青白

琴湖漁笛
風慢江破古今如
洋洋流水韻猶餘
月影波光
夜不嘘吹送

龍山歸雲
無心無事駈山閑
變化交生五色
由來分出處如此
邊處處如間

新川霽月
川雨方晴夜境清
銀河落落王輪生
由光明色分破奇
儻慰世情

桐寺暮鍾
山間不上世間塵
一落鐘聲萬想新
羣生惺俗耳機心
如喚夢中人晨夕

靈池秋蓮
春芳不與共浮沈
殘紅花恐損香風
吹動立拔萃君子
心欲採

古野禾黍
農家八月似仙鄉
許年秌古社間
談日夕集冠裳
禾黍登秋怡捨此
論野

小松崔桂晟 己丑生 慶州人 居南城路 大邱市

達城晴嵐
天作高城城作圍　倚山嵐氣護城存　卻嫌混濁塵烟市　浮在蒼空淡泊痕

南山春色
春陽運化朧陰窮　布德東皇及物同　節彼南山先得氣　摩生所樂太和中

琴湖漁笛
琴水洋洋曲曲淸　晚風漁笛上汀聲　月白餘淸宜處遊魚

龍山歸雲
卧龍靈氣閤山間　聚散非常變態顔　出自有意每從笑意任淸波精桂不世惰

新川霽月
雨後溪川曲曲淸　月難爲主樂在江州　嵐月難爲主

桐寺暮鍾
雲林滾嶺還自靜　香氣先動養心人　鍾聲舊界新默應

靈池秋蓮
秋沈淸淨凌聰節曾靑標獨保心萬世　遺芳君子貌行尋濟濟

古野禾黍
農家無事似仙鄉禾黍雜離出自此大野　紛紛傾白日千村敬八幾人裳

琴浦李春雨　己丑生　慶州人　居達城師東村掄沁洞面東望

達城晴嵐　　繞如屏嶂美如圍隱隱精華一氣存東望

南山春色　　南山相助景潛着物色去來痕　煙霞三月興無窮萬態千光一見同達城春色中城虛緩步

琴湖漁笛　　不絕清音一縷如江風吹曲入城虛緩步　携樽斜日下悠然與復醒餘

龍山歸雲　　山門無事晝常關上有奇雲別別顏須更　呑吐金蟾腹滿清時與間嘯起江村寂寞情

新川霽月　　漁笛風流處喚起江村寂寞情　武作人間兩能使農民八月間　一生待歌

桐寺暮鍾　　鍾辭隱隱到城塵警八千家耳界新聽者　于時心爽活倘間作得靜中人

靈池秋蓮　　蓮花爭發午陰泥秀立亭亭君子心且看　池頭秋月白風流多處總清襟　日來忙油油

古野禾黍　　此野名高遠近鄉吟風玩客日來忙油油　黃熟斜陽裡搞去村城數幅裳

右欄（제목·작자）

又蒼李景熙　仁川人　庚寅生居無怠洞　大邱市內外

達城晴嵐
平地孤城起　不是雲霞氣　靄靄無求　水土痕

南山春色
竟日賞春眼　力窮東皇　布德萬和同氤氳　滿地青紅畫圖中

琴湖漁笛
一聲琴韻近　何如萬想塵　愁付太虛　古洲餘閒

龍山歸雲
從龍來所役　由於無事　自居人已　慣顏聚散

新川霽月
齊夜溪川倍　問騷客佳人　各一情　眸初生開簾

桐寺暮鍾
沙門自來夜　界一時同　警夢中人　鍾後心神意　夏新多少

靈池秋蓮
春芳已謝　小池沼君子花　名不愧心　交錯　春范秋露重採來　何惜濕塵襟

古野禾黍
四野平闊接　江鄉未黍　經來幾月　歲物　豊功古祖報賽朝　全社稷衣裳

小坡 金鍾基 金海人 庚寅生
居院盛洞 大邱市

古野禾黍	靈池秋蓮	桐寺暮鐘	新川霽月	龍山歸雲	琴湖漁笛	南山春色	達城晴嵐
古野秋成饒一鄉 豐謠處處不知怵可怪 隣家勸農客收藏 叢笠覓冠裳	任他風浪驚浮沈取省 天然無俗態千秋君子可論儕 笑鏡心高擧	桐寺疎鐘廻出塵洞天 慈佛遺玄韻唄過迷津覺幾人	塵寰多少債此聊寄老年情 新川霽色不勝清況 復霞洲秋月生掃却 鏡中新道知	一片龍山頭背日悠悠獨去間 空來往也變態現是顏絕奇	一聲生風渚白鷗飛去夕陽餘 琴湖佳景近 水連天淨若虛涼笛	南山佳景近何如 寥寥蒼翠谷谷春遊日夜同安寺 不知何處在有時鐘落畫圖中	晚嵐蒼翠繞城圍 近看如無遠却存 莓莓蓼蓼還杳杳 非雲非霧是何痕

松塢金聲坤　金海人　居大邱市龍山洞　丙申生

達城晴嵐
古蹟名區己作園
浮光淸景四時存
煙霞濕氣全晴後
冷滴蒼苔自在痕

南山春色
年年春色景無窮
踏靑遊賞日百花
爛熳島嶼中被化
屢生各不同士女

琴湖漁笛
風笛故來後明月
孤天往獨身興間
歸恐塵世事孟虛
數群鳥餘

龍山歸雲
無心出岫去盡碧
天孤往獨餘紛忙
飛去盡碧天消時
時改舊顏衆鳥

新川霽月
淡淡波光一鏡淸
透明精彩自然生
照肯襟懷我情
萬愁

桐寺暮鐘
鬱積難除夜來照
精彩自然生萬愁
座上觀心釋盡是
三千世界復生新趾

靈池秋蓮
蕭蕭秋雨日泡泡
昔年周氏曖於今
玩賞灑襟藻吐心寔憶

古野禾黍
禾黍油油富一鄉
事畢收鋤未帶月
故來春耕秋獲每
紛忙西疇

大邱鄆嶺南第一雄都也山明水麗

居民稠密物產豐富艶華之物

佳麗之景可畫可詩者多而個中

拔萃絶勝之景有八達城之晴嵐也南

山之春色也琴湖之漁笛也龍山之歸

雲也新川之霽月也桐寺之暮鐘也

靈池之秋蓮也古野之禾黍是耶故

徐四佳先生詠達城拾景後至今無

繼詠者矣去已丑春某以諸氏協意

呼韻有意諸士稍々投稿多至百數十

首余鼓隨入收輯自然成集編首先

附春湖八景圖名之曰大邱八景詩集

投稿諸士不謀而咸曰非敢散公諸君發

刊而但投稿諸家各持一帙非但如散地

明珠一貫可觀未面諸氏或可因此相面

情誼亦因此交結則安知後日不武蘭

亭古事香山遺蹟也蓮因其意而

刊行焉

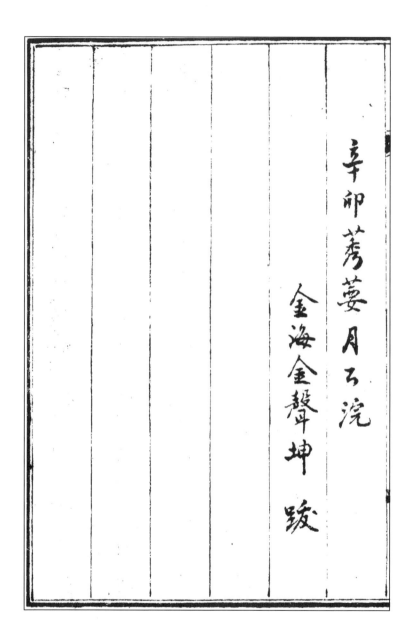

辛卯蒙蓂月下浣

金海金聲坤 跋

編輯 金聲坤

幹事 金炳釪

財務 朴仁煥

국역 대구팔경 한시집·상

초판발행 : 2015년 9월 17일

엮은이 : 구본욱, 전일주, 조순, 최오현

펴낸이 : 신중현

펴낸곳 : 도서출판 학이사

　　　　출판등록 : 제25100-2005-28호

　　　　주소 : 대구광역시 달서구 문화회관11안길 22-1(장동)

　　　　전화 : (053) 554-3431~3432 팩스 : (053) 554-3433

　　　　홈페이지 : http : // www.학이사.kr

　　　　이메일 : hes3431@naver.com

⊐F⊏ 대구문화재단

본 도서는 '대구문화재단 문화예술진흥사업' 지원으로 출간되었습니다.

ISBN : 979-11-5854-006-7　　93810